단편들,
한국
공포 문학의
두 번째 밤

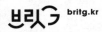

단편들,

한국

공포 문학의

두 번째 밤

김보람
아소
배명은
유아인
배상현
전사라
이규락
최정원
효빈
차삼동

황금가지

차례

점

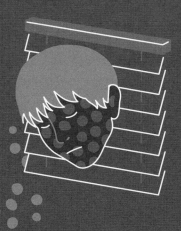

김보람

『미래도둑』으로 제1회 신체강탈자 문학공모전 우수상 수상,
『환수의 소원』으로 제3회 네이버 킹오브판타지 공모전에 당선됐으며,
2017년 『로제와 애송이 드래곤』을 네이버 오늘의 웹소설에 연재하였다.
『사이다입니다』를 카카오페이지에서 발표하였다.
현재 웹소설을 집필 중이다.

창밖에 남자가 서 있다. 모르는 남자다. 베란다가 아니라 복도 쪽 창문이지만, 귀신이 분명하다. 왜냐하면 내 눈에만 보이니까. 남편은 전혀 보지 못한다. 처음 남자를 보고 겁에 질린 내가 "누구세요? 누구세요?" 소리 지르자 나를 끌어안고 달랬던 것이다. 괜찮다고. 아무도 없다고.

아무도 없긴 하지, 사람은. 저건 귀신이고.

나는 남편에게 귀신이 보인다고 말했다. 남편은 나에게 신경쇠약이라고 말했다. 환각일 거라고. 환각이라기엔 너무나 선명했다. 그래서 남자의 외양을 묘사해 주었다. 보통 키에 보통 체격, 회색과 검은색이 섞인 체크무늬 남방과 청바지를 입었으며, 얼굴에 점이 많다고.

남편은 내 눈에 남자가 보인다는 말은 믿었지만 귀신은 믿지 않았다. 그래서 별 조처를 하지 않았다. 나는 할 수 있는 한 모든 조처를 하고 싶었다. 용하다는 무당을 불러 굿을 하거나, 영험한 신부를 데려와 기도를 받거나. 하지만 어느 것 하나 실천할 돈이 없었다.

나는 남편을 시켜 귀신에게 소금을 뿌려 보기도 하고, 십자가를 들이대 보기도 했다. 소용없었다. 내 등쌀에 떠밀린 남편이 면전에서 기도문을 읊고 염불을 외워도 귀신은 무표정한 얼굴로 제자리에서 꿈쩍도 하지 않았다.

저 남자는 누구일까. 왜 저러고 있는 걸까. 왜 하필 우리 집일까. 이 아파트 단지에는 아홉 개 동이 있고, 우리 동에는 25층까지 있고, 층마다 12호까지 있는데. 우리한테 무슨 원한이 있어서.

이 집이 어떤 집인데. 우리를 수렁에서 끌어올려 준 집이었다. 임대면 어때서. 휴먼시아에 사는 거지 휴거, 엘에이치에 사는 엘사, 알게 모르게 조롱받고 차별당해도 6평짜리 원룸보다는 백배 나았다. 두 사람 누우면 끝나는 원룸에서 거실 따로 부엌 따로, 방까지 있는 1.5룸 아파트로 이사 온 우리는 마냥 행복했다. 엘사가 자기만의 얼음 성을 만들었던 것처럼, 이 집은 우리의 작은 성이었다.

그런데 채 1년도 안 지나 이 사달이 났다. 나는 관리사무소에 전화를 걸어 애꿎은 직원을 닦달했다.

"솔직히 말씀해 주세요. 우리 집에서 누구 죽은 사람 있죠."

―무슨 말씀이세요. 신축인데.

"그럼 공사 중에 누가 죽었나요?"

―그것까진 저희가 알 방법이 없어요.

아파트 시공사에도 전화를 걸어 같은 질문을 했지만 돌아온 대답은 똑같았다. 나는 귀신에 대해 아무것도 알아낼 수 없었다.

창문 밖에 귀신이 나타난 뒤로 창가 쪽 벽에 점점이 까만 곰팡이가 피기 시작했다. 그 모습이 마치 이 집에 점이 생기는 것처럼 보였다. 왠지 몰라도 귀신 때문이라는 확신이 들었다.

내 방 창문 밖에 귀신이 서 있어도 남편은 꼬박꼬박 환기했다. 베란다 창문만 열면 안 되냐 묻자 곰팡이 때문에 안 된다고 했다. 공기가 통해야 한다나. 1년 넘게 취직을 못 한 남편의 자격지심은 집안일에 대한 성심으로 나타났다. 나는 환기를 마칠 때까지 거실에 숨어 있다가 남편이 창문을 닫고 블라인드를 내린 다음에야 방으로 돌아오곤 했다. 안 돌아올 순 없었다. 내 방은 작업실이었고, 먹고 살려면 작업을 해야 했으니까.

남편의 성실한 환기에도 불구하고 곰팡이는 점점 번져만 갔다. 남편은 결국 관리사무소에 클레임을 걸었다. 연락을 받고 온 직원이 창문 주위를 시커멓게 뒤덮은 곰팡이를 보고 눈살을 찌푸렸다.

"장마철도 아닌데 왜 이래?"

왜 이러긴.

나는 활짝 열린 창문 밖에서 직원과 마주 보고 서 있는 귀신을 곁눈질하며 신경질적으로 코웃음 쳤다. 옆에서 남편이 인상을 쓰며 조용히 하라고 눈짓했다.

직원은 곰팡이가 생긴 게 단열 문제가 아니라며 환기를 안 한 우리 책임이라고 했다. 곰팡이 제거 작업을 해 줄 순 있지만 수리비가 청구될 거라고도. 그리고 다른 집에서는 곰팡이 관련 클레임이 전혀 없다는 말을 구태여 덧붙였다.

남편이 억울해하며 환기는 꼬박꼬박한다고 항의하자 직원은 고집스러운 태도로 환기를 24시간 해야 한다는 헛소리를 지껄였다. 그러면서 노골적으로 빈정거렸다.

"이딴 임대 아파트 살면서 뭘 바래요?"

임대가 어때서. 나는 발작하듯 받아쳤다.

"이딴 임대 아파트에서 일하면서 돈 벌어 먹고사는 사람이 할 소리예요?"

직원이 살벌한 눈초리로 나를 쏘아보았다. 곰팡이가 아니라 나를 제거하고 싶은 눈치였다.

결국 남편이 나서서 직원을 돌려보냈다. 남편은 수리비 아까웠는데 잘 됐다, 저런 놈한테 맡겨 봤자 제대로 하지도 않았을 거라며 나를 달래고 직접 곰팡이를 제거했다.

그러나 하루도 가지 않았다. 창밖에 귀신이 눈 뻔히 뜨고 서 있는 까닭이었다. 귀신 붙은 창문 주위로 자꾸만 곰팡이가 피어났고 곰팡이 제거는 남편의 일과가 되었다.

나는 오렌지 향이 머리 아프게 진동하는 방에서 암막 블라인드를 치고 일했다. 그러나 블라인드 뒤에 서 있을 귀신의 존재가 끔찍이 신경 쓰여 작업에 몰두할 수 없었다. 덕분에, 아니, 때문에, 요 며칠간 나의 작업은 지지부진했다. 아무래도 컴퓨터를 거실로 옮겨야겠다. 거실의 가구 배치를 바꿀 생각을 하며 화장실에 갔다가 돌아왔더니……

귀신의 머리가 창문을 뚫고 방 안에 들어와 있었다.

"아아아아아아악!"

그악스러운 비명이 내 목청을 찢고 날아올랐다. 나는 블라인드에

박제처럼 걸려 있는 남자의 얼굴을 보면서 귀청이 터져라 비명을 질렀다. 말고는 아무것도 할 수가 없었다. 발바닥이 방바닥에 붙은 양, 한 발짝도 움직일 수가 없었다.

"왜! 왜 그래!"

대경실색해서 달려온 남편이 다짜고짜 내 몸을 얼싸안았다. 내가 패닉에 빠질 때마다 남편이 취하는 대처법이었다. 나는 남편의 품속에서 벌벌 떨면서 귀신의 머리를 가리켰다.

"머, 머리. 머리 들어왔어. 여보. 머리……!"

속절없이 울음이 터졌다. 나는 남편의 팔뚝을 부둥켜안고 몸서리치며 울었다. 귀신을 못 보는 남편이 내 등을 토닥이며 부드럽게 타일렀다.

"괜찮아, 여보. 아무것도 없어. 머리 없다."

남편은 통곡하는 내 귀에 대고 몇 번이고 되뇌었다. 괜찮다고. 아무것도 없다고.

그러나 고개를 돌려 쳐다본 블라인드엔 여전히 남자의 머리통이 붙어 있었고, 나는 하나도 괜찮지 않았다.

그날 나는 작업 공간을 거실로 옮겼다. 이후로는 방 근처에 얼씬도 하지 못했다. 귀신에게 방을 빼앗긴 기분이었고, 사실, 그게 현실이었다. 너무 무서운 한편으로 걷잡을 수 없이 화가 났다. 그 방이어떤 방인데. 평생 동생하고 같은 방을 쓰다가 결혼하고 나서야 처음으로 가진 내 방인데. 할 수만 있다면 귀신의 머리통을 박살 내 버리고 싶었다.

하지만 나는 귀신을 똑바로 보지도 못하는 겁쟁이였다. 귀신이 방에서 나올까 봐 무서워서 밤에 잠도 안 왔다. 나는 밤마다 거실과 부엌을 나누는 중문을 열어놓고 빈백에 앉아 책을 읽거나 핸드폰 게임을 하면서 방문이 열리지 않는지 감시했다. 그러다 아침 8시가 되어 남편이 깨어나면 그때서야 기절하듯 잠들곤 했다.

"그냥 자. 내가 있는데 뭐가 걱정이야."

남편은 속 편한 소리나 해대면서 아침 점심 저녁으로 빌어먹을 환기를 열심히 했다. 환기 못 해 죽은 귀신이 붙은 것 같았다. 환기하고 나면 방문 꼭 닫으라고 그렇게 신신당부했는데, 어느 날 보니 방문이 열려 있었다.

활짝 열려 있는 방문으로 방 한가운데 무표정하게 서 있는 남자가 보였다. 귀신이었다. 나는 까무러치게 놀랐고, 거의 까무러쳤다. 정신을 차리고 보니 남편의 품에 안겨 사이렌 같은 비명을 내지르고 있었다. 남편은 반쯤은 지치고, 반쯤은 질린 기색으로 고장 난 라디오처럼 괜찮다, 아무것도 없다는 소리만 중얼거렸다. 전혀 안 괜찮은데도. 우리 집에 귀신이 있는데도.

뵈는 게 없는 남편의 영혼 없는 위로는 한 귀로 무심하게 흘러들어와 다른 귀로 무심하게 흘러나갔다. 미칠 것 같았다. 언제부터지? 대체 언제부터 들어와 있던 거야.

이사 가자는 말이 목구멍까지 솟구쳤다. 하지만 나는 끝내 그 말을 입 밖에 낼 수 없었다. 우리의 작은 성은 절벽 위에 있었으므로.

이 뒤는 낭떠러지였다. 여기에서 물러나면 까마득한 수렁으로 곤두박질치게 되어 있었다. 귀신보다 더 무서운 6평짜리 수렁으로.

코딱지만 한 화장실 배수구에서 기어 나오는 썩은 악취, 변기 위에 매달린 샤워기에서 질금질금 새는 물소리, 비좁은 싱크대 찬장 속에서 기어 다니는 바퀴벌레 소리, 신발 쌓인 현관에 들러붙은 발냄새, 사철 발바닥에 쩍쩍 달라붙는 장판의 끈적임, 하나뿐인 창문으로 밤마다 새어드는 주정뱅이들의 고성방가와 발정기 고양이가 내는 아기 울음소리, 자려고 누울 때마다 남편과 맞닿은 팔에서 배어나던 땀. 죽어도 다시 겪고 싶지 않은 것들뿐이었다.

나는 악에 받쳐 귀신을 쐐려봤다가 기묘한 사실을 깨달았다. 귀신 얼굴에 있는 점들이 새끼손톱만큼 커졌다는 걸. 개수도 잔뜩 늘어나 귀신의 얼굴이 땡땡이 무늬로 보일 지경이었다. 점이 짙어, 얼굴에 작은 구멍들이 숭숭 뚫려 있는 것 같았다. 어떻게 보면 곰팡이가 피운 것 같기도 했다. 징그럽고 추했다.

바라보는 것조차 불편해 금세 눈을 돌렸지만 의문이 끈끈이처럼 들러붙었다. 저 점들은 뭘까. 왜 커진 걸까. 나는 점에 대한 의문을 떨칠 수가 없었다.

귀신이 집 안에 들어선 뒤로 곰팡이는 더욱 빠르게 증식했다. 내 방 문틀을 넘어 부엌까지 스멀스멀 기어 나왔다.

남편은 매일같이 곰팡이와 전쟁을 벌였다. 전쟁의 폐해는 심각했다. 매일매일 젖고 마르길 반복한 벽지는 누렇게 바랬고 퀴퀴한 곰팡내와 식초, 알코올, 락스, 화학 약품 냄새, 그 모든 냄새를 묻기 위한 독한 방향제 냄새가 뒤섞여 집안에선 형용 못 할 악취가 떠돌았다. 나는 더 이상 환기를 반대하지 않았다.

우리의 작은 성이 작은 시궁창으로 변해가던 어느 날이었다.

새벽에 소변이 마려워 비몽사몽 화장실로 들어갔는데 샤워부스 벽에 남자 머리통이 걸려 있었다. 얼굴을 새카맣게 덮은 땡땡이 속에 부옇게 죽은 눈이 동그마니 떠 있는 게 보였다.

귀신이었다. 내 방에 있는 귀신의 머리가 타일을 뚫고 화장실에 들어와 있었다. 아파트 복도에서 내 방으로 들어오기 전에 고개부터 들이밀었듯이.

그리고

눈이, 마주쳤다. 일순 심장이 멎었다가 폭발했다. 가슴에 포화가 쏟아지는 양 정신과 전신이 다 요동쳤다. 나는 비명도 못 지르고 주저앉았다. 바지가 뜨뜻해지면서 삽시간에 지린내가 퍼졌다.

그나마 화장실 안이라 다행이었다. 안도하기 무섭게 밑도 끝도 없이 비참해졌다. 내가 왜 나이 서른 넘어서 바지에 오줌을 지려야 하나. 내가 왜 내 집 화장실에서 실족해야 하나. 내가 왜.

나는 가까스로 바지를 벗어 던지고 화장실을 기어 나왔다. 여보, 여보. 남편을 부르는데 목소리는 안 나오고 흐느낌만 새어 나왔다.

"여보! 왜 울어!"

잠귀가 밝은 남편이 부엌으로 달려 나왔다. 화장실 불빛 앞에서, 지린내를 맡은 남편의 표정이 확 일그러졌다. 찰나뿐이었다. 남편은 언제 그랬냐는 듯 표정을 가다듬었다. 그럼에도 그 얼굴이 각막에 잔상처럼 남아 가슴을 후볐다.

"머리, 흑, 머리가…… 허어엉. 화, 화장실에."

나는 남편에게 설명하려고 애썼지만 마디마디 터지는 울음을 막을 수가 없었다.

남편은 세면대 밑에 떨어져 있는 바지를 보고 상황을 알아차린 모양이었다. 남편의 얼굴에 짙은 피로감이 내려앉았다.

남편은 묵묵히 소변 묻은 바지를 세탁기에 던져 넣은 뒤 수건에 비눗물을 적셔와 내 다리를 닦아 주었다. 고맙고 참담했다. 맨정신에 치매 환자가 된 기분이었다. 충격과 공포 때문에 나오던 눈물은 어느새 억울함과 야속함으로 바뀌어 있었다. 남편은 내가 울음을 그칠 때까지 안아 줬지만 이전처럼 괜찮다는 말은 하지 않았다.

그날 이후, 나는 차마 귀신이 있는 화장실을 쓰지 못하고 관리사무소 화장실을 이용하게 되었다. 하루에도 몇 번씩 들락거리는 나를, 관리사무소 직원들이 이상하게 쳐다보았다. 나도 불편해서 미칠 지경이었다. 집에 화장실이 없는 것도 아닌데, 없는 것과 다를 바 없어서. 하나뿐인 화장실을 못 쓰게 되니 집을 통째로 빼앗긴 것만 같았다. 이미 죽은 놈인 줄 알면서도 귀신을 죽여 버리고 싶었다. 방으로도 모자라 화장실까지. 씨발 새끼. 좆 같은 새끼. 찢어 죽일 놈의 새끼. 변의가 찾아올 때마다 살의가 펄펄 끓었다.

대소변은 관리사무소에서, 세안과 양치는 싱크대에서 해결했다. 하지만 샤워는 공짜로 해결할 수가 없었다. 나는 이틀에 한 번꼴로 찜질방을 가게 되었다. 남편에게도 찜질방에서 씻을 것을 권했지만 남편은 듣지 않았다. 집에 물이 안 나오는 것도 아니고, 자기까지 찜질방에 가는 건 사치라고 했다.

어느 날 찜질방에 갔다 왔더니 남편 뺨에 못 보던 점이 나 있었다. 점! 화장실을 차지한 점박이 귀신 때문에 점의 ㅈ자만 봐도 피가 식는데, 남편 얼굴에 새로운 점이 생긴 걸 보니 숨이 막혔다.

"여보 뺨에 점 뭐야? 언제 생긴 거야?"

떨리는 목소리로 다그치자 남편은 대수롭지 않게 어깨를 들먹였다.

"몰라? 요리할 때 기름 튀었나 보지."

그럴 수도 있었다. 하지만 그럴 리가 없다는 확신이 강하게 들었다. 나는 대뜸 남편의 손목을 그러쥐고 팔다리는 물론 귓불과 목덜미에 이르기까지 샅샅이 살폈다.

아니나 다를까. 점이라곤 겨드랑이에 있는 복점을 포함해 네 개밖에 없던 남편의 몸에 점이 잔뜩 늘어나 있었다. 누군가 붓펜으로 콕콕 콕 콕 찍어댄 것처럼.

섬뜩한 한기가 등줄기를 할퀴었다. 귀신 때문이야. 설명할 수 없는 확신이 뇌리에 못 박혔다. 하지만 어떻게?

나는 남편의 일거수일투족을 주시하면서 남편을 쫓아다녔다. 언제 어떻게 점이 생기는지 확인하기 위해서였다. 답은 금방 나왔다. 남편이 화장실을 다녀오자마자 턱에 점이 생긴 것이다. 피가 식었다. 귀신과 닿을 때마다 몸에 점이 생기는 게 분명했다. 나는 그 사실을 남편에게 알려주었다.

"여보도 화장실 쓰면 안 돼. 큰일나."

"무슨 큰일."

남편이 시큰둥하게 반문했다.

"나도 몰라. 죽거나 다치거나. 그런 거 말고 또 있겠어? 여보도 화장실 쓰지 마."

"나 다치고 나서 말해."

남편은 내 말을 귀담아듣지 않았다. 답답해서 미칠 것 같았다. 나는 남편이 화장실에 갈 때마다 문 앞을 가로막고 화를 냈다.

"나 과부 만들고 싶어서 이래? 화장실 쓰지 말라고! 쓰지 말라면 쓰지 마!"

"화장실을 어떻게 안 쓰냐! 난 너처럼은 못 살아! 그러고 싶지도 않고, 그럴 필요도 없고!"

하루에도 몇 번씩 부부싸움이 일어났다. 가난한 우리에게 있는 거라곤 부부 금슬밖에 없었는데, 그마저도 동티가 났다.

얼마 안 가 남편이 나에게 정신과 상담을 권했다. 억울하고 화가 나서 볼살이 떨렸다.

"나 안 미쳤어."

"여보 미쳤다는 거 아니야. 정신과는 미친 사람 가는 데가 아니야. 그거 편견이야. 그냥 상담 한 번만 받아 보자. 여보도 힘들잖아."

힘들긴 말도 못 하게 힘들었다. 관리사무소까지 가서 볼일 보고, 거기 직원들 눈치 보고, 귀신 때문에 불안해서 잠도 제대로 못 자고, 컨디션 회복이 안 되니까 소화도 잘 안 되고, 악순환의 반복이었다. 스트레스 때문에 머리를 빗거나 감을 때마다 머리카락이 한 움큼씩 빠졌다. 정수리에 생긴 동전만 한 땜빵을 볼 때마다 자존감이 와르르 무너져 내렸다.

나는 남편의 손에 이끌려 정신과 진료를 받았다. 남편이 예상한 나의 병명은 신경쇠약으로 인한 강박증이었지만 의사의 진단은 훨씬 심각했다. 의사는 내 눈에만 보이는 귀신을 환각으로 치부하며, 조현병이 의심된다고 했다.

말도 안 돼. 그러나 벽에 걸린 전문의 자격증이 나를 혼란에 빠뜨렸다.

진짜 환각인가? 내가 미친 걸까? 그럴지도 모른다. 이전에는 한 번도 귀신을 본 적이 없으니까.

환각이라고 생각하니 두려움이 조금 가셨다. 귀신보다는 정신병이 나으니까. 나는 일주일에 한 번씩 정신과 상담을 받기로 했다.

의사가 처방해 준 약을 먹어도 귀신은 계속 보였다. 다만 공포심이 무뎌져 약 기운이 돌 땐 귀신이 무섭지 않았다. 그래도 화장실을 쓸 엄두는 나지 않았다. 다른 남자 앞에서 바지를 내리는 기분이라서.

어느샌가 귀신의 얼굴은 먹칠한 듯 까맣게 물들어 있었다. 땡땡이처럼, 곰팡이처럼, 얼굴을 뒤덮고 있던 점들이 점점 커지다 하나로 합쳐져 끝내 얼굴을 삼킨 모양새였다.

남편도 저렇게 되는 걸까. 약을 먹고 무감해진 나는 남편을 무심히 쳐다보았다. 남편은 심각한 얼굴로 컴퓨터 앞에 앉아 흑색종, 악성 흑색종, 흑색종 증상 따위를 검색하고 있었다. 키보드를 치는 남편의 팔에는 어느샌가 송곳 구멍 같은 점들이 난잡하게 박혀 있었다.

"아무래도 검사를 받아 봐야 할 것 같아."

남편이 차분한 표정, 그러나 떨리는 목소리로 말했다.

나는 군말 없이 동행했다. 어느 정도는 예상하고 있었으니까. 죽거나 다치거나. 남편은 귀신과 닿아서 암에 걸린 게 분명했다. 약 기운이 가시자 눈물이 쏟아졌다. 남편은 죽고 나는 홀로 남아, 곰팡이로 뒤덮인 집에 시커먼 귀신과 남겨질 거라 생각하니 지옥이 따로 없었다. 남편과 함께 오순도순 지내던 우리의 작은 성은 나만의 작은 지옥이 될 예정이었다.

"왜 벌써부터 울어. 괜찮을 거야."

대학병원으로 가는 버스 안에서 눈이 충혈된 남편이 내 어깨를 안고 달랬다. 내 어깨를 감싼 손, 내 머리를 받치고 있는 어깨, 자기가 더 무섭고 걱정될 텐데도 나를 달래는 목소리가 가슴에 사무쳤다. 남편이 없으면 내가 울 때 누가 나를 달래 줄까. 내가 무서울 때 누가 나를 안아 줄까. 나에겐 남편이 필요했다.

나는 불현듯 깨달았다. 집 없이는 살아도 남편 없이는 살 수 없었다. 비로소 이사를 가야겠다는 결심이 섰다. 남편을 지켜야 했다.

병원에서는 조직 검사를 위해 남편의 피부 곳곳을 도려냈다. 검사 결과는 일주일 뒤에 나온다고 했다. 하지만 나는 이미 암 확진 결과지를 받아 들고나온 기분이었다.

나는 집에 돌아오자마자 남편에게 말했다.

"우리 이사 가자."

몸 곳곳에 거즈 반창고를 붙인 남편이 나를 안쓰럽게 쳐다보았다.

"안 그래도 돼."

"그래야 돼. 안 그러면 여보 죽어."

남편도 자기 몸에 일어나는 일이 정상이 아니라는 걸 알고 있었다. 괜찮다는 말은 못 하고 한숨만 쉬는 걸 보면 분명했다.

잠시 후 남편이 맥없이 대꾸했다.

"그럴 돈 없어."

"이 집 보증금 빼고, 대출 갚은 다음에 새로 받으면 되잖아."

"그래 봤자 이만한 집 못 구해. 이사 가려면 전에 살던 원룸 같은 데로 가야 하는데, 그러고 싶어?"

남편이 나직하게 되물었다.

순간 오래된 악취가 코를 찌른 것만 같았다. 물론 싫었다. 하지만 어쩔 수 없었다.

나는 짐짓 태연한 척 대꾸했다.

"전에도 잘만 살았는데 뭐."

"잘만 살기는 언제. 맨날 죽겠다는 소리만 했잖아. 더워 죽겠다, 추워 죽겠다, 좁아 죽겠다, 더러워 죽겠다."

"진짜로 죽진 않았잖아. 난 괜찮아."

"……내가 안 괜찮아."

말문이 막혔다. 고개를 돌려 나를 외면한 남편이 서글픈 목소리로 덧붙였다.

"나는 싫어. 이 꼬라지로 사는 것도 나 때문인데 또 거기로 이사까지 가는 건."

나는 그제야 깨달았다. 이 집을 포기 못 하는 건 나뿐만이 아니었다. 남편도 마찬가지였다. 그동안 내가 자격지심이라고 생각했던 것은 다시 보니 자괴감과 죄책감이었다. 나는 아무 말도 할 수 없었다.

"어쨌든 기다려 보자. 별일 아닐 테니까 걱정하지 마."

애써 밝은 목소리로 나를 달랜 남편은 여느 때보다 더 열심히 곰팡이를 제거했다. 곰팡이가 없어지면 본인의 죄책감과 나의 두려움도 사라질 거라는 듯이.

그러나 사라지는 건 남편의 살냄새뿐이었다. 살균제 냄새가 진동해서 남편 몸속에 피 대신 살균제가 흐르는 것만 같았다.

화장실 안의 귀신은 느릿느릿 꾸준하게 거실 쪽으로 나아갔다. 화장실과 면한 거실 벽에서는 검은 점 같은 곰팡이들이 스멀스멀 피어올랐고, 남편의 몸에서는 곰팡이 같은 점들이 꾸물꾸물 퍼져나갔다.

남편 몸에서 증식하는 점처럼 내 안의 두려움도 커다랗게 번져만 갔다. 저 작은 점들이 내 남편을 야금야금 먹어 치우고 있는 것만 같았다.

피 말리는 일주일이 지나고, 남편의 사형 선고를 받으러 간 병원에서 뜻밖의 결과가 나왔다.

"그냥 점이네요."

의사는 자기가 말하고도 믿지 못하는 기색이었다. 남편이 조직 검사할 때 찍은 사진을 놓고 그때보다 훨씬 커진 점들을 비교하면서 고개를 갸웃거렸다.

"의사 생활을 십수 년 했지만 이런 경우는 처음 봅니다. 희한하네요."

암이 아니라니 천만다행이었다. 하지만 사람 마음이 간사해서, 막상 결과를 받고 나니 조직 검사할 돈으로 무당집에 갔어야 했다는 후회가 들었다. 이런 경우는 처음 보네, 희한하네, 이딴 소리나 듣자고 대학병원까지 온 게 아니었는데.

그래도 남편은 크게 안도했다. 의사가 한 일이라곤 진찰과 조직 검사밖에 없는데 생명의 은인이라도 대하듯 연신 감사를 표했다.

"일종의 피부병 같긴 한데……. 정확한 원인을 알아내야 되니까 추적 검사를 좀 받아 보시죠."

의사가 말했다.

증세가 원인불명이라는 걸 의사가 보증했으니 남편도 이제 귀신 때문이라는 걸 인정할 줄 알았다. 내 말을 믿을 줄 알았다.

하지만 아니었다.

"곰팡이 때문이야. 인터넷에서 봤는데 피부에도 곰팡이가 생긴대."

남편은 집에 돌아오자마자 멋모르는 소리나 해대면서 고무장갑을 꺼내 들었다. 고무장갑에서 풍겨 오는 살균제 냄새가 복장을 뒤집었다. 나는 남편의 손에서 고무장갑을 빼앗아 내동댕이쳤다.

"하지 마!"

"왜 이래."

남편이 뜨악한 얼굴로 나를 쳐다보았다.

"귀신 때문이라니까? 이 지랄맞은 곰팡이들이랑 여보 몸에 점, 다 귀신 때문에 생긴 거야. 이사 가야 한다고!"

나는 사방에 삿대질하며 소리쳤다. 손끝 가는 곳마다 곰팡이가 없는 곳이 없었다. 시커먼 곰팡이가 거미줄처럼 사방을 에워싸고 있었다.

"진정해."

"내가 지금 진정하게 생겼어? 여보가 내 말을 안 믿잖아!"

"말 같은 소리를 해야 믿지!"

버럭 받아친 남편이 한발 늦게 아차 싶은 표정을 지었다.

이럴 줄 알았다. 정신과 데려갈 때부터 미친년 취급하는 줄 알았다.

이제는 진짜로 미쳐버릴 것 같았다. 내가 분명 처음부터 말했는데, 몇 번을 말했는데……

더 이상 견딜 수가 없었다.

"이리 와. 보여 줄 테니까."

나는 남편의 팔뚝을 붙잡고 화장실로 끌고 갔다. 화장실 문을 열자 변기 속에 서서 벽을 보고 있는 귀신이 보였다. 귀신은 늘 그랬듯이 정물처럼 서 있었다. 무표정하게, 꼼짝도 않고.

"두 눈 똑바로 뜨고 잘 봐. 내 몸에 점 생기는 거."

나는 남편 앞에서 보란 듯이 소매를 걷어붙이고 귀신에게 손을 뻗었다. 이를 악물고 벌벌 떨리는 손을 귀신의 몸뚱이 속으로 악착같이 밀어 넣었다. 내 손은 아무런 저항 없이 귀신의 몸속으로 사라졌다.

그때였다. 갑자기 귀신이 고개를 돌려 백내장 환자처럼 허연 눈으로 나를 똑바로 쳐다보았다.

나는 소스라치게 놀랐다. 손을 확 빼고 정신없이 물러서다가 화장실 문턱에 걸려 나자빠졌다.

"괜찮아?"

남편의 목소리가 걱정스럽게 물었다.

괜찮지 않았다. 귀신이 나를 보고 있었다. 나는 차마 일어나지도 못하고 엉덩이 걸음으로 미친 듯이 물러났다. 나를 일으키려는 남편을 뿌리치고 짐승처럼 네발로 기어 거실로 도망쳤다. 내 목에서도 짐승 울음소리가 새어 나오고 있었다.

"여보! 왜 그래. 응? 왜 울어."

안절부절못하며 쫓아온 남편이 나를 부둥켜안았다. 검게 얼룩진 피부가 코앞으로 바짝 다가오자 정신이 번쩍 들었다. 내가 지금 울고 있을 때가 아니었다. 나는 남편을 밀치고 옷을 벗어 던졌다. 속옷까지 남김없이 전부. 나 때문에 엉덩방아를 찧은 남편이 표정을 일 그러트렸다.

"대체 왜 이러는 거야……!"

"점!"

나는 울부짖었다.

"점 찾아야 돼. 점!"

귀신이 나를 봤다. 당장이라도 무슨 일이 생길 것 같았다. 어서 빨리 남편에게 증명해야만 했다. 내 말이 사실이라는 걸. 이 모든 게 귀신 때문이라는 걸.

그런데 아무리 찾아봐도 없었다. 목덜미와 등과 겨드랑이와 엉덩이와 가랑이 사이까지 샅샅이 뒤져도 새로 생긴 점은 보이지 않았다.

나를 지켜보던 남편이 한숨을 쉬며 말했다.

"그러게 내가 뭐랬어. 곰팡이 때문이래도."

그 말을 듣는 순간 뱃속에서 천불이 솟구쳤다. 이건 귀신의 농간이었다. 나는 화장실로 달려가 귀신의 몸뚱이에 손을 집어넣고 마구 휘저었다. 그래도 점이 생기지 않았다. 격분에 차서 귀신을 쏘아보자 내내 표정 없던 검은 얼굴이 입꼬리를 귀밑까지 찢었다.

웃어?

눈이 회까닥 뒤집혔다. 머리끝까지 솟구친 열화가 공포심마저 깡그리 불사르고 눈과 귀와 코와 입으로 뿜어져 나왔다. 나는 부엌에서 식칼을 가져와 귀신을 찔렀다. 머리와 목과 가슴과 옆구리를 마구 긋고 베고 쑤셨다.

"죽어. 죽어. 죽어. 죽어!"

이 쌍놈의 새끼. 곰팡이 새끼. 네가 감히 내 집을. 내 남편을. 내 인생을!

그래 어디 한 번 해보자, 이 새끼야. 죽여. 남편도 죽이고 나도 죽이고 다 죽여. 나도 귀신 돼서 널 죽여 버릴 거야. 죽여 버릴 거야!

"죽어억! 아아아! 아아아악!"

나는 비명을 지르며 식칼을 마구 휘둘렀다. 하지만 칼날은 귀신을 통과해 허공만 가를 뿐이었다. 눈물이 앞을 가렸다. 죽여 버리고 싶다. 죽어버리고 싶다.

뭘 어떻게 해야 되는 걸까. 어떻게 해야 이 새끼가 없어질까. 어떻게 해야 남편이 내 말을 믿을까. 어떻게 해야 남편을 살릴까. 어떻게 해야……

별안간 남편이 뒤에서 나를 끌어안았다.

"놔아악!"

악을 쓰며 버둥거리는 내 귀에 남편이 젖은 목소리로 속삭였다.

"미안해. 미안해……."

숨이 멎었다. 뭐가 미안한 걸까. 왜 미안한 걸까. 이제 와서. 이제 와서……. 이게 다 무슨 소용일까.

식칼을 든 손이 힘없이 떨어졌다. 나는 뒤돌아서서 남편의 어깨에 얼굴을 묻고 목쉰 소리로 울었다. 남편은 다만 미안하다고 되뇌며 내 등을 토닥였다.

천천히, 울음이 잦아들었다. 분노는 가라앉고 체념이 차올랐다. 어차피 내가 할 수 있는 건 아무것도 없었다. 어느 누가 죽음을 피할 수 있을까. 동그란 죽음이 이 집을 파먹고 내 남편을 좀먹고, 중국에는 나도 잡아먹을 것이다.

그날 밤, 불 꺼진 거실에서 잠자리에 누워 있는데 문득 무덤에 누운 듯한 착각이 들었다. 빛 한 점 들지 않는 어둠과 코끝에 맴도는 살균제 냄새, 가슴을 짓누르는 절망감이 몸뚱이를 까마득한 땅속으로 끌어내리는 듯했다. 이 집이 이대로 우리의 무덤이 될 것 같았다.

그런 생각을 하고 있을 때 나란히 누운 이부자리에서 내 쪽으로 돌아누운 남편이 부드러운 목소리로 나를 불렀다.

"여보."

"응."

"내일 집 보러 가자."

나는 귀를 의심했다. 남편의 변심을 믿을 수가 없었다. 이사 가기 싫다고 했으면서. 돈 문제로 자책하고 있었으면서. 갑자기 왜.

그저 나를 달래려고 하는 소린지, 진심으로 하는 소린지 알 수 없었다. 나는 남편 쪽으로 돌아누워 미심쩍게 되물었다.

"정말?"

"응."

"이사 갈 돈 없잖아……."

"보증금 빼고 대출받으면 어떻게든 되겠지."

예전에 내가 했던 말을 되풀이한 남편이 씁쓸한 미소와 함께 덧붙였다.

"그래봤자 원룸이겠지만."

"……."

"왜, 이사 가기 싫어?"

"아니. 좋아."

"그럼 가자."

"……왜?"

"그냥……."

말꼬리에 묻은 죄책감이 차마 나오지 못한 뒷말을 들려주었다. 방도 못 쓰고, 화장실도 못 가고, 거실 한쪽으로 내몰리고 내몰리다 결국엔 알몸으로 칼을 들고 미친 사람처럼 그렇게…… 그렇게 돼 버려서.

남편이 후회 어린 눈빛으로 이어 말했다.

"아무튼. 여보가 그동안 계속 이사 가자고 했는데 이제야 그러자고 해서 미안해."

코끝이 아리더니 눈물이 흘러나왔다. 남편이 손을 뻗어 내 눈물을 닦아 주었다. 나는 남편의 손바닥에 뺨을 묻고 울었다. 항상 나를 감싸 주고 안아 주고 달래 주는 손의 온기에 켜켜이 쌓인 서운함과 야속함이 봄눈처럼 녹아내렸다.

"진작 여보 말을 들었어야 했는데. 여보가 이 정도로 무섭고 힘든 줄 내가 미처 몰랐어. 미안해."

남편이 내 뺨을 어루만지며 말했다. 나는 고개를 저으면서 남편의 품으로 파고들었다.

"아니야. 괜찮아. 고마워……."

지긋지긋한 살균제 냄새 사이로 익숙한 체취가 코에 스몄다. 비로소 마음이 놓였다. 아직 늦지 않은 것 같아서.

남편이 내 이마에 입 맞추며 속삭였다.

"이제 다 괜찮아질 거야."

다음 날 아침, 눈을 뜨자마자 마주 누워 나를 보고 있는 남편이 보였다. 나는 반사적으로 미소 지었다. 하지만 남편은 나를 따라 미소 짓지 않았다. 점투성이 얼굴로 마네킹처럼 무표정하게 나를 바라볼 뿐이었다. 그 모습이 이상하게 소름 돋았다.

"여보."

면전에서 불러도 대답이 없었다. 나는 남편에게서 눈을 돌리지 않으려고 애쓰며 다시 한번 남편을 불렀다.

"여보."

무섭게 침묵하는 남편의 어깨 너머로 벽에서 튀어나온 검은 얼굴이 보였다. 마침내 거실에 들어선 귀신의 머리가 나를 내려다보며 히죽이 웃고 있었다.

"여보. 여보……."

나는 대답하지 않는 남편을 부르며 울었다.

구조구석방원

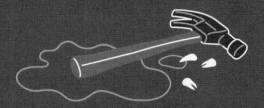

아소

다독 다작의 꿈에 시달리는 사람. 장편 로맨스 판타지 『가시관과 환상향』,
『나를 살해한 구혼자』를 출간했다. 단편집 『곧 죽어도 등교』에서
「연기」를 수록하였다.

문 좀 닫아줄래요? 동기랑 내기를 했어요. 일주일 동안 문을 잠그지 않고 지낼 수 있냐는 내기예요. 진 사람이 상대방한테 백만 원을 주기로 했거든요. 언뜻 들으면 적어 보여도 공짜로 받는다고 생각하면 제법 할 만한 액수입니다.

사실 집에 그만한 현찰도 없었어요. 혹시 도둑이 들더라도 손해는 아니었죠. 게다가 집이 계단식 아파트라서 외부인이 지나다닐 일도 적었습니다. 그래도 이해가 안 간다면 내가 왜 선뜻 내기를 받아들였는지 설명이 좀 필요하겠네요.

처음 시작은 가벼운 말다툼이었습니다. 친한 여자 동기가 있었는데, 요즘 다들 그렇듯이 사소한 일로 일반화를 잘하는 애였습니다. 어떤 빈집털이가 집에 침입했다가 주인이 여자인 걸 알고 성폭행을 시도했다고요. 다행히 미수로 끝나서 참 사회적으로 흉흉한 일이다.

뭐 그런 대화가 오갔습니다.

그랬더니 동기는 이것도 성차별이다, 이런 식으로 말을 하더라고요. 깜짝 놀라서 왜 그렇게 생각을 하냐고 물어봤더니 주인이 남자였으면 그런 일을 당했겠느냐, 이렇게 말을 해요. 물론 도둑이 그런 일을 남자한테 시도하지는 않겠지만 뜬금없잖아요. 어쩌면 빈집털이가 게이일 수도 있잖습니까. 그랬더니 지금 맥락 파악을 제대로 못 한다나요. 내가 말입니다.

기가 막혔지만 이성적으로 받았죠. 빈집털이든 성폭행이든 만에 하나 일어나는 일 아니냐. 나도 당할 수 있는 거고 너무 그런 식으로 생각하지 마라. 차분하게 얘기했더니 내가 남자라서 역시 이해를 못 한다고 하더군요. 울컥해버렸죠. '너랑 나랑 다를 게 없다'라고 얘기했더니 만약에 지금 창문 열고 도둑이 들어오면 할 수 있는 게 다르다고 했습니다. 자기는 현실적으로 때려눕히는 게 불가능하지 않느냐. 뭐 이렇게 말하더군요. 물론 제가 평균치고 키도 크고 덩치도 좀 있습니다. 하지만 평소에 그렇게 남녀평등을 말하던 애가 이럴 때만 약한 척하는 것 같아서 솔직히 웃기기도 하고. 내심 비웃으면서 그럼 어떻게 해야 공평하겠냐고 물어봤습니다.

한참 고민하더니 적어도 문은 안 잠그고 살아야 비슷하게 불안하지 않겠냐고 하더군요. 제가 원래 성격이 욱하는 면이 있어서 그거 별거 아니다. 솔직히 뭐가 다르겠냐. 하고 대뜸 질러버렸더니 눈이 번쩍하던데요. 정말? 하고요.

반쯤 장난으로 만약에 내가 진짜 안 잠그고 살면 어쩔래. 그랬더니 백만 원 줄게. 하고 대뜸 그러던데요. 놀라서 진짜냐고 몇 번이나 되물었죠. 정말이래요. 내기하제요. 애가 완전히 진심이더라고요. 꽁으로 백만 원이 굴러들어오게 생겼는데 당연히 좋다고 했습니다.

제법 깐깐하게 조건도 따지더라고요. 처음에는 한 달을 부르기에 아무리 그래도 반 장난인데다가 내가 사는 집인데 너무 길지 않냐. 그랬더니 선심 쓰듯이 일주일로 줄여주더라고요. 대신 창문까지 다 열어야 하고 일주일 동안 절대로 집 밖에 나가지 말라고 했어요. 우스갯소리로 너 나 감시할 거냐고 그랬더니 문밖에다가 CCTV를 달아놓을 거래요. 요즘 현관용으로 싸고 좋은 게 많이 나왔다고. 난 그런 게 있는 줄도 몰랐어요.

설치비까지 자기가 다 댄다기에 알아서 하라고 했죠. 그렇게 날짜까지 정하고 현관 비밀번호까지 알려줬어요. 어차피 동기랑 꽤 친했으니까 여차하면 걔가 사는 주소도 금방 알 수 있고. 설마 나한테 무슨 짓을 하겠어요.

그렇게 잊고 본가에 잠깐 갔는데, 어느 날 연락이 왔어요. 준비 다 끝났다고. 호기심 반 긴장 반으로 집으로 돌아갔습니다. 동기가 준비를 엄청 했더라고요. 창문이랑 베란다는 절대로 안 움직이게 무슨 장치로 고정해놓고, 현관 위에 카메라도 달았더군요. 누가 문 앞에 10초만 서 있어도 곧장 녹화되는 장치라고 신나서 설명도 했습니다.

녹화된 영상과 별도로 방마다 카메라를 숨겨놓고 인터넷으로 방송도 할 거라고 장담했습니다. 아무리 그래도 방송은 너무 심하다 싶었는데, 비공개 방이니까 걱정 말라고 오히려 큰소리를 쳤어요. 지금도 녹화 중이라면서 휴대폰으로 자기 계정을 보여주는데, 확실히 비밀번호를 모르면 못 들어오게 해놨더라고요.

공짜로 백만 원 받는 게 쉬운 줄 알았냐면서 놀리는데 그만 오기가 생겨서. 내가 진짜 버틴다 장담을 했죠. 마음대로 하라면서 자기가 이기면 백만 원에다 설치비용까지 받겠다고 막 실실거리더군요. 어쩐지 너무 선뜻 자기 돈을 쓰더라니. 꿍꿍이가 있던 거였죠.

허탈해져서 동기를 보내는데 손에 뭘 쥐고 있어요. 보니까 건전지예요. 현관문 건전지 빼놨으니까 이대로 문 닫으면 된다네요. 혹시라도 수동으로라도 잠글 생각 말래요. 본드로 막아놨다고. 너 진짜 정성이라고, 돈 받아봤자 문 수리하는 데 다 들어가는 거 아니냐고 해도 어깨만 으쓱하더니 내기나 잘하래요. 알았다고 했죠. 빨리 시작해야 빨리 끝날 것 같아서 같이 시간부터 확인했어요.

월요일 오후 4시 44분이었어요. 저 원래 미신 같은 거 믿는 성격 아니에요. 그냥 막상 한다니까 찜찜한 상황에 숫자까지 그 모양이라. 그때부터 시작이라고 확인한 다음에 동기를 보냈어요. 문을 닫았는데 번호 키 특유의 소리가 안 나니까 확실히 느낌이 이상하긴 했습니다.

그래도 일주일만 지나면 공돈이 들어올 생각에 웃음이 나왔어요. 평소대로 일주일만 살면 백만 원이 굴러들어오니까요. 첫날은 평범하게 지냈습니다. 그리고 이튿날이 되었습니다. 동기가 기계 설치만 하고 음식은 제대로 준비를 안 했더라고요. 어제부터 아침까지 라면만 끓여 먹다가 지겨워져서 배달을 하나 시켰어요.

가게 영업시간을 기다렸다가 족발을 주문했습니다. 배달원이 올 즈음에 맞춰서 현관으로 나가 기다렸죠. 미리 문을 열어둬야 의심을 덜 살 테니까요. 나가지만 않으면 되니까 동기도 뭐라고 못할 거라

여겼습니다.

곧 배달원이 도착해서 차례차례 음식을 내려놓았습니다. 계산하려고 카드를 내미는데 배달원이 안쪽을 힐끔거리는 게 느껴졌습니다. 헬멧을 고쳐 쓰는 척하면서 눈동자가 움직이는 게 보이더군요. 그러더니 갑자기 나 혼자 사냐고 물어봤습니다. 배달원이 말을 건 적은 처음이라 약간 당황했어요. 혼자 산다고 대답했다니 진짜냐고 되묻더라고요. 그때부터 미간을 좁혔습니다. 왜 물어보시냐고 목소리가 좀 커지니까 아니라고 금방 나가더라고요.

뭘 봤기에 그러는지 혹시나 싶어 음식을 옮기며 찾아봤습니다. 그러다 신발장에서 뭘 발견했었어요. 못 보던 여자 구두가 신발장에 있었습니다. 그것도 여간해선 찾기 어려울 만큼 구석에 말이에요. 배달원이 저걸 보고 그랬나.

제게 여자 친구가 있는 건 아니니까 짐작 가는 건 동기뿐입니다. 전화했더니 금세 시인하더군요. 이것저것 설치하며 다니는 동안 불편해서 놓고 갔다고. 거기 족발 맛있긴 하더라. 네가 너무 칙칙하게 살아서 하는 김에 정리 좀 했다. 쉽게 말하던데요. 그제야 바뀐 커튼이며 디퓨저 같은 소소한 물건들이 눈에 들어왔습니다. 남의 집을 막 여성스럽게 꾸민 건 아니고 적당히 관리한 티가 날 정도여서 크게 뭐라고 할 일은 아니었습니다.

그래도 남의 집인데 상의는 했어야지 하고 따지니까 동기는 내기나 잘하라며 전화를 끊었습니다. 정작 일을 저지른 게 누군데 말이죠? 후회하다가도 오기가 생기는 기분 아십니까? 이렇게까지 했으니 정말 끝장을 봐야겠다 싶은 마음이었죠.

이틀째가 되니까 전날엔 모르던 문제점도 슬슬 발견되었습니다. 창을 닫을 수 없으니 집안이 추웠고, 밖에 나갈 수 없어 오는 연락도 다 거절해야 했습니다. 꽤 심심하더군요.

시간이나 때우자 싶어 게임으로 하루를 보냈습니다. 오랜만에 집중해서 그런지 샷빨도 괜찮고 연전연승이었죠. 한참 게임을 하다 보니 밤이 되어도 잠이 안 왔습니다. 치킨을 시키고 또 시간을 맞춰 현관에서 기다리는데 문득 깜깜한 집안이 보였습니다. 밤공기가 고스란히 들어온 거실이 괜히 음산하게 보여서 계산을 끝내자마자 불을 켰습니다. 하는 김에 커튼도 닫으려고 했어요. 그런데 베란다 너머로 언뜻 누군가가 보였습니다. 높아서 확신할 순 없었지만 이쪽을 올려다보는 사람 같았어요.

그럴 리가 없는데도, 눈이 마주쳤습니다. 순간 기분이 이상해서 커튼을 바로 쳐버렸어요. 바람 때문에 곧장 부풀어 오른 커튼이 시야를 가렸습니다. 부푼 천이 몸에 감기는 데 당황해 허둥거리자 괜히 자존심이 상했습니다. 누가 여길 본다고. 억지로 다시 커튼을 젖혀보니 그 자리엔 아무도 없더군요. 혹시 동기가 확인해보러 왔나 싶었지만, 작정하고 카메라까지 설치한 애가 올 필요가 있나 싶었습니다. 게다가 동기 얼굴이 아니었어요. 그날 밤은 자면서 좀 뒤척거렸습니다.

셋째 날은 컨디션이 썩 좋지 않았습니다. 눈을 떴는데도 침대에서 내려가기가 싫었어요. 이대로 누워만 지낼까 고민하는데, 갑자기 띠링 하는 소리가 울렸습니다. 바깥에서 나는 소리였어요. 나가서 확인해보니 벽에 붙은 낯선 화면이 켜진 게 보였습니다. 현관 밖에 설치된 CCTV와 한 세트인 액정이었어요.

갑자기 왜 CCTV 화면이 켜졌는지 몰랐습니다. 딱히 사람이 보이지도 않았거든요. 설명서를 찾다가 동기가 했던 말이 기억났습니다. 이 CCTV는 움직임이 감지되어도 곧장 촬영을 시작한다고 말이죠. 그때는 굳이 그런 성가신 기능이 있을 필요가 있나 싶었지만 동기는 세상이 어떤지 알면 너도 이해할 거라고 하더군요. 세상 어쩌고 하는 소리는 흘려들었지만, 확실히 아무도 없는 공간을 갑자기 촬영하기 시작하자 신기했습니다. 바람이라도 불었나 싶어 현관만 열어봤는데, 바람은커녕 미풍도 불지 않았습니다. 평소에 닫아두던 비상구 쪽 계단이 열려 있던 것만 빼면 수상한 점도 없었습니다.

찾아온 사람은 없는데 인기척만 느껴지다니요. 기껏 설치해 놓은 물건이 고장 난 게 틀림없었습니다. 속으로 혀를 차고는 동기에게 핀잔도 줄 겸 방송을 켰습니다. 집 내부를 찍고 있는 카메라는 총 네 대였습니다. 현관에 둘, 거실에 하나, 부엌에 하나. 그 외의 공간은 나름대로 사생활을 존중하려고 가렸더라고요.

영상 속에서 돌아다니는 제 모습은 낯설었지만 그럭저럭 평범했습니다. 카메라에 보이는 모습이 제법 괜찮더라고요. 이상한 건 아무것도 없었어요. 이대로라면 손쉽게 백만 원을 얻을 것 같아서 의욕이 솟았습니다. 어차피 더 할 일도 없으니 청소까지 할 마음이 들었습니다. 거실에선 센 바람이 불어 닥치니, 이미 환기도 끝났죠. 그렇게 해가 저무는 줄도 모르고 치운 것 같습니다.

어두워지니까 나머지는 대충 내버려 둬도 되겠다 싶더군요. 피곤해서 그대로 뻗었습니다. 누워있었더니 커튼 밑으로 바깥이 보이더군요. 어제 보았던 인간이 또 서 있었습니다. 게다가 기분 탓인지 인원이 늘었어요. 띄엄띄엄 성인의 윤곽이 보였습니다. 동네에 돌아다니는 어린 양아치 놈들은 아니었습니다. 담뱃불도 없었고 손에 들린 휴대폰 불빛에 언뜻 노숙한 얼굴이 비쳤기 때문입니다.

여기는 번화가나 학교 주변처럼 사람들이 돌아다닐 만한 지역이 아니에요. 완전한 주거지역입니다. 갑자기 저런 인간들이 왜 내 집 주변을 배회하는지 의문이 생겼습니다. 무릎을 굽히고 일어나 곧장 경비실에 연락했습니다. 괜히 찜찜하더군요.

얼마 지나지 않아 경비가 나오자 그들은 흩어졌습니다. 별로 큰 소리도 안 났습니다. 금방 해결된 데 만족해서 거실 불을 켰는데, 딱 한 사람이 가지 않고 그 자리에 서 있었습니다. 어제와 똑같은 자리에, 경비가 놓치려고 해도 놓칠 수 없는 놀이터 정 중앙에서, 빤히 나를 보더군요. 불이 켜진 거실을 등진 내가 정확히 보였을 겁니다.

그대로 곧장 커튼을 닫았습니다. 성질이 뻗쳐서 말이에요. 누가 엿본다는 생각이 들자 기분이 정말 더러워지더군요. 당장이라도 내려가서 뭐 하는 자식이냐고 따지고 싶었는데 내기 때문에 꾹 참았죠. 괜한 주먹을 틀어쥐며 화를 삭였습니다. 이제 겨우 사흘째인데 같잖은 녀석 하나 때문에 망칠 수는 없었으니까요. 급기야 저놈이 차라리 도둑이었으면 하는 생각까지 들었습니다. 보니까 덩치도 작은 게 충분히 제압할 수 있겠더라고요. 내가 못 나가면 네가 와 봐라. 그런 생각으로 눈을 감았습니다.

언제 잠들었는지는 모르겠어요. 잠이 들었던 적도 없는데 꿈을 꾸고 있는 기분이었습니다. 길게 누워있는 채로 번쩍 눈을 떴는데 몸이 움직여지지 않아서 가위가 눌렸다는 걸 깨달았습니다. 감긴 내 눈은 푸른 벽을 향한 채 등 뒤에 있는 그림자를 노려보았습니다. 이상한 감각이었습니다. 그게 나를 내려다보고 있었어요. 그리고 아주 작은 '흑' 소리. 끝음절을 목구멍으로 삼켜 들어가는 '흑'. 꼼짝없이 벽을 바라보면서도 메마른 잇몸에 들숨이 파고드는 장면이 보였습니다. 벌레가 파먹은 자리처럼 나선형을 그리며 들어간 까만 이빨 사이로 메마른 공기가 통하더니. 웃더군요. 나도 모르게 머리가 쭈뼛 섰습니다.

어떻게든 움직이면 가위에서 깨어난다고 들었어요. 그때부터 몸에 힘을 주기 시작했습니다. 미치겠더라고요. 온몸의 근육이 필사적으로 굳어가는 데 정작 힘은 갇혀서 분출되지 못하는 느낌 아십니까. 바위를 흔드는 것 같았어요.

어디든 좋으니 하나만 걸려라 하는 마음으로 눈을 부릅떴습니다. 벽에 비친 내 그림자가 얼핏 들썩거리는 느낌이 났어요. 됐다 싶었죠. 그대로 확 어깨를 치켜드는 순간 갑자기 뒤에서 다른 그림자가 솟아났습니다. 식겁할 틈도 없이 번쩍 팔다리가 움직였죠.

눈 깜짝할 순간에 가위는 풀렸습니다. 놀란 상체가 일어나는 모습이 얌전하게 그림자로 나타났을 뿐. 나중에 보니 식은땀을 잔뜩 흘렸더군요. 목 아래로 땀방울이 굴렀습니다. 약간 심란했을 뿐인데 가위까지 눌릴 줄이야. 자존심이 먼저 상했습니다.

아무래도 평소에 안 하던 짓을 한 탓에 가위가 눌렸나 싶었습니다. 짜증을 해소하려고 눈도 비비지 않은 채 커튼을 걷었습니다. 그대로 몸이 굳더군요. 밝은 대낮에 또다시 인간들이 몰려와 있었습니다. 아무리 봐도 착각할 수 없을 만큼 이쪽을 곁눈질하면서요.

일이 심각하게 돌아간다 싶어 동기에게 바로 연락했습니다. 동기는 아무것도 모르고 잘 버티고 있냐고 쾌활하게 받더군요. 바로 말하면 화를 낼 것 같아 한차례 숨을 고르고 물었습니다. '너, 누구한테 내 얘기 한 적 있냐.' 뜬금없이 무슨 소리냐는 반응이었습니다. 그래도 채근하자 잠깐 생각해보더니 조교가 저더러 왜 요즘 불러도 안 나오냐고 물었다는 말이 돌아왔습니다. 저랑 조교 형이랑 친하거든요. 그나마 나 걱정해주는 인간이 그 형밖에 없다고 생각하니 새삼 인간관계를 돌아보게 됐습니다. 동기는 아무것도 모르고 내기 못 끝낼 거 같아서 벌써 밑밥 까는 거냐고 놀리더군요. 좀 세게 그런 거 아니라고 말하고 통화를 끊었습니다. 개한테 이런 자질구레한 얘기를 말할 생각은 아니지만 지금 내 기분이 상한 건 알아야 하는 거 아닙니까?

다시 바깥을 보니 모여 있던 인간들은 늘어나 있었습니다.

그때부터 컴퓨터와 패드를 줄곧 켜놓고 있었습니다. 이를 닦으면서도 휴대폰을 들고 들어갔어요. 별 건 아니고 그냥 방송을 보려던 겁니다. 집안에 설치해놨던 카메라요. 솔직히 불편하다고 생각했는데 한 손에 집안 구석이 다 들어오니까 괜찮더라고요. 어차피 내 집인데 카메라 달아서 나쁠 것도 없다며 합리화를 했습니다. 한 손으론 칫솔을 잡고 다른 손으로 멍하니 똑같은 화면을 들여다보는데, 갑자기 커튼이 세게 펄럭이는 게 보였습니다. 그것뿐이면 말을 안 해요. 창가에 맞춰진 초점에 새까만 손등이 휙 올라오는 게 보였습니다. 목구멍까지 넘어간 치약 거품이 즉시 역류했습니다. 컥컥거리며 거실로 뛰쳐나가는데 이런 젠장할. 거실에 이미 사람이 있었습니다.

속된 말로 존나 찐따같이 생긴 새끼였습니다. 눈에 쳐다보기도 싫은 음습함을 렌즈처럼 끼고 사회에 대한 불만만 쳐 나오는 혹 주머니를 양쪽 볼 따귀에다 붙여놓은 부류요. 날 보니까 흠칫하며 놀라는 꼴에 혈압이 치솟았습니다. '너 뭐 하는 새끼야' 하고 소리를 지르면서 주먹부터 내질렀는데 진심 그렇게 빨리 튀는 인간은 처음 봤습니다. 구르듯이 튀어 나가는데 셔츠 바람이 마구 갈기는 소리보다 더 선명하게 '씨발, 남자 있잖아.' 하는 소리가 들렸습니다. 튀는 놈이 하는 말이 아니었어요. 현관에 더 있었습니다. 눈이 뒤집혀서 쫓아 나가는데 시커먼 머리통을 한 놈들이 세 명 더 문밖으로 보였습니다. 솔직히 진짜 개 빡친 상황이었는데도 순간 철렁했습니다. 다행히 쫓겨났던 새끼가 튀어나오자 다들 쫄아서 우당탕 비상구로 내려가더군요. 텅텅텅 하고 텅 빈 계단을 마구 울리는 발소리가 들리는데도 선뜻 쫓아갈 마음이 안 들었습니다. 방금 내가 겪은 게 진짜인지 믿기지도 않고, '일단 저 새끼들이 갔다.' 하는 안도감이 더 컸으니까요. 발소리가 완전히 사라질 때까지 현관에 망부석처럼 서 있었습니다.

뒤늦게 현관을 잠그려다가 망할 내기 중이라는 게 떠올랐어요. 문을 닫았는데도 안전하다는 느낌을 받을 수 없었습니다. 저 문은 있으나 마나잖아요. 누가 힘으로 밀고 들어오면 그대로 뚫리고 마는데 세상에 어떤 누가 안심할 수 있단 겁니까?

혹시라도 그놈들이 돌아올까 봐 현관에서 꽤 오래 지체했습니다. 그러다가 카메라로 봤던 놈이 현관이 아니라 베란다에서 올라왔다는 걸 떠올렸습니다. 소름이 쫙 돋더군요. 그대로 뛰쳐나가 베란다 밖을 확인했습니다.

피부가 식는다는 표현을 피부로 느꼈습니다. 어제도 그제도 있던 새끼가 오늘도 같은 자리에 서서 날 올려다보고 있더군요. 표정까지 선명히 보였습니다. 잇몸까지 드러내고 웃는 꼴이요.

잘못 걸렸다는 생각은 잠깐이었습니다. 일이 이 지경에 이르자 나는 정당하게 화를 내 상황을 해결할 의무감까지 느꼈습니다. 바깥에 있는 놈에게서 눈을 떼지 않은 채 동기에게 통화를 수십 통씩 걸었습니다. 망할 놈들이 신발도 안 벗고 들어와서. 신발 자국이 남은 바닥을 지근지근 밟을 때마다 통화가 되지 않아 소리샘으로 연결된다는 소리가 들려왔습니다. 기어코 핏줄이 터질 지경이 되어서야 삼십 분 만에 동기가 전화를 받았습니다.

왜 전화 안 받냐고 소리를 지르자 동기가 왜 받자마자 지랄이냐고 응수했습니다. 아무것도 모르는 주제에 저렇게 태평하게 구니까 속이 뒤집히더군요. 앞뒤 다 자르고 내 얘기 누구한테 했냐고 캐묻는 게 먼저였습니다. 아니, 내 집에서 무슨 짓을 한 거냐고 물었습니다. 아니아니, 그 새끼들은 대체 누구냐고 물었습니다.

동기는 하나도 이해를 못 하더니 좀 진정해보라고만 하더군요. 사람이 말하고 있는데 왜 들을 생각은 안 하고 자꾸 진정하라고만 합니까? 정말 이해가 안 갔습니다.

아무튼 횡설수설하는 말을 어찌어찌 알아들었는지 동기가 짜증을 벌컥 내면서 무슨 소리인지 몰라도 우리 내기 얘기는 조교한테만 했다고 하더군요. 하도 술 먹자고 해서 나랑 내기 중이니 좀 자제해 달라는 뜻에서 말입니다. 뭔가 이상하면 직접 물어보라면서 탁 끊는데, 자기 일 아니라고 무심하게 구는 태도에 속이 부글부글 끓었습니다.

간신히 인내력을 발휘해 조교 형한테 연락했습니다. 반응이 푸하하 하고 웃기부터 먼저 하더니, 동기한테 내기 들었다면서 아는 척을 했습니다. 일단 동기 말고 좀 말이 통하는 인간도 내기를 알고 있다는 생각이 드니까 긴장이 쭉 빠졌습니다. '아 형 그러니까요.' 하고 푸념까지 했다니까요.

자존심이 상해서 동기한테 제대로 얘기 못 한 침입 사건도 털어놨습니다. 드디어 진지하게 듣는 인간이 있으니 좋더군요. 진짜 세상이 그럴 수가 있냐, 말도 안 된다 하고 혀를 차며 맞장구를 치던 조교 형이 '야, 그런데 너 잘 생각해.' 하고 운을 뗐습니다. 어차피 동기 때문에 시작한 내긴데 그런 일까지 겪고 나서 그냥 포기하면 돈도 날리고 시간도 날리고 무슨 개고생이냐는 게 요지였습니다. 돈이라도 제대로 받아야 하는 거 아니냐. 운이 좀 없었던 거다. 좀 놀라긴 했지만 내기 끝나고 받은 돈으로 현관문이야 바꾸면 되는 거 아니냐. 그놈들도 어차피 남자인 거 알고 다 도망갔는데. 솔직히 겁먹을 것까진 없지. 야구 배트라도 하나 옆에 두고 자면 되잖느냐. 조금만 참으면 백만 원인데 이대로 끝낼 거냐, 혹시 동기가 못 주겠다고 잡아떼면 증인까지 서주겠다고 너스레를 떨었습니다.

솔직히 다 맞는 말입니다. 동기에게 전화를 걸 때까지만 해도 당장 때려치우겠다고 말할 생각이었는데, 그러지 않길 잘했다는 생각이 들 정도였죠. 놀라긴 했지만 까짓거. 인생에서 한 번은 겪고 평생 술안줏거리로 써먹으면 되지. 쪼그라들었던 간이 비로소 제 크기를 되찾았습니다.

'야, 진짜 위험한 일 있으면 연락해.' 조교 형이 자신 있게 말하며 전화를 끊었습니다. 때마침 바깥에 서 있던 수상한 자식도 사라졌습니다. 그러고 나니 좀 진정이 됐습니다. 저는 휴대폰을 내려놓고 집 안을 뒤졌습니다. 끝까지 내기를 하기로 마음먹었으니 대비를 좀 해야죠.

무기로 쓸 만한 물건이 마땅치 않아 부엌에서 식칼을 꺼내 쥐었습니다. 솔직히 사두기만 하고 잘 써본 적이 없어서 영 어색하더라고요. 일단 이상한 녀석이 올라온 베란다부터 확인했습니다.

대충 어떻게 올라왔는지 구조가 보이더군요. 배수관과 난간을 번갈아 밟으면 나라도 올라오겠다는 생각이 들었습니다. 예전에는 집이라는 곳이 이렇게 침입하기 쉬운 곳이라는 생각을 못 했습니다. 주택도 아니고 아파트에서요. 이제 보니 자물쇠 하나만 없어지면 안전은 완전히 타인을 신뢰하는 방법으로만 유지되는 것이더군요. 이런 사회에서 평범한 인간이 남의 집에 들어오려고 11층까지 올라올 생각을 하겠습니까? 대체 뭘 기대해야?

무방비하게 열린 베란다 창문부터 닫고 싶었는데. 동기가 창문에 무슨 짓을 해놨는지 아무리 용을 써도 움직이질 않았습니다. 뭉뚝한 식칼 손잡이로 창문을 고정한 기구를 땅땅 쳐봐도 손이 먼저 아파와서 그쪽은 포기했습니다. 대신 이사 온 뒤로 처박아놨던 테이프를 몇 통 찾아내 현관에 몇 겹으로 붙였습니다. 쉽게 뜯기진 않을 겁니다. 내가 생각해도 약간 편집증적으로 도배를 했거든요. 그렇다고 안전이 보장된 건 아니지만 누군가 밀고 들어오면 적어도 쩍쩍하고 소리는 날 거 아닙니까.

하잘것없는 짓을 하고 나니 괜히 찜찜함만 커졌습니다. 거실에서 혼자 식칼을 휘두르는 연습을 하다가, 이걸 실제로 누군가를 찌른다는 생각을 하니 도저히 집중이 안 됐습니다. 차라리 총이 있었다면 그런 부담은 없었을 텐데. 어설프게 잡은 식칼을 침대 옆에 올려뒀다가 베개 밑에 집어넣었다가 결국 머리맡에 두었습니다. 도저히 잠은 안 오더군요.

그냥 누워서 불만 끄고 휴대폰만 들여다보았습니다. 재미도 없는데 그냥 집안을 촬영하고 있는 방송만 계속 보게 되더군요. 일부러 다른 일도 해봤지만 결국 삼 분마다 다시 방송으로 돌아오게 됐습니다. 습관처럼요. 한 번이라도 누군가 침입했다는 사실이 깊게 뇌리에 남았나 봅니다.

그래도 일부러 다른 일에 집중하니 차츰 긴장이 풀리고 카메라 화면을 확인하는 횟수가 줄어들었습니다. 어쩌면 그대로 그날 밤 잘 수 있었을지도 모릅니다. 그런데 그렇게는 안 되더라고요.

aff245님이 입장했습니다.

그 말을 본 순간 순간적으로 등골이 싸해졌습니다. 누가 들어온 겁니다. 내 집이 촬영되고 있는 방송을. 나 말고 다른 사람이 어떻게? 동기는 분명히 비공개 방이라고 했는데. 당황해서 채팅 기능을 찾느라 버벅이는 동안 방송에 입장하는 인간은 순식간에 불어났습니다.

dskjh546님이 입장했습니다. jhstqwe님이 입장했습니다. 8987`09님이 입장했습니다. ……. 놀라면 정말 손이 덜덜 떨리더군요. 얼마나 당황했는지 아십니까? 입장했다는 말 한 마디마다 튀어 올라 신경을 물어대는 벼룩 같았습니다.

여기냐?

존나 캄캄하네.

왜 아무도 안 보이냐.

글자들이 눈동자에 박히고 나서야 뻣뻣해졌던 손가락이 움직였습니다.

너네 뭐야.

핏줄이 터져라 채팅창을 노려보는 동안 대답은커녕 자음으로 이루어진 웃음소리만 올라오더군요. 그리고 도저히 다 말로 옮길 수 없을 만큼 저속한 문장이 쏟아졌습니다. 솔직히 평소에 아주 못 들어본 말은 아닙니다. 하지만 그게 날 상대로 터질 줄은 정말 몰랐습니다. 얼이 빠져서 넋 놓고 있는 동안 뭉텅이로 쌓인 악의가 점점 불어났습니다. 단순한 욕설과 협박이 아니었습니다. 날 사람으로도 안 보는 모욕 거리보다 신경 쓰이는 게 있었습니다. 여기 위치를 알고 있는 것 같았어요.

어쩌면 침입했던 인간들이 단순한 빈집털이가 아닐지도 모릅니다.

황급히 방송을 끄고 미친 듯이 동기에게 연락을 넣었습니다. 감히 방 바깥으로 나갈 엄두도 못 냈어요. 지금도 분명히 지켜보고 있을 테니까요. 고함을 지르고 싶을 지경이었습니다. 당장 방송 끄라고. 지금 대체 무슨 일이 벌어지는 거냐고. 그러나 연락이 되질 않았습니다.

상황 뭐냐고, 방송이라도 닫으라고 문자만 수십 통을 남기는 수밖에 없었습니다. 설마 아직도 자고 있나. 새벽만 지나면 괜찮아지겠지. 밤새 방 안을 서성였습니다. 그동안 보면 괜히 골만 아파져 온다는 걸 알면서도 자꾸 방송을 확인했습니다. 그사이에 들어갔다가 나간 사람이 몇백 명은 되더군요.

머리가 아파져 오는 와중에 채팅창에 올라오는 링크가 보였습니다.

내기녀 집 가는 길 인증한다.

쎄한 느낌 아십니까. 살면서 느껴본 적 없지만 이걸 확인해봐야겠다는 강력한 직감. 공포영화에서 주인공이 망할 걸 알면서도 기어이 저지르게 만드는 강제력 말입니다. 머릿속에서 그딴 생각이 아우성치면서도 링크를 눌러봤습니다. 한 인터넷 사이트로 연결되면서 사진 하나가 떴습니다. 별거 아니었습니다. 그냥 어두운 도로에서 자전거 앞바퀴를 찍은 사진이었어요. 그런데 풍경이 어딘가 익숙했습니다.

아, 집 근처다.

깨닫는 순간 멍해지더군요. 아무 생각도 못 한 채 게시물과 댓글을 읽었습니다. '가는 중?' '몇 분 도착 예상.' 하는 글들이 멍하니 눈알을 타고 뇌까지 기어갔습니다. 게시판으로 나가자 방금 전에 올라온 게시글이 수두룩했습니다. 여전히 의식을 잡지 못한 채 글을 눌러보니 정말 생각지도 못한 사람의 사진이 떴습니다.

동기였어요.

환하게 웃고 있는 동기의 사진을 보자 속 깊숙한 곳부터 분노가 치밀었습니다. 아무리 장난이라도 정도가 있지. 하다 하다 정말 제

정신인가 싶어서 눈이 뒤집힐 지경이었습니다. 자기 사진까지 팔아서 나를 놀려? 내가 무슨 잘못을 그렇게 했다고? 벽을 쾅 내리친 다음 동기에게 다시 전화를 걸었습니다. 안 받더군요.

지은 죄가 있으니 안 받는 거겠지. 씩씩거리며 대체 무슨 장난을 쳤나 게시물을 확인했습니다. 아까 보았던 동기 사진이 올라온 게시물이 무슨 이유에선지 삭제되었길래 다른 것부터 확인했습니다.

대부분은 쓸데없는 소리였습니다. 동기의 외모가 어떻다느니, 자긴 못 봐서 아쉽다느니, 1분 컷으로 다시 올려달라느니. 지금 무슨 러? 럼이 어디까지 갔냐느니. 대체 무슨 말인지 이해하지 못하는 것도 많았습니다.

이상함이 가중되자 일단 숨이 가라앉으면서 집중하게 되더군요. 일단 게시판에서 떠드는 대상이 내가 아니라 동기라는 게 확인이 됐으니까요. 아무리 나를 엿 먹이고 싶더라도 겁도 없이 인터넷에 사진을 올리다니 무슨 생각인 건지.

그런데 뭔가 이상했습니다. 너무 많이 알고 있었어요. 이름부터 전화번호, 다니는 학교까지. 잠깐 올라왔다가 금세 삭제하긴 했지만 그러면서 점차 그 게시판에 있는 사람들은 대부분 알게 되는 눈치더라고요. 게다가 주소도 올라왔는데, 주소만큼은 제집 주소 그대로였습니다. 그때부터 오한이 나더군요.

거기 있는 사람들은 제집에 사는 게 동기라고 철석같이 믿고 있는 것 같았습니다. 게다가 지금 방송 중인 CCTV 화면까지 캡처해서 올리더군요. 사람 없는 거 아니냐고. 아니다, 아까 방송에서 반응 있었다. 겁먹어서 못 나오는 거다. 하고 자기들끼리 갑론을박까지 했습니다.

입을 다물지 못한 채 게시물을 쭉 뒤로 올리자 유독 댓글 수가 많은 게시물이 하나 보였습니다. 내기녀 집 다녀온 후기라고 적혀있더군요. 아까부터 자꾸 보이던 저 내기녀라는 말이 거슬리긴 했지만 내용을 확인했습니다. 절반이 욕이었어요. 내용은 대충 혼자 산다더니 집에 남자가 있더라, 남자친구 같다. 이런 내용이었습니다. 기가 차서 댓글을 보는데 댓글 분위기가 이상했습니다. 남자친구 믿고 더 까분 거네. 둘 다 참교육시켜줘야지, 안 되겠네. 죽여 버리라는 둥. 이상한 칼 사진까지 올리는 인간까지 있었습니다.

아무리 동기가 장난을 쳤어도 이건 너무 심한 거 아닌가? 분위기가 꽤 위험했습니다. 죄다 고소감인데. 하고 생각을 하던 중에 드디어 전화벨이 울렸습니다. 그런데 동기가 아니라 조교 형이었어요. 이 시간에 무슨 일이지 하고 받았는데, 첫 마디가 '미안하다.' 였습니다.

조교 형이 어쩔 줄 몰라 하며 내게 설명했습니다. 너희들 내기가 재밌어 보여서 인터넷 게시판에 가볍게 썰을 풀었다. 절대로 이상한 사이트는 아니고 그냥 평범하게 취미 얘기하는 곳이다. 그런데 얘기를 하다가 어쩌다 보니 잠깐 동기인 척을 했는데. 여자라는 걸 안 믿기에 홧김에 동기의 사진을 빌려다가 인증을 하고 바로 지웠다. 그런데 그사이에 사진을 저장했는지 순식간에 퍼져나가서 자기도 놀랐단다. 다급한 마음에 당장 내리라고 화를 내니까 오히려 조롱을 해대서 좀 싸웠는데, 어쩌다 보니까 신상이 좀 털리고, 집 주소도 알려졌다.

사람이 너무 황당하면 말이 안 나오더군요. 내가 듣고만 있자 조교가 '야, 미안하다'를 연신 말하면서도 이렇게 덧붙이더군요. 자기도 일이 이렇게 될 줄은 몰랐다고. 보니까 자기가 하는 건전한 사이트 말고 이상한 사이트에서 온 것 같다고. 솔직히 방송 비밀번호를 알려준다고 해도 남자 하나가 사는 CCTV에 얼마나 관심이 있겠냐 싶었단다. 그런데 처음에 여자라고 말을 해뒀더니 어디서부터 어디까지 오해를 했는지. 진심으로 여자라고 믿는 인간이 반, 그냥 재미가 붙어서 남자인 쪽이라도 골려보겠다는 인간이 반. 게시판에 막 찾아가겠다는 얘기도 진담인지 모르겠다며, 만약에 진짜라고 해도 네가 남자니까 그렇게 심각한 일은 없을 거다. 지금 동기가 더 큰 일이다. 다 내 탓에 잘못되게 생겼다. 난 그냥 너희 내기가 웃겨서 얘기한 거밖에 없다고. 이상한 사람이 와도 상대하지 말라고 하더군요.

상대하지 않으려고 해도 문을 잠글 수가 없다고. 애초에 자기가 동기인 척은 왜 한 겁니까? 원래 더럽게 자존심만 센 건 알았지만 무슨 인터넷 싸움에 화가 나냐고요. 게다가 남의 사진을 왜 씁니까? 아니, 처음부터 남의 이야기를 쓰고 다니지만 않았어도 될 것을. 지금 저게 사람이 할 말인가. 저절로 쌍욕이 나왔습니다.

당장 이 짓 멈추라고 욕하고 소리 지르는 걸 가만 듣고 있던 조교가 '야, 아무리 그래도 미안해서 전화해준 건데 형한테 욕이 뭐냐. 솔직히 지금 너보다 동기 상황이 더 심각한 거 모르냐고. 사내새끼가 별일 없을 걸 가지고 너무 겁내는 거 아니다.' 이러고 끊더군요.

와, 사람이. 저렇게 뻔뻔해야. 온몸에 있는 핏줄이 가닥가닥 터질 것 같았습니다. 저러니까 인터넷에 있는 놈들도 눈이 뒤집혀서 지금 찾아오겠다고 난리를 치는 거 아닙니까. 화가 치밀어 미치겠는데 또

밖에 나가볼 수는 없어서 핸드폰을 다시 들여다봐야 했습니다.

게시판엔 이제 별 기기묘묘한 사진들이 다 올라오더군요. 톱 사진, 펜치며 공구 같은 것들, 무슨 테이프랑 비닐봉지를 들고 간다는 놈도 있고, 이걸로 어떻게 한다는 소리를 구체적으로 써놓았는데 정말 사람 돌겠더군요.

솔직히 옛날에도 이런 글은 종종 봤습니다. 다 장난인 줄 알았어요. 인터넷이니까 별것도 없는 것들이 허세에만 절어서는. 칼은 무슨 과일도 안 썰어봤을 것 같은 놈들이 인터넷에서는 다 연쇄살인마인 척이야. 이랬습니다. 그런데 만에 하나. 정말 만약에 저게 딱 하나라도 진짜면 어떡합니까?

살면서 범죄자를 만난 적 없습니다. 혹시 마주친 적이 있더라도 아무도 알아보지 못하게 정상인인 척 굴었겠죠. 모르는 사람이 해를 끼칠 거란 생각을 안 할 테니까. 그런데 여기서는 다 미친놈인 척, 범죄자인 척하는군요. 그중에 진짜가 끼어 있을 거란 생각도 안 하고 오히려 그러면 더 좋아할 놈들이 판을 쳤습니다. 저 사람이 정말로 악해야 하고, 범죄 수법에 능통하고, 재판에 넘겨졌다가 풀려나고 보복을 약속하고 누군가 두려움에 떨어도 자기만은 그걸 다 알면서 조롱하는 쾌감. 결국 남의 일이라는 선이 주는 짜릿함. 절대로 자신한테는 일어나지 않을 일이라고 확신하겠죠. 왜냐하면 자기는 저런 멍청한 실수는 안 할 테니까.

실수. 내가 한 일이 정말 실수일까요? 적어도 이 지경에 이른 건 내 실수가 아닌 것 같은데. 아무도 실수를 하지는 않았습니다. 경솔하기는 했어도 여기까지는 괜찮아하는 선은 다들 지켰어요. 범죄는 안 저질렀거든요. 정도를 넘은 건 나랑 같이 웃고 떠들다가 한 발짝 먼저 솔선수범한 저 녀석뿐이니까. 그리고 지금 이 모든 게 정말 일어나는 일인지 어떻게 압니까? 내가 저지른 것도 아닌데.

쾅.

문이 두들겨졌습니다.

숨을 너무 급하게 들이마셔서 갈비뼈가 아팠습니다. 문고리가 철컥거리는 소리가 들려서 황급히 아까 챙겨두었던 식칼을 챙겼습니다. 손이 부들부들 떨리더군요. 자꾸 땀이 나서 옷에 문질러 닦았습니다. 여기서 기다려야 하나?

방문이라도 잠그고 버텨볼까 하는 생각도 들었습니다. 하지만 아까 게시판에 올라왔던 망치 같은 걸 생각해보자 별로 좋은 방법 같지 않았습니다. 떼로 몰려오면요? 내가 불리합니다. 처음부터 아예, 생각도 못 하게 해야 합니다. 밭은 숨을 몰아쉬며 한 손으로는 식칼을, 다른 손으로는 핸드폰을 쥐었습니다.

그러고는 방송이든 게시판이든 닥치는 대로 글을 썼습니다. 나 여자 아니라고. 사진 속에 있는 여자는 나랑 내기한 사람이지, 이 집 주소랑은 아무 상관도 없다고. 경찰에 신고하기 전에 돌아가라는 얘기만 썼습니다.

당연히 아무도 믿질 않더군요. 오히려 조롱하는 내용과 본인이냐는 낄낄거림만 돌아왔습니다. 그러는 동안 문 앞에 모여 있는 발소리는 점점 커져만 갔습니다. 현관에 도배해놨던 테이프가 쩌저적 떨어지는 소리가 그 어떤 소음보다 무섭더군요. 바깥에 있는 카메라에 내 얼굴이 찍히든 말든 이젠 더 신경 쓰지 못한 채 달려 나갔습니다.

무작정 등으로 현관문을 들이박자 반대편에서 놀라는 소리가 들렸습니다. "어, 뭐야." 하고. 그건 빌어먹게도 웅성거림이었습니다. 오한이 나는 몸으로 현관을 누르자 그때까지 신중한 척하던 놈들이 갑자기 문으로 달려들기 시작했습니다. 왜 들어오지 말라는 신호를 받은 다음에 더 저돌적으로 나오는지 도저히 이해할 수가 없더군요.

"야, 안에서 막고 있어." 감출 생각도 없이 지껄이는 소리에 머리가 핑 돌았지만 몸으로 전해져오는 둔탁한 충격이 더 컸습니다. 본격적으로 힘을 쓰려고 부딪쳐대자 저절로 악 소리가 나왔습니다. "너희들 뭐 하는 새끼들이야! 경찰 불렀으니 당장 꺼지라고." 협박과 욕을 어떻게 섞었는지 제대로 기억도 나지 않습니다. 그래도 잠깐 바깥이 조용해지긴 했습니다. 문을 타고 냉랭한 바람이 부는 소리를 귀가 얼얼해지도록 눌러 들었습니다. 이대로 넘어가 주면 좋을 텐데. 자기들끼리 뭐라 피식거리더니 다시 문을 쾅 쳤습니다.

수 쓰지 말라고. 바깥쪽에서 몸으로 밀기 시작하는데 문이 들썩거렸습니다. 살짝 열린 문틈으로 손가락이 파고들어 테이프를 긁어대는 소리가 쑤석쑤석 울려 퍼졌습니다. 울룩불룩 튀어나오는 테이프 겉면이 두툼한 손가락만 있는 게 아니라, 꾹 긁히는 쇳소리까지 있었습니다. 다급한 마음에 어떻게 해야 돌아갈 거냐고 애걸복걸하고 싶은 심정이었습니다. 그러다 처음으로 둑이 터지듯 속말이 뛰쳐나왔습니다.

"나 여자 아니야! 아니라고!"

그런 말을 수십 번 외쳤던가. 처음으로 바깥에서 멈칫하는 느낌이 들었습니다. 그들이 눌러대던 무게가 처음으로 얼마나 육중한지 깨달았습니다. 고작 저 작은 망설임 하나에 대번 숨쉬기가 편해지는 걸 보면. 이빨 사이로 말이 줄줄 흘러나왔습니다.

"안에 여자도 없어! 처음부터 없었다고. 단 한 번도 여자인 적 없었다고."

그런 말을 하면서 울었던가. 축축하게 젖어 드는 게 어느 부위인 줄도 모르면서 그저 서러웠습니다. 버둥거리며 문을 밀기를 몇 시간 동안 한 것 같은데, 차갑게 식은 등에 더 이상 압력이 느껴지지 않았습니다. 간 건가. 내 말을 믿어준 건가. 그냥 머리가 멍하더군요. 힘이 풀린 다리로 주르륵 주저앉았습니다. 확실하게 하기 위해 엉금엉금 CCTV를 달아준 쪽으로 기어갔습니다. 화면은 텅 비어있었어요. 언제 그놈들이 쳐들어왔는지 모르겠다는 듯 시치미를 뗐습니다. 상관없습니다. 정신이 좀 들자 바로 경찰에게 전화를 걸었습니다. 증거는 여기 있을 테니까. 신고하면서도 그놈들이 어디까지 갔을까 생각하기 바빴습니다. 조금만 더 기다렸다가 멀어지면 바로 친구 집이든 어디든 나가야지. 벼르면서 전화를 받기만을 기다렸습니다. 신고만 하고. 신고만 하면.

그런데 신호가 끊기질 않았습니다.

상대방이 전화를 받지 않으면 알아서 끊기고 음성 메시지를 남길 거냐는 말이 나와야 합니다. 그런데 아무리 기다려도 계속 연결은 되는 것처럼 뚜우우 하는 소리가 이어졌습니다. 천천히 휴대폰을 붙잡은 채 다시 일어섰습니다. 뚜우우. 소리가 끝나면 경찰이 받을 텐데. 어디로 계속 이어지는 겁니까. 누구에게 들려주려고. 아무 의미가 없는 짓인데 귀에서 떼어놓지도 못하는 바보짓을 멈출 수가 없었습니다.

그대로 천천히 몸을 움직였습니다. 지금 내가 하는 동작들이 전부 녹화되고 방송되고 있다는 생각을 하면서도. 느린 걸음으로 다시 거실로 움직였습니다. 왜냐하면. 나 하나를 잡겠다고 온 놈들이 저렇게 많다면. 지난번에도 떼로 뭉쳐서 왔다면. 과연 그때 내가 본 놈들이 전부였을까요?

난간을 넘어왔던 까만 손은 말랐습니다. 내 거실 중앙에 서 있던 놈과 다르게.

열린 창 바깥을 바라보자 지금에도, 이 순간에도 계속 똑같은 자리에서 서 있던 놈이 활짝 웃더군요. 새까만 이빨을 드러내면서. 그리고 11층을 넘어 단숨에 내 앞으로 올라왔습니다.

바람을 타고 올라온 새카만 비닐봉지가 휙 불어 머리를 때리는 것처럼. 마른 플라스틱 대신 팽창한 두 눈이 번뜩였습니다. 그건 놀라 비명을 지르기 위해 벌린 앞니를 붙잡고 착지했습니다. 더위에 쪼그라든 까만 손가락이 이를 움켜쥐자 놀란 소리도 제대로 나오지 않았습니다. 그게 닿으면 끔찍한 일이 벌어질 거라는 예감이 들면서도 그게 정말로 비틀릴 때까지는 믿을 수 없었지요.

단단한 이뿌리가 빠드득 돌아가며 잇몸으로 파고들었습니다. 크게 울부짖으며 몸부림을 쳤지만 집요하고 성실한 손가락은 자신의 일에 충실했습니다. 온 신경을 한 데 잡아 뽑아서는 빙글빙글 돌리기에. 순식간에 걸쭉한 피가 쏟아지고 뜨거운 쇠 비린내가 혀를 타고 넘어왔습니다. 박물관의 조명 아래 전시된 도자기처럼 멀건 빛을 내는 흰자위가 계속 그런 나를 비추었습니다. 좋아하는 것 같았습니다. 강한 입으로 처넣은 손이 기어이 끝도 없이 입천장을 파고들어 뇌를 뚫겠구나 싶을 때 뒤로 넘어졌습니다. 흐물거리며 떨어져 나간 팔이 아랫니와 입술에 부딪치고, 불로 지진 송곳을 몇 번이고 씹은 듯한 느낌이었지만 도망쳐야만 했습니다.

그러나 내 팔다리는 나를 배신하고 부들거리며 떨리기만 했습니다. 뒤로, 뒤로 도망치라는 신호는 바닥에서 경련하며 튀어 오르라는 신호로 바뀌기만 했습니다. 아무 의미 없는 곳으로 전화를 거는 핸드폰도 나뒹굴었습니다. 그게 면도날처럼 예리하고 얇은 혓바닥으로 자신의 이빨 사이를 핥았습니다.

그건 사람이 크게 흔들린 노이즈처럼 생겼습니다. 너무 빨리 사진을 찍으려고 들면 화면 왼쪽 끝부터 오른쪽 끝까지 한 사람이 연달아 찍히는 거 말이에요. 다리 아홉 개와 사 분의 삼 개짜리 머리를 여덟 개 달고 있는 것처럼. 저 톱니바퀴 같은 웃음도 그랬습니다.

그것이 고개를 갸웃거리더니 자기 앞니를 톡톡 쳤습니다. 그러자 이번에는 그게 손도 대지 않았는데 다른 쪽 앞니가 돌아가기 시작했습니다. 반대 방향으로 곡선이 패는 느낌에 눈이 뒤집히고 게거품이 나왔습니다. 생 고문을 당하면서도 뜨거워진 머릿속으로는 온통 왜? 대체 왜? 하는 의문으로만 가득했습니다. 이러다 죽겠어. 껙껙이며 넘어온 피로 익사할 것만 같았습니다.

"나안테 애이러는 거야."

피거품이 부그르 피어오른 목에서 그륵거리는 소리가 나왔습니다. 어떻게 말을 했는지 모르겠습니다. 그건 흑 소리를 내며 웃기만 했습니다. 깡충거리며 바닥을 뛰어온 그게 배를 깔고 앉았습니다.

쩍 입을 벌리자 종유석처럼 천장과 입안을 가득 채운 이빨이 보였습니다. 도저히 한 생명체가 다 삼킬 수 있는 종류의 것으로는 보이지 않는, 까맣고 울퉁불퉁하고 뾰족한 이빨들. 그 사이로는 말이라는 형태가 갖춰질 수 없을 줄 알았는데 저 멀리 목구멍에서 커다란 가죽 부대에 바늘 하나만 뚫어놓은 듯한 소리가 쉭 새어 나왔습니다.

"아무 짓도 안 해."

짐승의 수염이 찌르듯이 얇고 가는 그것의 숨이 살결에 닿자 온몸의 닭살이 일어났습니다. 거짓말입니다. 그럼 내가 겪는 이건 대체 뭐냐고. 억울하고 고통스러운 마음이 감당하기 어려운 통각 사이를 비집고 콕콕 쑤셨습니다.

그게 흑, 흑, 거리며 또 웃더니 손가락을 펼쳤습니다. "아무 짓도 안 해." 메아리처럼 작은 소리가 빙빙 돌았습니다. 내 송곳니도 함께 돌아갔습니다. 끄어억 하는 소리와 함께 몸도 돌아갔습니다. 기절했으면 좋겠습니다. 기절한 다음에는 이게 다 끝나있었으면 좋겠습니다. 어금니를 깨물었습니다. 차라리 죽었으면 좋겠습니다. 위도 아래도 성한 구석이 없었습니다. 위쪽은 두개골을 타고 올라간 신경다발을 내게서 뜯어내었고, 아래쪽은 턱 밑부터 어깨, 팔꿈치, 오금까지 신경을 뽑아내었습니다. 연결된 몸. 왜 연결되어 있습니까. 모든 고통을 몸에서 떨어트리기 위해서라면 스스로 잘라내는 것도 좋을 것 같습니다.

모든 신경이 아파서 눈을 뜨고 있다는 사실도 잊어버렸습니다. 시신경에 다시 흰 것이 보였을 때는 육체와 연결이 끊긴 것처럼 멍했습니다. 작은 불빛이 눈앞에서 계속 왔다 갔다 하는데 따라갈 힘이 없었습니다. 살아있나? 여전히 살아있을 힘이 있나.

눈꺼풀을 까뒤집고 작은 손전등을 움직여보던 사람이 피투성이가 된 턱을 차마 붙잡지 못하고 살살 눌렀습니다. "이봐요? 정신이 좀 드십니까?" 계속 흑흑거림이 섞여드는 목소리가 아니라 제대로 된 육성이었습니다. 그걸 깨닫자 "어어어" 하는 깊은 소리가 뱃속에서 부터 솟구쳤습니다.

그러나 여전히 몸은 무거운 짐덩이처럼 늘어진 채로 움직여주질 않았습니다. 그대로 병원을 갔던가. 기억이 희미합니다. 왜냐하면 고통에 절인 몸이 필사적으로 갈구했던 건 고통에서 벗어나는 게 아니라 상황을 이해하는 거였거든요. 그들은 내게 띄엄띄엄 말해주었습니다.

내 집으로 찾아온 놈들은 돌아간 게 아니었다고. 고작 테이프가 붙은 현관문으로는 그들을 막을 수 없었다고. 그러나 집안으로 침입한 그들이 목격한 건 나 혼자 바닥에서 뒹굴며 이를 비트는 광경이었습니다. 대부분 그걸 보고 도망쳤지만 어떤 놈은 남아서 그 장면을 촬영했습니다. 비공개로 방송 중이었던 내 동기의 방송이 내가 처음 피거품을 물었을 때 차단되었기 때문입니다.

동기가 설치했던 CCTV에는 아무것도 촬영되지 않았습니다. 집안에 설치했던 카메라에는 사람이 침입했던 모습만 찍혀있었습니다. 내 이는 전부 반대 방향으로 돌아가 있었고 잇몸은 믹서기에 갈린 것처럼 전혀 쓸 수 없게 되어 있었습니다. 도저히 사람의 힘으로는 할 수 없는 짓이라 불가사의하다고 말하더군요. 그들은 나를 귀신 들린 사람, 저주받은 인간, 가까이할 수 없는 것으로 취급했습니다.

경찰에 신고는 동기가 해 주었습니다. 쏟아지는 인터넷 협박 때문에 도저히 뭘 할 수가 없어 번호를 바꾸고 온 길에 내 상황을 알았다고 하더군요. 상황이 진정되면 개명도 할 거라고 했습니다. 사람들이 모두 무슨 내기를 했는지 알고 있다고 했습니다. 누군가 찍어간 그 영상은 올리는 족족 삭제되는데도, 계속 퍼져나가고 있다고. 희귀한 일을 보관하는 자기 폴더 어딘가에 넣어두고 암시만 살짝 받으면 건네주는 이야기가 되었다고.

동기는 딱 한 번 내 병실에 왔는데, 아무 말 없이 병실 침대에 백만 원을 넣어두고 갔습니다. 나는 그걸 갈가리 찢을 힘도 없었습니다. 처음 글을 올렸던 조교는 그때 전화한 이후로 다시는 볼 수 없었습니다. 소문으로는 잘 지내는 것 같더군요. 고소장이 기각될 때 들었습니다.

다시는 말을 할 수 없게 되었지만, 그럼에도 내게 무슨 일이 일어난 건지 계속 묻고 싶었습니다. 내가 본 것들은 다 뭐였습니까. 처음부터 내기를 했던 게 잘못이었던 거라면, 그게 그렇게 큰 죄라는 사실을 왜 아무도 알려주지 않은 건지. 내심 알고 있었는데도 주변에서 보내오는 경고를 내가 모조리 다 무시한 건지.

내 이빨은 이제 모두 거꾸로 뒤집혔습니다. 그러니 문만 닫아줄래요? 더는 내기하지 않을 테니.

홍수

배명은

제2회 로맨스릴러 공모전에서 「폭풍의 집」으로 대상을 수상했다. 「홍수」로 YAH! 문학상 우수상을 수상했으며, MT 공포 테마 공모전에서 「울타리」로 수상했다. 출간작으로는 『단편들, 한국 공포문학의 밤』에 「허수아비」를 수록하였으며, 이는 웹툰으로도 발표되었다. 호러 작가 앤솔로지에 「미드나잇 서커스」, 「결계의 방」, 『괴이한 미스터리』에 「회화목이 우는 집」을 수록했다. 이 외에 「마중」을 전자책으로 출간하였다.

태풍이 마을을 강타했다.

가만히 서 있기 힘들 정도로 온 사위에서 비바람이 휘몰아쳤다.
순식간에 동네를 둘러싼 탄천이 불어났고 위태롭게 놓인 다리를 야
금야금 삼켜 버렸다. 마을 청년들이 남아 있는 노인들을 챙기느라
분주히 오갔다. 모두 다리가 마저 잠기기 전에 마을을 빠져나가야
했다.

후드득 내리는 비를 뚫고 이장 집 아들 기훈이 내 집으로 왔을 땐
난 방에서 가방에 닥치는 대로 고급 원서들과 노트북을 봉지에 꽁꽁
싸매며 우왕좌왕했다.

"야, 뭐하냐? 안 나오고! 밑에 물 찼다니까. 어서 나와. 뚝 무너지
면 끝장이여."

파란색 우비를 뒤집어쓴 그가 내 한쪽 손에서 큰 가방을 낚아챘

다. 그때쯤 다시 난 장롱 밑에서 악착같이 통장과 도장을 꺼내고 있었다.

"기훈아, 우리 아버지는?"

"동네 어르신들 거의 다 옆 마을 분교로 피신하셨으니까 어서 나와. 다리 끊어져!"

"이게 뭔 일이래?"

헐레벌떡 일어나 앞서 나가는 기훈의 뒤를 쫓았다. 금세 옆집으로 간 기훈이 소리를 질렀다. 외양간 앞에서 왜소한 할아버지가 소와 실랑이를 벌였다. 할아버지는 연방 꽃순이의 목줄을 잡아당겼지만, 꿈쩍도 하지 않는다.

"아이고, 할아버지. 그놈 놓고 가야 한다니까."

"안 된다. 이놈아! 얘가 내 전 재산이여."

외양간에서 겨우 나오긴 했지만 세차게 내리는 비에 놀란 꽃순이는 초록색 대문 밖으로 안 나오려고 다리에 힘을 주고 버텼다. 저만치에서 큰 보따리를 들고 내려가는 할머니를 부축하던 청년회장 윤석주가 껑충껑충 뛰어 실랑이를 벌이고 있는 그들 옆으로 왔다.

그는 우악스럽게 꽃순이의 코에 걸린 고리를 잡아당겼다. 꽃순이가 신음과 함께 한발 한발 움직였다.

"기훈이 너는 할아버지랑 할머니 모시고 먼저 내려가."

꽃순이의 코에서 뚝뚝 떨어지던 피가 순식간에 빗물에 쓸려 내려갔다. 집에서 뭘 더 가져와야 하는가 싶어 자꾸 뒤를 돌아보는 나를 석주 오빠가 쏘아보았다.

"뭐 하냐? 안 내려가고!"

오빠의 호통에 발목까지 차오른 물을 헤집고 대문을 나서려고 하다가 그 자리에서 멈췄다.

섬뜩한 기운이 대문 밖에서 느껴져 왔다. 나는 꽃순이를 끌고 내려가는 석주 오빠를 급히 불렀다.

"오빠야!"

석주가 뒤를 돌아보았다. 빗물이 그의 시야를 방해했기에 그는 한껏 인상을 찌푸리며 나를 쳐다보았다.

"뭐?"

나는 절대 대문 밖으로 발을 내놓지 않고 상체만 내밀고 소리쳤다.

"꽃순이 두고 어서 이리 와!"

비는 점차 세차게 내렸다. 석주가 급한 와중에 뜬금없이 그 말이 뭐냐며 한소리를 하려고 몸을 돌릴 때, 까앙 — ! 귀청이 찢어질 것만 같은, 천지가 갈라지는 소리가 울려 퍼졌다. 휘잉 하며 뼛속까지 시리게 만드는 물바람이 거세게 불어 닥쳤다.

"꺄아악!"

우르르릉. 지면이 들썩이며 진동해대자 나는 몸을 못 가누고 뒤로 넘어져 흙탕물에 빠졌다. 석주가 꽃순이의 코걸이를 놓고 뛰며 소리 질렀다.

"은화야, 옥상으로! 옥상으로 올라…… 으억!"

수면이 금세 깊숙이졌다. 꺼끌꺼끌한 흙탕물이 폐부에 깊숙이 들이켜지고 겨우 일어나 그 물들을 토해내며 앞을 보았다. 멀리 둑이 무너져 물이 들이닥쳤다. 근처에 있는 집들이 거센 물살에 휩쓸렸다. 터져 나온 물이 성난 괴물처럼 한꺼번에 집들을 집어삼켰다.

물 먹은 먹먹한 귓가에 석주의 목소리가 들려왔다. 어느새 물은 허리까지 차올랐다.

나는 어떻게 그 많은 물을 헤치고 우리 집 옥상 계단을 올랐는지 모르겠다. 옥상 계단을 가슴까지 차오른 물속에서 찾았을 때 집 담이 무너졌다. 급속도로 빠른 물살이 나를 덮쳤다.

나는 계단의 난간을 잡은 손에 힘을 주었다. 쓸려나가는 강력한 물살이 내 몸을 잡아챘다. 집을 휘도는 물살에 두 다리가 번쩍 들렸다. 이를 악물며 악착같이 난간을 끌어안았다. 발버둥을 치며 옥상을 오르려고 손을 뻗었다.

꽃순이의 처절한 비명이 메아리가 되어 사라졌다. 난간을 잡고 버둥거리던 나의 머리 꼭대기까지 차오른 물. 잡아 끌어대는 물살 때문에 점점 손아귀의 힘이 빠졌다. 입 안으로 계속 흙탕물이 사정없이 들이켜졌다. 폐는 공기를 찾아 펄떡거렸고 들이켜지는 흙탕물 때문에 폐에서 꼬르륵거리는 소리가 느껴질 정도였다.

이를 악물며 구부러졌던 몸을 한껏 폈다. 물속에서 몸이 반은 휘돌았지만 난간을 잡은 손에 다시 힘을 주고 젖 먹던 힘까지 짜내 위로 올라갔다.

"푸우학!"

다시 공기를 찾을 기회가 왔다. 후드득 쏟아지는 빗줄기가 얼굴을 때렸고 나는 몸을 끌어 옥상으로 간신히 올라갔다.

거의 기다시피 옥상 위로 올라간 나는 토악질을 했다. 울컥거리며 점심에 먹은 음식물과 흙탕물이 쏟아져 나왔다.

"콜록, 콜록, 콜록."

토악질이 멈추자 이내 기침이 연신 터져 나왔다. 나는 옥상 바닥에 누웠다. 일어날 힘도, 눈꺼풀을 들 힘도 없었다.

그렇게 나는 정신을 잃었다.

"이봐, 아가씨! 괜찮아? 정신 좀 차려봐!"

누군가가 나를 흔들며 불렀다. 깨기 싫었지만, 나를 부르는 목소리에 어쩔 수 없이 무거운 눈꺼풀을 밀어 올렸다. 컴컴했다. 멍하니 하늘을 올려다본다. 지금 이 상황이 이해가 되지 않아 잠시 가만히 눈만 끔벅였다. 차가운 물바람이 불었다. 맞다, 비가 내렸지. 그렇게 굵게 빗발치던 비가 언제 그랬냐는 듯 말짱하게 멈춘 시꺼먼 밤이었다. 그리고 자꾸 한 남자가 나를 불렀다.

"아가씨, 일어나봐. 이봐, 아가씨!"

찬바람에 오한이 들어 정신을 차린 나는 긴 신음을 내며 자리에서 일어났다. 어두컴컴한 주위는 불빛 하나 없이 축축한 바람만 느끼게 했다. 지척에서 찰랑찰랑 소리가 들려와 물의 수위는 옥상 바로 밑까지 차올라 있다는 것을 짐작하게 했다.

"다행이군. 정신을 차렸어."

"대체 이게 어떻게 된 일이에요?"

나는 한참이나 찰팍거리는 바닥을 더듬어 그나마 물기가 없는 중간 쪽에 주저앉았다. 대체 무슨 일이 일어난 거야? 오돌오돌 떨며 무릎을 끌어안고 곰곰이 생각해 보았다. 기훈이가 말한 대로 둑이 무너졌고 쏟아지는 물은 모든 것을 잠식했다.

"다른 사람들은요?"

마을을 허겁지겁 빠져나가던 어르신들은? 꽃순이를 데리고 있던 석주 오빠는? 그러고 보니 꽃순이의 비명을 들은 것 같았다.

나는 보일 리 없지만, 주위를 두리번거렸다. 시선이 닿는 곳마다 완벽한 어둠만이 존재했다. 근처에서 남자가 혀를 차는 소리가 들렸다.

나는 자리에서 일어나 목에 핏대를 세우며 소리를 질러 그들을 불렀다.

"석주 오빠. 기훈아! 할아버지, 할머니! 하아, 하아. 석주 오빠!"

발을 동동 구르며 불렀지만 되돌아오는 건 어디론가 떠밀려가는 물살 소리 위에 파르르 떨리는 메아리 소리뿐.

"소용없어. 지금 주위에 아무도 없어. 아가씨와 나뿐이라고."

남자의 그 말이 날 더 무섭게 했다. 이 사람, 마을 사람이 아니다.

"아저씨는 누구세요?"

뒤늦은 타인의 존재에 식은땀이 주르륵 흘러 이것이 땀인지 빗물인지도 모를 정도였다. 나는 소리가 들린 어두컴컴한 왼쪽을 뚫어져라 쳐다봤다. 어둠 속에 사람 형상의 그림자가 살짝 움직였다. 잔뜩 경계를 하며 묻자 남자는 "음~" 하며 운을 뗐다.

"뒷산에 있다가 떠밀려 내려왔지. 정말 깜짝 놀랐어."

"등산객이세요?"

"그런 셈이지, 뭐."

대답이 시원치 않을 걸 보니 몰래 빗속을 뚫고 야생 버섯채취 하는 외지인인가 싶다.

"어, 언제부터 거기 계셨던 거예요?"

몸을 움츠리며 물었다.

"글쎄, 너무 갑자기라 기억이 안 나는군. 그러지 말고 편히 앉지 그래. 아가씨를 해치려고 했으면 진즉에 해쳤겠지. 아, 그렇다고 너무 미안해하지 마. 난 원래 그런 오해를 자주 받거든."

틀린 말이 아니긴 했다. 나는 자리에 다시 주저앉았다. 무릎을 그러모아 안고 고개를 숙였다. 지금 상황이 무척이나 두려웠다. 아침이면 구조대가 올 것이라 생각됐지만, 지금 당장 이 남자와 함께하는 어두컴컴한 밤을 못 참겠다. 아니, 혼자가 아니라 오히려 다행인 건가? 잘 모르겠다. 그저 모두가 걱정이 됐다.

온 사방이 물소리로 가득했다.

"비 참 징글징글하게 내리지 않았나? 이야, 한참 쓸려 내려와서 여기가 어딘지 모르겠군. 아가씨, 여기가 어딘가? 사방이 물 천지라 가늠하기도 힘들거든."

적막을 깨고 남자가 물었다.

"구룡리예요."

"구룡리? 허이구야. 구룡리에 홍수가 난 게 처음이야. 그 전엔 아랫마을 보통리에만 홍수가 빈번했었거든. 음, 맞을 거야."

기억을 더듬은 남자는 거의 혼잣말로 중얼거렸다. 그가 입을 열 때마다 나는 몸을 더욱 옹송그렸다. 남자가 말을 길게 할수록 종잡을 수 없는 소름이 돋았다. 축축하고 음습한 날씨 탓만은 아니었다.

"그래. 보통리가 우리 마을이었어. 비가 조금 많이 왔다 하면 물이 불어 넘쳐서 매번 홍수가 나는 게 정말이지 화딱지가 났다니까. 군에서 정비를 해줘야 하는데 그러지도 않았고, 지네들 배 불리는 데 급급했어. 그래그래. 맞아 맞아."

남자는 혼자 주절대다 기분 나쁜 웃음을 흘렸다. 입맛을 쩝쩝 다시는 소리가 들려왔다. 그 소리가 뭘까 싶어 나는 눈동자를 굴렸다.

"그래, 그날이었어. 내가 소사리에 있는 막걸리 공장에서 막걸리 대여섯 되를 훔쳐서 혼자 그 많은 걸 마셨던 그 날, 마셨다기보단 들이부은 거지. 크크큭. 연수군에 소사리 막걸리 공장만큼 술 잘 담그는 데도 없을 거야. 또 먹고 싶다. 쩝쩝."

나는 점점 긴장하기 시작했다. 내가 사는 연수엔 소사리가 없다. 여기서 나고 자랐으니 모를 리 없었다. 이 남자는 도대체 무슨 말을 하는 걸까?

키득거리던 남자가 갑자기 목소리를 한껏 낮추고 속삭였다. 바로 옆이라지만 옹알이 수준이라 제대로 귀를 기울이지 않으면 전혀 들리지 않을 목소리로 말이다.

"제정신이 아니었어. 세상이 온통 빙글빙글 돌더니 뒤집히고, 거꾸러지고. 비가 추적추적 내렸지. 사람들은 다 나를 보고 손가락질했어. '저 개 놈, 또 술 처먹었어. 가까이 가지 마. 지금 제정신이 아니라 지랄하다 너도 죽일지 몰라.' 속닥속닥, 수군수군, 이러쿵저러쿵. 아가씨, 아가씨도 들리지? 딱 이 정도 목소리로 저희들끼리 이렇게 말했어. 응응, 나도 다 들었거든! 우흐흐흐흐흐."

남자의 실루엣이 들썩거렸다. 터져 나오는 웃음을 주체하지 못하고 허리를 뒤로 꺾어 웃어댔다. 손뼉까지 치며 "맞아 맞아. 그랬었어."라고 맞장구도 쳤다.

나는 입을 떡 벌린 상태로 그 어떠한 행동도 하지 못하고 양 무릎을 두 팔에 붙든 채로 굳었다. 모든 피가 다 빠져나간 것처럼 아무런 감각이 없었고 모골도 송연해지는 것 같았다. 심장은 고장 난 기계처럼 덜컥, 덜컥 움직였다.

이렇게 무서운 날이 있을까? 세찬 비에 들이닥쳐 할퀴어대는 홍수의 손아귀에서 가까스로 살아남았다. 그리고 정신을 차려보니 자신은 살아남았다. 이 미친 정신병자와 함께, 밀실과도 같은 사면이 물바다인 그 중간, 유일한 육지인 이 공간에서 단둘이 말이다.

차라리 이대로 심장이 멈춰졌으면 했다. 다시 정신을 잃었으면 했다. 그치지 않는 저 남자의 히죽이는 웃음과 계속 지껄여대는 남자의 과거 따위도 듣기 싫었다.

이야기가 진행되면 될수록 그 끝은 끔찍한 무언가가 나를 기다리고 있다는 것을 직감했다.

"크크큭. 아니, 내가 좀 욱하는 게 있어. 전에 친구 놈 하나가 시비를 걸어 왔거든. 그래서 나도 모르게 눈깔이 뒤집힌 거야. 그래서 들고 있던 낫으로 놈의 머릴 찍었지."

부스럭. 그가 몸의 자세를 고쳐 내 쪽을 보는 것 같았다. 더욱 가까워진 가래 낀 음성이 뒤늦게 내 의향을 물었다.

"아가씬 이런 얘기 싫어하나? 낫이 두개골을 박살 내고 들어갈 때 으스러지는 그 느낌까지 생생하게 느껴졌었거든. 게다가 피는 분수처럼 솟구쳤었는데 그 모습은 좀 웃겼었어. 싫어하려나? 왜 대답이 없어?"

나는 굳어져 움직이지 않는 고개를 억지로 끄덕였다. 그렇게 하지 않으면 당장에라도 품속에 숨겨놨을 흉기를 들이밀지도 모른다는 생각이 들어서 말이다.

"그래, 그래."

남자가 다시 키득거렸다.

어두운 밤. 한 치 앞의 사물을 구별하기에도 힘든 시커먼 어둠 속에서 그는 내가 고개를 끄덕인 것을 정말 본 것인 양 흡족해하며 말을 이었다.

"아가씨들이 은근 그런 얘길 좋아하더라고. 근데 아가씨, 너무 그렇게 무서워하지 마. 왜냐고? 그 얘긴 뻥이야. 뻥! 크하하하하하. 속았지! 응? 하하하하하하."

두 팔을 흐느적거리고 이제는 바닥에 누워 뒹굴며 웃어댔다.

찰팍찰팍. 너무 뒹굴어 난간이 있는 근처까지 굴러가 얕은 물가에서 버둥거리며 까르르 웃어댔다.

"어이쿠야. 이런 이런, 여기까지 와 버렸네? 흐흐흐."

나는 지금 이 상황에서 어떻게 반응해야 할지 몰라 그 자세 그대로 얼어 있었다. 울고 싶었다. 누가 와서 땡 좀 해줬으면 좋겠다는 기발하지만 가능성 없는 희망도 가져봤다.

"아가씨가 너무 긴장했잖아. 아, 눈물 나. 간만에 이렇게 웃어 보는군. 얼마 만이지? 얼마 만이던가? 아무튼 말이야. 얘기가 끝난 게 아니고. 솔직히 나는 손 하나 까딱 안 했는데 지가 놀라서 뒷걸음치다 넘어진 게 재수 없게도 돌 위였다고. 순사도 그렇다고 인정했는데 사람들의 시선은 이미 정해져 있었어. 친구를 죽인 파렴치한 죄인을 보는, 더러운 것을 보는 그 끈적거리고 피할 수도 없는 기분 나쁜 시선. 내가 누구냐고 물었었지? 글쎄, 내가 누굴 거 같나? 그 상황이 되면 나도 나를 잘 모르게 돼. 그날 말이야. 그 비가 내리던 날……"

"……화야. 은화야. 은화야."

그때 근처에서 누군가가 내 이름을 불렀다. 쓸쓸하게 이어지는 마지막 이야기에 잠깐 멈칫거리며 마음을 열어 그 어떠한 위로를 해주려 하던 나는 땡 당한 순간처럼 벌떡 그 자리에서 일어났다. 석주 오빠의 목소리였다.

"석주 오빠?"

나는 주변을 돌아보며 다시 목소리가 들리길 바랐다.

"은화야."

"석주 오빠! 나, 여기 있어!"

앞쪽이었다. 남자가 있는 곳 근처에서 석주의 목소리가 들려왔다. 나는 그곳으로 뛰어가려 발걸음을 옮기려 했다. 아니, 옮겼었다. 덥석. 어느 순간 뒤에 선 남자가 내 손목을 확 낚아챘다.

나는 뒤로 비틀거리며 물러섰고 분명 조금 떨어진 앞에서 키득거리고 있었어야 할 남자가 바로 옆에 있는 것을 보고 식겁했다.

"왜, 왜 이러세요."

"미안. 내가 불러버렸네. 물가로 가면 안 된다는 걸 깜빡했지 뭐야."

조금 경직된 남자의 말투보다 그의 손에서 전해지는 냉기에 뼈가 시려 소름이 돋았다. 아까의 생각들이 하나둘씩 머릿속을 맴돌았다.

'너를 죽일 거야. 품속에서 흉기를 꺼내 들 거라고.'

지척에서 애타게 나의 이름을 부르는 석주 오빠의 목소리는 계속 이어졌다.

"가지 마. 아가씨, 가지 않는 게 좋아. 응? 내 말 들어."

나는 남자의 손아귀에서 빠져나오려 발버둥을 쳤다.

"이거 놔. 석주 오빠. 나, 여기 있어. 어떤 사람이. 날 붙잡고 있어. 도와줘, 오빠!"

"키, 키키킥."

남자는 배를 붙잡고 다시 웃었다.

"아이고 배야. 아가씨가 오늘 나랑 있어 줘서 얼마나 즐거웠는지 몰라. 끄끅."

웃던 그가 일순 웃음기를 지웠다. 그의 다른 손이 나의 목을 움켜쥐었다.

"컥."

"아가씨가 보기엔 내가 사람 같은가?"

손아귀의 힘이 거세어질수록 숨이 콱 막혀 헐떡거렸고 다리에 힘이 풀려 뒤로 나자빠져도 남자의 손아귀는 계속 거칠어졌다. 희미해지는 의식 속에 또다시 키득거리는 남자의 웃음소리와 석주의 애타는 목소리가 점점 멀어져갔다.

"은화야, 은화야."

사라졌던 모든 소음이 확 하고 덮쳐왔다. 나는 눈을 떴다. 뿌옇게 흐린 시야 속으로 햇빛을 받으며 자신을 내려다보고 있는 남자 셋이 보였다.

두 명은 주황색 옷을 입고 있었고 나를 붙들고 내 뺨을 쳐대는 남자는 기훈이었다.

"아프다. 기훈아."

"흑, 흑. 은화야. 어어엉. 나는 네가 죽은 줄 알았어. 석주 형님 그리 가시고, 너마저 그리되는 건 아닌가 해서 얼마나 똥줄이 탔는지 아냐? 어어엉."

끌어안고 오열하는 기훈의 품에 있다가 섬광처럼 모든 일이 뇌리에 번뜩였다. 나는 눈물, 콧물을 흘리는 기훈이를 밀치고 자리에서 벌떡 일어났다. 사위는 아직도 황토색으로 넘실거리는 물로 가득했다.

그들이 타고 온 보트와 커다란 아름드리나무가 머리만 비쭉 내밀고 있었고 마을의 자취는 모두 물속으로 사라져 버렸다.

마을에서 제일 꼭대기인 우리 집만이 간당간당하게 섬처럼 남아 있었고 뒤에 버티고 있는 산 또한 흙탕물과 토사물에 만신창이였다. 게다가 그 남자가 없다. 밤새 자신의 옆에서 혼자 실컷 웃고 떠들다 마지막 자신을 죽이려 했던 미친 남자가.

나는 다시 기훈이를 돌아보았다.

"석주 오빠는?"

소매로 콧물을 훔치고 있던 기훈은 충혈된 눈으로 나를 올려다보며 다시 울먹거리기 시작했다.

"간밤에 석주 오빠가 나를 불렀단 말이야! 석주 오빠는 어디 있어?"

"무슨 소리야. 형님 시신, 새벽에 저기 다리 있던 데서 찾았어. 꽃순이 목줄에 다리가 걸렸나 보더라. 끌어 올리느라 애먹었어. 그래서 그래서, 어어엉 은화야아. 석주 형님 그렇게 가셨다."

어깨까지 들썩이며 울음을 터트리는 기훈을 멍하게 바라보았다. 입안에서 "무슨 소리야."라는 말이 어눌하게 맴돌았다. 기억났다. 밀려드는 물속에서 내지르던 꽃순이의 비명 소리. 멀어져가는 그 소리에 섞여 들렸던 석주 오빠의 비명 소리.

나는 입을 틀어막았다. 새된 비명이 틀어막은 손 사이로 흘러나왔다. 어젯밤, 까무룩 해지는 시야 너머에서 남자가 마지막으로 했던 말이 떠올랐다.

"그날 말이야. 그 비가 내리던 날 말이야. 내가 죽었어."

상어

유아인

인생의 2/3 동안 글을 썼다. 이제 3/4을 향해 달려가는 중.
가장 좋아하는 소설인 『장미의 이름』 같은 글을 쓰는 것이 꿈이다.

1

하늘을 가득 채운 거대한 달을 보고 드는 생각은 하나였다.

'아, 이거 꿈이구나.'

옆자리에 누운 할머니가 드르렁 코를 골았다. 뒤돌아 누운 작은 몸이 오르락내리락한다. 할머니를 깨우지 않으려 조용히 자리에서 일어나 창가로 다가갔다.

달은 소름 끼치도록 시리게 파랬다. 지상을 집어삼킬 만큼 커다란 달 너머로 보이는 하늘은 한 줌도 채 되지 않았다. 나는 무언가에 홀린 사람처럼 밖으로 나섰다. 콩밭이며 논이며 눈에 보이는 모든 시골의 풍경이 시린 푸른빛으로 물들어 있었다. 나는 쥐 죽은 듯 조용한 마을을 가로지르며 걷고 또 걸었다. 마을 끝자락쯤 왔을까, 갑자기 숨어야겠다는 생각이 불현듯 들었다. 나는 가까운 집 마당으로 들어가 담벼락에 바투 붙어 숨었다.

'자박, 자박'

담장 너머로 들리는 발걸음 소리. 나는 조심스럽게 고개를 내밀어 담장 너머를 훔쳐보았다. 좁은 시골길을 걷는 두 사람 중 하나는 마을 건너편에 사는 장군이 할머니였다. 할머니는 마치 널을 뛰는 것처럼 제자리에서 펄쩍, 펄쩍 뛰어오르고 있었는데, 그때마다 흐느적거리는 팔이 하늘 위로 솟았다, 떨어졌다 했다. 실이 끊어진 인형을 마구 흔드는 것 같은 모양새가 우스꽝스러워 웃음이 터지려는 찰나,

"히히히."

장군이 할머니가 먼저 웃기 시작했다. 그러자 내 뒷목에 소름이 오소소 돋기 시작한다. 장군이 할머니의 얼굴에는 어느새 함박웃음이 가득했다. 목적도 의미도 알 수 없는 미소가 하늘을 날았다 떨어졌다 반복한다. 웃음소리가 내 귓가에 파고들어 차마 떨쳐지지가 않았다. 나는 귀를 틀어막으며 할머니의 옆에 있는 사람을 무의식중에 쳐다보았다. 그제야 참고 있던 공포가 터져 나와 머리를 울렸다.

그의 키는 2미터는 족히 넘어 보였고, 머리부터 발끝까지 온통 새카맸다. 그의 몸 중에서 하얀 곳이라곤 두 눈뿐이었는데, 검은 눈동자가 없는 그 눈엔 흰자만 가득했다. 그는 펄쩍 펄쩍 뛰고 있는 장군이 할머니 옆에서 묵묵히 걸음을 옮기고 있었다.

나는 비어져 나오려는 신음을 억지로 틀어막았다. 빨리 이곳을 벗어나야 했다. 저들에게 들키지 않으려 조심스럽게 발을 옮겼다. 축축한 흙을 밟는 소리가 유독 크게 들려온다. 나는 최대한 숨을 죽여 걸음을 옮겼다. 그리고 그 다음, 그 다음……

어느새 간드러진 웃음소리가 멎은 것을 깨달았다. 잔뜩 움츠린 등 위로 땀이 흐르기 시작했다. 풀벌레 소리조차도 들리질 않는다. 나는 온몸에 바짝 힘을 준 채 내 그림자만 내려다보며 벌벌 떨고 있었다. 그러다 용기를 내 뒤를 획 돌아보았다.

검은 형체의 사람이 나를 내려다보고 있었다. 큰 키로 구부정하게 서서, 나를 향해 있는, 보랏빛 핏줄이 만연한 두 눈. 그가 씩 웃자 시뻘건 입속이 훤히 벌어졌다.

나는 도망치지도 못한 채 그 자리에서 납작 엎드렸다. 하나님, 부처님, 제발…… 나는 모아쥔 두 손에 땀이 흥건하게 차오르는 것을 느끼며 속으로 빌고 또 빌었다. 바닥에 찧은 무릎의 통증이 온몸으로 퍼져나갔다. 제발…… 제발요…… 시간이 얼마 정도 지났을까. 덜덜 떨리는 고개를 겨우 들었다.

없다. 아무도. 하늘을 가득 채운 보름달만이 덩그러니 남아 있을 뿐이었다.

나는 뛰었다. 숨이 턱 끝까지 차오를 만큼 달리고 달려 집에 겨우 도착했다. 그리고 떠날 때와 마찬가지로 같은 자리에 누워 눈을 감았다. 제발 꿈에서 깨어나게 해주세요. 옆자리에 누워 있는 할머니가 푸푸 소리를 내며 숨을 몰아쉬었다. 제발 꿈에서 깨어나게 해주세요. 제발요. 나는 그러쥔 손을 가슴께로 끌어올렸다.

그때, 갑자기 거실의 불이 턱 켜지며 화장실 물 내리는 소리가 요란하게 들려왔다. 자기 전에 수박을 많이 먹었다는, 여름만 되면 귀에 딱지가 앉을 만큼 듣는 할머니의 투정이 거실에서 들려온다.

그렇다면, 내 옆에 있는 이 할머니는……

"아…아…"

몸을 움직일 수 없었다. 고개를 돌려 할머니의 정체를 확인하고 싶었지만 얼어버린 몸은 요지부동이었다. 옆에 누워 있던 할머니가 천천히 일어났다. 장군이 할머니의 미소가 나를 내려다보며 웃기 시작한다.

"히히히. 이히히히."

그 다음은 기억나지 않는다. 까무룩 기절했던 것인지, 눈을 떴을 때는 이미 해가 중천에 뜬 후였다.

"어여 인나라. 언제까지 잘끼라!"

할머니가 내 등을 두드려 깨웠다. 나는 신음인지 뭔지 모를 소리를 내며 자리에서 일어났다. 온몸이 근육통으로 부서질 것만 같았다.

"바빠지게 생겼웅게, 어여 인나서 같이 나가자."

"어딜?"

이미 외출준비를 마친 할머니가 앞섬을 매만지며 말했다.

"어제 장군이 할매 돌아가셨댄다."

2

장군이 할머니 장례 준비에 가장 바쁜 사람은 바로 나였다. 이 시골 마을에 젊은 사람이라곤 나뿐이었는데, 그 덕에 온갖 힘쓰는 일은 내 차지였기 때문이다. 장군이 할머니네 집을 치우고, 마당에 임시 화로를 만들고, 천막을 치고, 온갖 가구들을 나르는 일은 모두 내

몫이 되었다.

그렇다고 장군이 할머니에게 가족이 없는 것도 아니었다. 3남 2녀 장성한 자녀와 열 명 남짓한 손자 손녀들까지 한가득이다. 그러나 그들은 할머니가 돌아가신 당일에도 내려오지 않았다. 간소하게 병원 장례식장에서 장례를 치른다는 것을 말린 건 다름 아닌 마을 사람들이었다.

6, 70년 함께 살았으면 이웃사촌도 가족이다. 특히 장군이 할머니와 막역했던 옆집 수원댁 할머니가 오열하고 바닥을 구르고 하여 겨우 마을에서 장례를 치르겠다는 약속을 받아냈다. 그 덕에 허리가 부서져라 일하는 것은 나였지만, 나 또한 장군이 할머니가 가시는 마지막은 손수 준비해드리고 싶은 마음이었다.

장례 둘째 날. 문상객들을 받아야 하는 날이 오자 장군이 할머니네 식구들이 미적미적 고향으로 내려왔다. 장군이 할머니의 죽음에 눈물을 흘리는 가족은 오직 장군이뿐이었다. 털이 부숭부숭 난 얼굴을 한 거구의 장군이는 마당으로 들어서자 오열을 하며 할머니를 불러댔다.

장군이는 나보다 한 살이 적은 연하로, 초등학교 때까지만 해도 나와 이곳에서 함께 학교에 다녔었다. 녀석은 또래보다 덩치도 작고 순해서 아이들이 많이 놀려댔는데, 괄괄한 내가 많이 챙겨주곤 했었다. 할머니들끼리도 친해서 우리 둘은 자주 왕래하며 허물없이 지냈다.

문상객들은 끊이질 않았다. 마을 할머니들은 뒤집은 솥뚜껑에 전을 열심히 구워댔고, 한솥 가득 채운 육개장을 퍼서 나에게 모두 전달했다. 나는 쉴 새도 없이 여기저기 뛰어다니며 손님맞이를 했다.

발이 퉁퉁 붓는 게 느껴지고 허리가 끊어질 듯이 아파 왔다. 하지만 장군이 할머니네 손자 손녀들은 거들떠보지도 않고 저들끼리 하하 호호 수다 삼매경이었다.

저녁 즈음엔 나도 두 손 두 발 다 들었다. 손가락 하나 까딱할 수 없는 지경에 이른 것이었다. 몰래 자리를 빠져나온 나는 장군이 할머니 사랑방에 숨어들어 벌러덩 누워버렸다. 짜르르 울리는 손끝, 발끝에 드디어 피가 도는 느낌이었다.

그때, 문이 열리는 소리와 함께 장군이가 들어왔다. 얼굴은 흉측할 정도로 퉁퉁 부어있었는데, 문상객을 맞을 때마다 장군이처럼 울었다면 누구나 저런 꼴이 되었을 것이다. 그래도 그 많은 문상객을 저혼자 받아내며 아버지 대신에 상주 노릇을 톡톡히 했다.

나는 몸을 일으켜 자리에 앉았다. 내가 일어난 자리 위로 장군이가 벌러덩 나자빠졌다.

"니 괜찮나."

"아니, 죽겠어."

장군이가 잔뜩 쉰 목소리로 대답했다.

다시 만난 장군이는 키도 크고 털도 많은 어른이 되었다지만 웃을 때 보이는 작은 이만은 옛날과 똑같아서, 우리는 금방 다시 친해질 수 있었다.

"기억나나. 이 방에서 우리 진짜 많이 놀았는데."

"맞아. 할머니가 옥수수랑 감자도 삶아주시고, 삶은 밤 껍질을 하나하나 다 까서 우리 입에 넣어 주셨잖아. 맛있었는데."

누워 있는 장군이의 눈에서 다시금 눈물이 차올랐다. 눈물이 많은 것도 옛날하고 똑같았다.

"근데 니 진짜 괜찮나. 얼굴이 말이 아닌데."

나의 물음에 장군이가 눈물을 훔쳐내며 대답했다.

"그러게. 할머니가 돌아가셔서 많이 슬픈지 꿈도 뒤숭숭하고. 영 컨디션이 안 좋네."

"꿈?"

문득, 며칠 전 장군이 할머니가 나왔던 꿈. 머릿속에서 침전되어 있던 그 꿈이 부유해 수면 위로 떠 올랐다. 장군이에게 그 꿈 이야기를 해 줘야 할까? 그러나 마지막에 마주했던 할머니의 불길한 미소를 떠올리자 쉽게 입이 떨어지지 않았다.

"근데…… 꿈이 좀 이상해."

장군이가 천장을 멍하니 바라보며 입을 열었다.

"할머니가 꿈에 나오는데…… 자꾸 춤을 춰. 아무리 불러도 날 보지도 않고. 계속 웃으면서 춤만 춰. 삼 일 내내."

3

시골의 여름은 집요했다. 더위를 피해 도망칠 실내도 없어 꾸역꾸역 발걸음을 옮길 수밖에 없었다. 너무 더워 시멘트가 녹은 것인지, 걷는 다리가 천근만근 무겁다. 손에 든 옥수수는 물을 흠뻑 머금어 팔이 떨어져 나갈 것 같았고, 방금 찜기에서 나온 탓에 턱 밑이 열기로 이글이글 타올랐다. 결국 수원댁 할머니 집에 도착했을 땐 온몸이 땀으로 축축하게 젖은 뒤였다.

"할머니!"

주먹으로 대문이 흔들릴 정도로 두드리자 한참 뒤에 수원댁 할머니가 빼꼼 고개를 내밀었다.

"아이고, 왔나. 뭔 일이고."

"옥수수 새로 땄어요. 함 드셔보시라고."

"이키 무거운 걸 여까지 혼자 들고 왔나. 무시라. 어여 들어 온나."

나는 냉큼 신발을 벗고 마루로 올라갔다. 털털 소리를 내며 겨우 돌아가는 빛바랜 선풍기 앞에 앉아 있자니, 수원댁 할머니가 얼음물에 미숫가루를 타 오신다. 우리 두 사람은 미숫가루와 옥수수를 먹으며 두런두런 이야기를 나누었다.

"할머니 이제 같이 놀 친구 없어서 어째요, 심심하시겠는걸."

"말도 마라. 고스톱 칠 사람 없어서 인자 우에야 될지 모르겠다. 뭐, 나랑 함 치볼래?"

그러더니 대답도 듣지 않고 방 안에서 화투와 장판을 가지고 나온다. 사실 화투는 뒷전이요, 수다 떨기 좋아하는 수원댁 할머니에게는 함께 이야기를 나눌 사람이 필요했다. 기다렸다는 듯이 수원댁 할머니가 입을 열었다.

"저번 주에 장군이 할매가 막 폭풍처럼 몰아치디만 나한테 만원이나 따 갖고, 내 그날 잠도 못 잤다. 억울해서. 내일은 내가 꼭 따야지 생각했는데, 그게 그 양반 노잣돈 될 줄 우에 알았겠나. 꿈에도 몰랐제. 화투 치자고 내가 집에 찾아가기까지 했는데, 자는 듯이 갔더라. 그 양반이. 사람 죽은 걸 보면 놀래 자빠지야 되는데 어찌나 곱게 누

있던지 겁도 안 나고, 고마 잘 가소. 그 말부터 툭, 티 나오는 게. 내
도 그래 가야 되는데."

"에이. 할머니, 백 살까지 사셔야지."

"에그, 무시라. 숭악한 소리 고마해라. 하여튼 내사, 그 양반 그래
곱게 간 게 얼마나 다행인지. 젊었을 때 장군이 할매 고생 깨나 했다
안카나."

"무슨 고생?"

4

수원댁 할머니가 이 산골로 시집온 것은 그가 열다섯 살 때였다.
곧 호랑이라도 나올 것 같은 깊은 산 속에 가난한 따개비처럼 다닥
다닥 붙어 있는 초가집의 모양이 이 마을의 첫인상이었다. 남자답게
잘생겼다는 신랑은 코에 벌침이라도 맞은 듯 퉁퉁 불어 있었고, 시
어머니는 손이 또 얼마나 크고 두꺼운지…… 벌써부터 혼날 생각에
어린 수원댁 할머니는 철없이 그 자리에서 와앙 울어버렸다고 했다.

가난한 집의 시집살이는 고됐다. 새벽부터 나가서 밭을 갈았고, 아
침 점심 저녁 밥 짓기는 모두 며느리의 몫이었으며, 빨래며 바느질
같은 집안일도 그의 일이었다. 아기는 또 얼마나 빨리 들어서는지,
시집온 지 일 년도 안 돼서 금두꺼비 같은 아들을 낳고 내심 가슴을
쓸었다고 했다. 딸이었으면 큰일 났겠다 싶어서.

온갖 집안일은 줄어들 줄 모르고 육아까지 해야 하니 몸이 남아나

질 않았다. 몸조리는커녕 출산 다음 날부터 밭일을 했으니, 그때 앓은 신경통이 여든이 넘은 지금까지 수원댁 할머니를 괴롭혔다.

둘째는 눈치도 없이 아기집이 비자마자 냉큼 들어섰다. 등에는 갓난아기 첫째가, 뱃속에는 둘째가. 혹부리영감 같은 꼴로 하루하루 일만 하고 살 무렵, 장군이 할머니를 처음 만났단다.

당시 열여섯의 장군이 할머니는 백옥같이 빛나는 피부와 정승같이 커다란 키, 빳빳하게 풀 먹인 교복과 하얀 양말을 신고 돌아다니는, 한마디로 이 깡촌과는 어울리지 않는 소녀였다. 어릴 적부터 영특하기로 유명했던 장군이 할머니는 시골에서 여자가 갈 수 있는 고등학교가 없어 서울에까지 가서 공부를 하는, 초엘리트 신여성이었다고 한다. 장군이 할머니는 방학 때마다 자신과 똑 닮은 친구 '금이'와 함께 시골에 내려와 몇 날 며칠을 지내다 가곤 했는데, 육아와 시집살이로 바빴던 수원댁 할머니가 그런 장군이 할머니를 미워한 것은 당연지사였다.

장군이 할매는 뭐가 그렇게 행복한지 친구와 함께 웃기 바빴다. 웃을 때도 어찌나 화통하던지. 스물도 안 된 처자가 그렇게 입을 벌리고 웃는 모습은 평생 본 적이 없다고 했다. 그 미소를 만날 때마다, 수원댁 할머니는 손에 든 농기구를 꼭 붙잡으며 그를 노려보곤 했단다. 주렁주렁 달린 아이들과 끔찍한 신경통, 물과 모래 때문에 부르튼 손의 고통 따위는 모를 장군이 할머니가 그렇게 미웠단다. 그러다 어느 날, 장군이 할매를 바라보는 것은 자신만이 아님을 깨달았다.

수원댁 할머니의 옆집에는 늙은 총각 하나가 살았다. 노모를 몇

해 전 떠나보내고 홀로 사는 남자인데, 나이는 마흔쯤 되었을까. 가진 거라곤 손바닥만 한 땅 하나가 전부였다. 늘 배를 곯기 일쑤여서 수원댁 할머니가 가끔 밥을 나눠줄 때면 걸신들린 듯이 그 자리에서 먹어 치우곤 했다. 얼굴은 박색에, 술은 또 어찌나 좋아하는지. 인사를 하면 헤헤 웃는 얼굴로 말랑하게 굴면서, 술만 마시면 동네의 장독이란 장독은 다 깨고 다니는 천방지축 개차반인 치였단다.

그런 그가 장군이 할머니를 집요하게 바라보고 있었다. 수원댁 할머니는 장군이 할머니에게로 향했던 눈을 돌려 그를 관찰하기 시작했다. 이유는 몰랐다. 그냥 왠지 그래야 할 것 같아서 그랬단다.

5

장군이 할머니의 본가는 마을 중심에 있었다. 가난한 마을의 모습과는 다르게 꽤 멋들어진 기와집의, 이 마을 유지의 고명딸이 바로 장군이 할머니였다. 장군이 할머니가 친구와 함께 매일같이 이 먼 곳까지 오는 이유는 수원댁 할머니 집 뒤의 있는 숲 때문이었다. 수원댁 할머니 집 근처에 숲으로 들어가는 산책길이 있는데, 그곳이 꽤 마음에 들었던 모양이다. 해가 쨍쨍한 점심 때쯤 숲으로 들어간 두 소녀는 해가 질 무렵이 되어서야 집으로 돌아갔다.

습하고 축축한 숲을 걷기엔 구두가 불편할 텐데도, 두 사람은 항상 낮은 굽의 구두에 새하얀 양말까지 신고 산책길을 걸었단다.

사건은 한여름 낮에 일어났다. 햇볕이 내리쬐는 낮에는 일을 할 수가 없어 농민들은 그때쯤 집안에서 낮잠을 자는 것이 일과였다. 그러나 수원댁 할머니는 밀린 집안일을 하느라 낮에도 항상 깨어 있었는데, 그때 옆집 노총각을 보았단다. 그는 담장에 딱 붙어서서 소녀들이 들어간 오솔길 입구를 바라보고 있더란다. 그들이 나오려면 아직 시간이 한참이나 남았는데, 그는 그것을 알고 있으면서도 고집스럽게 길가에 서서 내리쬐는 햇볕을 맞고 있었다.

그는 지난 며칠 동안 소녀들을 집요히 관찰했다. 숲으로 들어간 소녀들이 언제 나올까, 기다리며 밥 한 숟갈 들고 고개를 한 번 빼고, 물 한 모금 마시고, 고개를 한 번 빼고. 그런데 그 날따라 늙은 총각의 모습이 꽤 집요해 보였단다. 뭔가 각오하는 것 같기도 하고.

수원댁 할머니가 냇가에서 빨래를 해다가 머리에 이고 집으로 돌아오는 길이었다. 옆집 총각과 장군이 할머니가 다투고 있었다. 멀어서 말소리는 들리지 않았으나 소녀가 격앙된 걸로 봐선, 무언가 큰일이 있었던 모양이었다. 그런데, 갑자기.

"짜악!"

찢어지는 소리와 함께 총각의 뺨에 불이 일었다.

"에그머니나!"

놀란 수원댁 할머니가 얼굴을 감싼 채 비명을 질렀다. 머리 위에 얹어두었던 빨랫감이 와르르 바닥으로 떨어져 내렸다. 열여섯밖에 안 된 처자가 어른의 뺨을 올려붙이다니……. 놀라서 제대로 말도 하지 못하는 총각을 두고 두 소녀가 휙 자리를 떴다. 친구인 아이는 무척 놀란 듯했고, 장군이 할머니는 그런 동무의 손을 붙잡고 씩씩대며 걸음을 옮겼다.

세차게 뛰어대는 수원댁 할머니의 심장이 좀처럼 진정이 되질 않았다. 달달 떨리는 손을 내려 홀로 남은 총각의 얼굴을 확인한 수원댁 할머니가 비명을 지르며 다시 눈을 가렸다.

멀어지는 소녀들을 바라보는 옆집 총각의 눈에 살기가 돌았다. 그 모습이 미쳐버린 개 같기도, 작정하고 덤벼드는 살모사 같기도 했단다.

그 후 며칠간은 아무 일도 일어나지 않았다. 장군이 할머니와 친구도 조용히 숲을 방문했고, 옆집 노총각도 그들을 본체만체했다. 다행이라 생각하며 가슴을 쓸어내린 지 얼마 되지 않아, 사건이 터졌다.

친구 금이가 시체로 발견된 것이었다.

6

"그래서요?"

"그래갖고, 동네가 한바탕 난리가 났는데…… 아니, 너 장군이 아이가?"

수원댁 할머니의 시선을 따라 고개를 돌리자 마당 한가운데서 뻘쭘하게 서 있는 장군이가 보였다. 이글거리는 아지랑이 사이에서 장군이의 모습은 꽤 낯설었다. 일렁거려서 그런가, 좀 날씬해 보이기도 하고.

"안녕하세요. 우리 할머니 집에 좀 들어가려고요. 근데 열쇠가 없어서……"

"열쇠 내한테 있다. 일로 온나. 우선 선한 거 한잔해라."

수원댁 할머니가 시원한 물을 가지러 부엌으로 들어가자 장군이가 쭈뼛대며 마당 위로 올라왔다. 자세히 보니 아지랑이 때문에 날씬해 보이는 게 아니라, 정말 살이 쏙 빠져 있었다. 장례가 끝난 일주일 전만 해도 두툼했었는데 지금은 두 볼이 쏙 들어간 것이, 수염만 없었으면 알아보지도 못했을 정도였다.

"니 다이어트 하나."

"아니, 요새 자꾸 살이 빠져……"

초췌한 얼굴의 장군이가 머쓱한지 목덜미를 벅벅 긁었다. 눈 밑도 퀭한 게 정말로 컨디션이 안 좋아 보였다. 수원댁 할머니가 얼음물을 장군이에게 건네며 물었다.

"근데 니 만다꼬 내려왔노."

"할머니 유품도 좀 챙기고…… 집 처분할 때까지 이것저것 정리하려고요."

"아이고, 효잘세. 장구이 니가 고생이 많타."

수원댁 할머니는 서랍에서 열쇠를 챙겨 장군이 할머니네로 나섰다. 더운데 집에 계시라는 우리의 만류에도 수원댁 할머니는 한사코 옆집에 가 봐야겠다는 의지를 보였다.

장군이 할머니네 집은 언제 장례를 치렀냐는 듯 아주 깨끗하고 단정했다. 장례 뒷정리까지 내가 도맡아 한 덕분인데, 그 때문에 나는 삼 일을 내리 끙끙 앓아누웠다.

당신의 집인 양 들어가는 수원댁 할머니를 따라 우리 두 사람은 집 안으로 들어섰다.

서랍이며 찬장이며 물건이 들어찬 풍경을 보니 안타까움이 절로 들었다. 아직도 사람이 사는 집 같았다. 물건들은 영문도 모른 채 제자리에서 주인을 기다리고 있을 터였다.

장군이는 메고 온 가방에서 큰 천을 꺼내 가구와 전자제품 같은 덮을 수 있는 것들을 모두 꼼꼼하게 덮었다.

1층의 일을 모두 마무리하고 2층으로 향했다. 어릴 적 나는 집에 계단이 있다는 게 너무 신기해서, 장군이네만 오면 그렇게 계단에서 놀았더랬다.

"맞아, 누나 그랬지."

장군이가 내 말을 듣고 씨익 웃었다. 2층의 끝방 문을 열던 장군이가 방 안을 휘 둘러보았다.

"그러고 보니 너무 어릴 적이라 생각은 안 나는데, 할머님이 한 분더 계셨지. 아마 우리 작은 할머니셨을 거야. 아닌가, 사실 기억이 잘안 난다. 그래서 나 어릴 때 그 할머니랑, 우리 할머니랑 셋이서 오순도순 재밌게도 지냈지. 나한테 얼마나 잘해 주셨다고."

"다른 할머니가 계셨다고?"

이상하게 다른 할머니는 내 기억에 없다. 넓은 2층 양옥집에서 장군이와 할머니 둘이 살기엔 방이 너무 많다고 생각했던 기억뿐이었다.

"너덜 거서 머하노."

"아, 할머니. 혹시 저희 집에 계셨던 다른 할머니 기억나세요? 우리 친할머니 말고요."

"먼 소리고. 히딴 소리하지 말고 후딱 정리하고 나가자. 잔치국시

끼리주께."

"아닌가……"

장군이가 고개를 갸웃하며 나머지 짐을 정리했다. 밖으로 나오자 어느새 하늘이 어둑해져 있었다. 곧 소나기가 내릴 모양이었다. 구름이 불길한 형태로 움직거리며 하늘 위를 흘러갔다.

"할머니. 먼저 가 계세요. 저는 뒤에 창고에 좀 갔다 올게요."

"창고는 무신? 거 별거 없을기라. 그냥 온나."

"잠깐만 보고 갈게요."

결국 수원댁 할머니는 먼저 댁으로 돌아가시고 나와 장군이만 집 뒤편의 창고로 향했다. 머리 위로 굵은 빗방울이 하나씩 떨어지고 있었다.

"누나, 기억나? 우리 다른 데는 다 가도 되는데 창고는 가면 안 됐 잖아. 위험한 기계가 많다고."

"기억난다. 한 번 들어가 볼까 했다가 할머니한테 엄청 혼났었지."

창고는 여전히 쇠사슬과 자물쇠로 꽁꽁 닫혀 있었다. 이걸 열려면 장비도 필요하고 품도 많이 들 것이다. 한 번쯤 안을 보고 싶었던 모양인지, 아쉬운 듯 장군이가 입맛을 쩝 다셨다.

"옛날에도 이렇게 잠겨 있어서 저 창문으로 들어가려 했지."

장군이가 손을 들어 위를 가리켰다. 꽤 높은 곳에 달린 창문은 창고로 들어갈 수 있는 유일한 통로였다.

갑자기 장군이가 돌로 쌓은 벽을 만져보더니 그 위를 오르기 시작했다.

"야! 니 뭐하는데!"

"잠깐만, 안에만 살짝 볼게."

덩치에 어울리지 않게 날쌔게 벽을 오른 장군이가 창고 안을 슬쩍 들여다보았다.

"우와, 여기 엄청 어둡다."

빗방울이 본격적으로 쏟아지기 시작했다. 바람도 꽤 불 모양인지 사방의 나무들이 으스스 소리를 내며 춤을 췄다.

"장군아. 이제 내려와."

"……. 뭐야. 뭐야. 저거."

"야, 김 장군."

벽에 매달려 있는 장군이의 몸이 뻣뻣하게 굳었다. 창고 안을 바라보는 두 눈은 떨어질 줄을 몰랐다. 갑자기 장군이의 몸이 사시나무 떨듯이 떨리기 시작했다. 나는 덜컥 겁이나 소리를 꽥 질렀다.

"야! 장난 치지 말라고!"

"아악!"

외마디 비명과 함께 장군이의 몸이 뒤로 뻣뻣하게 떨어져 내렸다. 쿵! 하늘을 바라보고 누워 있는 장군이는 제대로 숨도 쉬지 못한 채 컥컥대며 떨었다. "장군아, 장군아!" 나는 그의 어깨를 주무르고 뺨을 때리며 소리를 질러댔다. 그러나 장군이의 눈은, 창문에서 떨어질 줄을 몰랐다.

쏴아아아아 ―

바람에 마른 가지 스치는 소리가 귓가에 울렸다.

7

다시 그 꿈이다. 창문을 가득 채운 푸른 달을 보면서 심장의 고동을 느꼈다. 그리고 옆에 누워 있는 할머니의 얼굴을 확인했다. 확실히 우리 할머니였다. 나는 조심스럽게 자리에서 일어나 거실 창문으로 밖을 훔쳐보았다.

우리 집 대문 너머에서, 무언가 펄쩍 뛰어올랐다가 사라졌다. 조금 더 기다리자 한 번 더 펄쩍, 한 번 더 펄쩍.

장군이 할머니가 펄쩍펄쩍 뛰면서 우리 집을 훔쳐보고 있었다. 나는 몸을 숨겨 밖을 빼꼼 바라보았다. 장군이 할머니는 저번처럼 활짝 웃고 있었다.

그러다 문득, 웃는 귀신과 춤추는 귀신은 귀신 중에서도 악질이라는 이야기가 생각났다. 하지만 장군이 할머니가 왜 악귀란 말인가. 엄격하고 냉랭한 분이긴 해도 항상 장군이와 나에게 잘 대해주셨던 분이었다.

귀신은, 생전에 친했던 사람을 찾아와 함께 데려가려고도 한다는데…… 그러나 나는 장군이 할머니와 딱히 친했던 것도 아니었다. 왜 내 꿈에 자꾸 나오시는 걸까.

나는 고개를 들어 밖을 다시 한번 내다보았다. 아까까지만 해도 펄쩍펄쩍 뛰고 있던 할머니의 모습은 보이지 않았다. 아무래도 사라진 모양이었다. 방으로 돌아가려 하는 순간, 뒤에서 펄쩍하고 뜀뛰는 소리가 들렸다. 나는 천천히 고개를 돌렸다.

거실 중앙에서 뛰고 있는 장군이 할머니의 얼굴에 미소가 가득이다. 천장이 낮아 목을 한쪽으로 꺾은 채, 이히히. 이히히 소리를 내며 웃고 있었다.

"아…… 아아……"

나는 얼굴을 감싸쥐며 뒤로 나자빠졌다. 쿵, 쿵, 꺾인 머리를 천장에 찧는 소리가 귓가에서 떠나지 않았다. 그리고 웃음…… 웃음소리!

잠시 후, 누군가 나를 흔들었다. 그러자 마치 가위에서 풀려난 듯 몸이 가벼워지기에 자리에서 벌떡 일어났다.

"아이고매!"

놀란 할머니가 내 어깨를 짝 소리나게 내리쳤다.

"가시나야. 놀랬다!"

"할머니……"

나는 우는 소리를 내며 할머니에게 안겼다. 따뜻하고 단단한 할머니의 품에 안기자 거짓말처럼 모든 공포가 사라져 내렸다.

"와이카노. 무신 꿈 꾼기라?"

"응."

"참 나, 아도 아이고."

할머니는 투덜거리면서도 내 등을 몇 번이고 토닥여주었다. 머릿속에 남은 장군이 할머니의 모습을 지우고 싶었다. 그러나 각인처럼 아로새겨진 할머니의 미소는 도통 떠날 줄을 몰랐다.

8

장군이에게서 통 연락이 없었다. 추락 후 응급차에 실려 간 장군이는 도통 정신을 차리지 못해 그 다음 날이 되어서야 퇴원을 했다. 서울로 떠날 때까지 입을 꾹 다물고 한마디도 하지 않던 장군이는 내가 보낸 카톡에 답도 하지 않았다.

'무슨 일 있는 건가……'

창고 안에서 무엇을 본 것인지, 왜 그렇게 무서워한 것인지 묻고 싶었지만 쉽게 입이 떨어지지 않았다. 그것은 장군이 할머니의 꿈을 꾼 그와 나의 상황이 비슷하기 때문일 것이었다. 나도 언젠가 무서운 것을 목도 할 수 있다는 그 공포감. 그 감정을 깨우고 싶지 않았다.

나는 읽던 책을 다시 펼쳐 들었다. 두 줄 정도 읽었을까. 누군가 문을 두드렸다. 수원댁 할머니였다.

"할머니, 이렇게 더운데 걸어오셨어요?"

"거서 여까지 을매나 된다고. 산책이다 생각하고 걸어왔다."

할머니들은 땀도 잘 흘리지 않았다. 말끔한 얼굴을 하고서 찾아온 수원댁 할머니를 거실에 앉혀두고, 안방에 들어가 낮잠을 주무시는 할머니를 깨웠다.

"할매. 수원댁 할머니 오셨어."

"음? …… 오야. 나가마."

나는 할머니들이 드실 모과차를 타서 과자와 함께 내놓았다. 동무를 잃은 수원댁 할머니는 요새 슈퍼맨처럼 여기서 번쩍, 저기서 번쩍 나타나곤 했다. 오늘의 목표는 우리 집인 모양이었다.

수다는 끊일 줄 몰랐다. 할머니들은 매일이 반복되는 일상인 동네 이야기를 하고 또 했다. 난 옆에서 책을 읽으며 할머니들의 이야기를 한 귀로 흘려들었다.

"……그래갖고 장군이가 할매를 꼭 닮았다 했제. 장구이 할매도 꼭 개만 보면 놀래가 뒤집어졌자네. 장군이도 똑같은기라. 요만한 개를 봐도 나 죽겠다고 빼액 우는데. 기억나제?"

"암만. 장군이 할매가 지 새끼도 버리고 내빼는 걸 똑똑히 봤잖는가."

"목에 칼을 갖다대도 눈 하나 깜짝 안 하던 양반이 개만 보면 히딱 디비져가이고."

나는 읽던 책을 내려놓고 자리에서 일어나 앉았다.

"목에 칼을 왜 갖다대?"

"장군이 할배가 세상 지랄맞은 기라. 술만 처먹으면 칼을 들고 설쳐댔다 아이가. 지 새끼도 죽인다고 카는데, 장군이 할매가 그 앞을 딱 막아서 갖고. 칼 든 남편을 맨주먹으로 막 후드려 팼다. 색시한테 맞아가 볼이 퉁퉁 부어갖고 죽인다는 거를 동네 사람들이 말리고 난리도 아니었제."

"술이 문젠기라. 그 양반 그러다 얼마 못 가서 정신을 놔버렸잖는가?"

수다쟁이 수원댁 할머니가 모과차를 한 입 마시더니 긴 이야기를 시작했다.

9

장군이 할머니가 막내딸을 낳고 얼마 되지 않아, 장군이 할아버지의 상태가 이상해졌다.

그즈음 장군이 할머니네는 친정에서 얻은 손바닥만 한 밭도 술과 노름으로 모두 탕진하고, 장군이 할머니의 삯바느질로 가계를 근근이 연명하고 있었다. 침침한 방 안에서 옷감을 꿰고 있던 할머니는 장군이 할아버지가 중얼거리는 소리를 듣게 되는데, 처음에는 아이들에게 하는 줄로만 알았단다. 그런데 질문은 없고 답만 하고 있으니 문득 궁금해진 장군이 할머니가 고개를 들어 바라보다 깜짝 놀라고 말았다. 아무것도 없는 허공에다 대고 장군이 할아버지가 성실히 대답하고 있더란다. 표정을 알 수 없는 미묘한 얼굴을 하고서.

"암, 암. 그래야지."

보다 못한 장군이 할머니가 떨리는 목소리로 물었다.

"보소."

"응?"

"지금 뭐 하는 기라요."

그러자 장군이 할아버지가 투덜거리며 자리에 누워 바로 잠에 곯아 떨어지더란다. 장군이 할머니는 그저 저 양반이 술이 덜 깨서 그렇지 싶어 그냥 넘겼지만, 상황은 점점 더 안 좋은 쪽으로 흘러갔다.

장군이 할아버지의 기행은 이제 시작이었다. 술을 물처럼 마시던 그는 사람들이 건네는 술을 한사코 거부했으며, 짓궂은 사람들이 억지로 먹이려 할 때마다 속을 게워내며 도망을 쳐대기 일쑤였다.

언제는 산이며 들이며 뛰어다니더니 들꽃이란 들꽃은 모조리 꺾어왔다. 마당에 늘어놓은 꽃들이 어찌나 한가득인지, 동네 사람들이 한데 모여 구경을 했더랬다.

또 지나가는 사람마다 참견해대서 사람을 어찌나 귀찮게 구는지. 그가 하는 말도 조악하고 지리멸렬해서 이야기를 나누던 사람들이 모두 금세 자리를 떴지만, 장군이 할아버지는 전혀 개의치 않은 듯했다. 그때쯤 되자 동네 사람들도 그의 상태가 심상치 않음을 눈치챌 수 있었다.

그리고 머지않아, 장군이 할아버지의 자취는 마을에서 사라지게 되었는데…… 그가 마을을 떠났기 때문이 아니었다. 장군이 할아버지가 사람들의 눈을 피해 숨어다니는 것이었다. 혹여나 누구와 마주치기만 하면 기겁을 하며 도망을 쳤다. 언제는 남의 부엌에 몰래 숨어 잠을 자다 들킨 적이 있었는데, 그 집 아주머니가 어찌나 놀랐는지 일주일 내내 자리에서 일어나지 못했다고 한다.

몇 개월이 지났을까. 불도 켜지 않은 방 안 구석, 이불 속에 숨어 있는 장군이 할아버지를 본 장군이 할머니의 인내심이 극에 달했다. 장군이 할머니는 조용히 방 안에 들어가서 그에게 다가갔다. 놀랍게도 장군이 할아버지는 마치 무서워하는 것처럼 이불 속에 푹 숨어 눈만 빠끔 내밀었다고 했다.

"보소. 그래 살 거면 나가시오."

그런데 놀랍게도, 그 말을 들은 장군이 할아버지가 자리에서 스르륵 일어나 밖으로 나가더란다. 밖은 해가 쨍쨍 내리쬐는 한낮이었는데도 말이다. 몇 시간 뒤, 장군이 할아버지의 소식을 들었다.

그는 장마로 불어난 냇가 위 다리에서 미련 없이 훌쩍 뛰어내렸다고 했다. 그걸 바라보는 사람들이 말릴 틈도 없이 아주 자연스럽게. 흙탕물로 너울지던 냇가 속으로 사라진 장군이 할아버지는 그로부터 무려 삼일 뒤에야 강의 하류에서 발견되었다. 거센 유속 때문에 알아볼 수도 없는 엉망인 얼굴을 하고서 말이다.

10

"내 정신 좀 보게. 벌써 해가 질라카네. 집에 가야겠다."

남은 유자차를 마저 마신 수원댁 할머니가 자리에서 일어났다. 나와 할머니는 배웅을 위해 함께 일어섰다.

"앉으소. 후딱 가가 저녁 해야제."

"드시고 가시지요."

"아이라."

한사코 사양하며 기어이 밖으로 나간 수원댁 할머니가 빠른 걸음으로 저만치 멀어져갔다.

이글거리는 태양이 산허리에서 밝게 타올랐다. 밖에 서 있는 것만으로도 땀이 쏟아져 할머니를 졸라 집 안으로 들어갔다. 할머니들이 먹다 남긴 다과상을 정리하다, 문득 장군이 할머니의 꿈이 생각이 났다.

"근데, 할머니."

"와."

"나 사실 장군이 할머니 돌아가실 때 꿈꿨다?"

"무신 소리고."

"그날 밤에 장군이 할머니가 막 춤을 추면서 돌아다니는데, 그 꿈 꾼 날 할머니가 가셨어."

"……."

"신기하지?"

"가시나가!"

솥뚜껑 같은 할머니의 거친 손이 내 등을 철썩 내리쳤다. 얼마나 아픈지 뼈가 시린 느낌이다. 무심한 수다의 대가치고는 너무 맵고 쓰다. 나는 들고 있는 상을 바닥에 내려놓으며 악을 썼다.

"아! 아퍼!"

"허튼소리 하지 말그래이! 괜히 사람들 입에 오르내릴 소리 하지도 말고 얼른 가서 저녁이나 차리온나!"

"왜 나한테 그래……"

아프기도 아프고 혼나는 것도 서러웠다. 나는 입술을 있는 대로 쭉 빼며 부엌으로 피신했다. 모르긴 몰라도 등에 시퍼런 멍 하나는 들었을 것이었다.

11

며칠 후, 나는 수원댁 할머니가 좋아하시는 과자를 들고 길을 나섰다. 한동안 할머니가 보이지 않더라니 산책을 하다 호되게 넘어지셨다고 했다. 천운으로 어디 다치신 곳은 없었고. 너무 놀란 것인지 그날부터 기운이 조금 없으시단다. 나는 수원댁 할머니가 놀러 오실 때 유난히 잘 드시던 과자를 사서 댁으로 향하는 중이었다.

나의 방문에 할머니가 좋으셨던 건지 마당까지 버선발로 나오셨다. 며칠 전보다 파리해진 얼굴로 나를 맞아주시는 수원댁 할머니의 얼굴에는 병색이 완연했다.

"뭐 이런 걸 다 사왔노. 비쌀낀데."

할머니들은 마트에서 파는 이천 원짜리 과자를 받더라도 항상 송구스러워하신다. 그러면서 어찌나 좋아하시는지. 과자를 사 오길 잘했다는 생각이 들었다. 나는 수원댁 할머니와 과자를 하나씩 까먹었다. 초코 과자라 그런지 할머니의 혈색이 조금 더 좋아진 것 같았다.

"아무래도 친구가 내를 부르는 갑다. 심심하다고."

"누구요? 장군이 할머니?"

수원댁 할머니는 아무 말 없이 과자를 하나 더 까셨다. 나는 할머니가 서운해하지 마시라고 그 말을 부정하는 대신 침묵을 택했다. 한동안 우리 둘 사이에서는 과자 씹는 소리만이 들려왔다.

"장군이 할아버지 죽고 할매도 고생 마이 했다. 집이 하도 가난해가 목구멍이 포도청이지, 자슥들은 줄줄이 딸렸제, 남편 없으니께니 사람들이 또 얼마나 얕보나. 그래도 성정이 굳세니께는 이만치 잘 산기라. 성격이 남자맨치로 화통해가 그때부터 장구이 아지매, 장구이 할매 사람들이 이래 불렀제. 언제는 장구이 할매가 동녘에 남는 땅이 있어가 거서 몰래 농사를 짓다가 주인한테 들키가 호되게 혼나기도 하고 그랬제. 동네 느티나무까지 끌고 나와서 머리털을 다 뽑는데도 눈물 한 방울 안 흘리는 기라."

잠깐, 동녘 밭이라면 우리 집 땅이다. 하지만 그것을 눈치채지 못한 것인지 수원댁 할머니는 말을 계속 이어나갔다.

"동네 사람들이 그키 하대해도 눈 하나 깜짝 안 했다, 장구이 할매는. 그래도 우리 집이랑은 솔차이 잘 지냈제. 자매맨치로 어찌나 붙어 다녔는지. 아들 다 장성하고 나중에 되서 그카대. 아지매 덕분에 인생 잘 버텼다고. 나야말로 장구이 할매 덕을 을매나 봤는데. 가엾은 양반."

축 처진 눈꺼풀 사이로 눈물이 척척하게 차오르는 수원댁 할머니의 모습을 바라보다, 나도 모르게 불쑥 말이 먼저 튀어나와 버렸다.

"할머니. 저 사실…… 장군이 할머니 돌아가실 때부터 꿈을 꾸는데요. 장군이 할머니가 자꾸 꿈에 나와요."

"참말이가."

"자꾸 꿈에 나와서…… 웃기도 하고 춤도 추고…… 왜 이런 꿈을 꾸는지 모르겠어요."

한동안 우리 둘은 아무 말도 없이 창밖만 바라보았다. 수원댁 할머니가 어렵게 입을 열었다.

"니한테 뭐 부탁할라 하나."

"부탁이요?"

"그래. 니가 동네 할매들 병원 갈 때도 챙기주고, 소포도 다 부쳐주고 했으니께네 죽어서도 니한테 뭐 부탁하는 거 아이겠나. 참, 못난 양반. 와 아한테 카노. 올라믄 나한테 오지……"

마지막 말에는 그리움이 뚝뚝 묻어난다. 수원댁 할머니는 눈물을 흘리지 않은 척, 무심하게 눈가를 비비듯 닦아냈다.

부탁이라.

장군이 할머니 생전에 했던 슈퍼 심부름 정도였으면 좋겠다는 생각이 문득 들었다.

12

또 그 꿈이다.

나는 장군이 할머니가 나타나기도 전에 근처 풀숲으로 도망쳐 숨었다. 키가 큰 잡초들이 나의 몸을 잘 가려주었다. 낯선 곳이었다. 주위는 온통 나무와 풀로 우거져 있었고, 하늘을 덮은 거대한 보름달만이 눈에 익을 뿐이었다. 집으로 돌아가야 꿈에서 깰 수 있다. 나는 나무의 그림자로 얼룩덜룩 어두운 주위를 둘러보며 나가는 곳을 찾았다.

거의 기다시피 해서 걸음을 옮기자, 얼마 지나지 않아 작고 앙증맞은 연못이 하나 나타났다. 더러운 이끼와 물풀로 엉망인 연못 안에는 휘영청 달이 떠 있다. 온전치 못한 달의 형태가 괴이하게 일그러지고 더럽혀져 있었다.

나도 모르게 연못 주위를 서성이다, 건너편에까지 시선이 닿았다.

어둠 속의 어둠. 한없이 깊은 흑색의 공간에 무언가 서 있었다. 어둠이 좀 더 눈에 익자, 나를 바라보고 있는 두 안광이 보였다. 나는 후들거리는 다리로 겨우 버티며 그를 마주 보았다. 눈을 돌리기만 해도 금방 나를 쫓아올 것 같았다. 나는 천천히 뒷걸음질 쳤다. 엉망으로 자란 풀들이 내 다리로 감겨왔다. 어느 정도 멀어졌다고 생각한 순간, 마지막 발자국을 걷자마자 뒤로 벌렁 나자빠졌다.

안 돼……. 나는 재빨리 자리에서 일어났다. 허리를 튕겨 몸을 일으키자 검은 얼굴이 어느새 내 코앞까지 다가와 있었다. 축축하고 역겨운 그의 냄새가 내 얼굴로 쏟아졌다.

숨이 쉬어지지 않는다. 밭은 숨만 꾸역꾸역 내뱉은 나를 향해 그것이 웃었다. 그러더니 검은 입술이 쩍하고 벌어지며 검은 입속이 훤히 드러났다. 어쩐지 붉고 축축한 것 같은 목구멍 너머에서 이상한 소리가 들려왔다.

쇄아아아아 ─ 쇄아아아아아 ─

그러더니 그것이 나를 거칠게 뒤로 밀었다. 첨벙 소리와 함께 내 몸이 연못 안으로 빨려 들어갔다. 끈적하고 더러운 물이 나의 몸을 감쌌다. 온갖 벌레들의 사체와 썩은 풀들이 내 안으로 밀려 들어왔다.

"헉!"

꿈에서 깨자마자 맑은 공기를 가득 들이마시며 주위를 둘러보았다. 난 안방에서, 할머니와 함께, 아주 안전하게 잠을 자던 중이었다. 창문 밖엔 노랗고 작은, 정상적인 달이 떠 있었다.

식은땀으로 엉망이 된 이마를 닦으며 떨리는 몸을 진정시켰다. 그러다 문득, 그의 입 안에서 들려왔던 그 소리가 떠올랐다. 쇄아, 쇄아아. 마른 풀들이 스치는 소리.

13

자리에서 일어나 밖으로 나갔다. 달이 밝아서 밤은 그다지 어둡지 않았다. 나는 운동화를 고쳐 신으며 마을을 달렸다. 내가 지나갈 때마다 짖기 바쁜 동네 개들이 오늘따라 조용했다. 아까 닦았던 땀보다 훨씬 더 많은 땀을 흘리며 뛰고 또 뛰었다. 폐가 찢어질 것 같고, 턱 끝에서 신 침이 차올랐다. 온몸의 근육이 비명을 질렀지만 나는 쉼 없이 달렸다.

동네 맞은편, 장군이네까지 온 나는 천천히 대문을 밀어 열었다. 분명 잠겨 있어야 할 것인데, 문은 아주 쉽게 열렸다.

허억, 허억. 곧 넘어갈 것 같은 나의 숨소리를 들으며 마당으로 들어섰다. 그리고 집을 끼고 돌아 뒤에 있는 창고로 향했다.

쏴아아아 —

꿈속의 그 소리가 어렴풋이 들려왔다. 나는 용기를 내어 창고 앞에 가 섰다. 창고의 문은 여전히 쇠사슬과 자물쇠로 꼭꼭 잠겨 있었다. 나는 고개를 들어 돌벽을 올려다보았다.

나에게 그런 용기가 어떻게 나온 건지 모르겠다. 나는 얼기설기 쌓인 돌벽을 천천히 오르기 시작했다. 가로등 하나 없는, 달빛만 휘영청 밝은 날에, 오직 나의 감을 믿으며 벽을 타고 있었다. 다른 의미로 심장이 떨리기 시작했다.

한 칸, 두 칸, 세 칸…… 열두어 칸쯤 올랐을까. 드디어 창문까지 다다를 수 있었다. 나는 옆으로 조금씩 걸음을 옮겨 창문 가까이 다가갔다. 너무 어두워서 창고 안은 잘 보이지 않았다. 꽤 키가 큰 창고 안에는 농기구 같은 잡동사니가 가득 차 있었다. 천장에는 잘 말린 시래기가 가득 걸려 있어서 창고의 속까지 잘 보이지 않았다. 설상가상으로 구름이 달을 가려 주위까지 어두워졌다.

쏴아아아 —— 쏴아아 ——

아, 시래기 소리다. 이 소리는 마른 시래기가 바람에 흔들리는 소리였다. 갑자기 맥이 탁 풀렸다. 나는 겨우 시래기 소리 따위를 확인하러 이 밤에, 여기까지 온 것이었다. 그러다 보니 정신이 조금 든다. 내가 왜 이 야밤에 여기에 있는 거지. 아무래도 뭐에 홀린 것 같았다. 요즘 잠을 너무 설쳐서 그런가.

쏴아아아 —— 쏴아아아 ——

아무래도 보약은 장군이가 아니고 내가 한 첩 지어 먹어야 할 것 같다. 내려가려고 한쪽 다리를 떼려고 할 때, 갑자기 문득 생각이 들었다. 바람 한 점 하나 없는 지금, 시래기가 어떻게 흔들릴 수가 있는가. 그것도 창문이 하나밖에 없는, 꽉 막힌 창고 안에서……

거짓말처럼 공포가 찾아왔다. 몸이 뻣뻣하게 굳자 돌을 붙잡은 손가락에 힘이 들어가기 시작했다. 나의 마음을 모르는 건지, 창고 안의 시래기가 마치 들판의 갈대처럼 한쪽으로 쏴아아아아 하고 다시 한번 몸을 뉘었다.

그리고, 시래기 사이에서 무언가 다가오는 소리가 들려왔다. 사각, 사각, 사각. 동시에 사위가 조금씩 밝아지고 있었다. 달을 가리던 구름이 지나가는 모양이었다.

시래기 사이를 헤치고 나온 건, 작고 하얀 손이었다. 얼마나 하얀 건지 차가운 달빛에 반사되어 눈이 부실 지경이었다. 손등과 손가락

마디를 가르는 파란 핏줄만 없었다면 인형의 손이라고 해도 믿을 정도였다.

하얀 손은 작은 책을 쥐고 있었는데, 꽤 오래된 책인지 색은 다 바래 있었고 좀먹은 부분 투성이었다. 쏴아아아 ─ 시래기가 한 번 더 움직이자 손이 천천히 앞으로 나오기 시작했다. 뼈가 툭 튀어나온 가는 팔목이 뒤이어 나타나고, 마지막으로 긴 팔뚝이 나타났다.

쏴아아아아 ─ 긴 팔이 시래기와 함께 하늘하늘 움직였다. 그 기묘한 모습에 하마터면 다리가 풀릴 뻔했다. 하지만 나는 용기를 내 버티고 있던 손 하나를 놓았다. 흔들리는 책이 잡힐 듯 말 듯했다. 조금 더 몸을 기울여 창문 쪽으로 가까이 다가가자 드디어 툭, 하고 책이 내 손가락에 닿았다. 나는 떨리는 손가락을 움직여 천천히 책을 쥐었다.

흰 손은 미련 없이 책을 놓아주고 천천히 시래기 안으로 돌아갔다. 시래기는 드디어 모든 움직임을 멈추고 제자리에 가만히 걸려 있었다. 나는 책을 놓치지 않기 위해 노력하며 천천히 아래로 기어 내려갔다.

무사히 땅에 도착한 나는 무의식적으로 창을 올려다보았다. 언제부터 나온 건지 모를 하얀손이 가만히 나를 향해 있었다. 그러더니 인사하듯 살랑살랑 흔들린다.

나는 달렸다. 얼마나 힘에 부쳤는지 가는 길에 몇 번이나 넘어졌다. 그러나 품에 안은 책만은 절대 놓지 않았다.

14

집에 어떻게 돌아왔는지 기억이 잘 나지 않았다. 온몸은 먼지와 땀으로 엉망이었다. 나는 대문과 현관을 모두 걸어 잠그고 옷도 갈 아입지 않은 채 거실에 쪼그려 누웠다.

꿈인가, 이것도. 긴장이 풀렸는지 기절하듯 잠들었다. 꿈 한 번 꾸 지 않고 다시 눈을 뜬 것이 두 시간쯤 후였다. 잠에서 깬 나는 온몸 을 사시나무처럼 떨고 있었다. 자면서도 계속 떨어댄 건지 온몸의 근육이 비명을 지르고 있었다.

무심결에 창밖을 보다 화들짝 놀랐다. 푸른 빛이 집 안으로 쏟아 지고 있었다. 설마, 또 꿈인가? 그러나 아니었다. 새벽이 되어 하늘 이 개고 있는 것뿐이었다. 나는 자면서도 쥐고 있던 작은 책을 들고 마당으로 나왔다. 시원한 아침 바람이 이마에 맺힌 땀을 식혀주었 다. 마당 한편에 만들어놓은 아궁이로 다가가 그 앞에 쪼그려 앉아 책을 폈다.

좀벌레 때문에 온전치 못한 낡은 책은 장군이 할머니 것임이 틀림 없었다. 앞표지에 장군이 할머니의 이름이 쓰여 있었기 때문이었다. 나로서는 내용을 자세히 알 수 없는, 한자와 옛 국어가 섞인 소설책 이었다.

책장의 중간쯤에서 사진이 하나 나왔다. 새벽녘 하늘로 푸르게 물 든 그 사진은 장군이 할머니와 친구의 사진이었다. 두 사람은 그들 이 다니던 고등학교 정문에 서서 어색하고 앳된 미소를 짓고 있었 다. 귀밑까지 자른 단발의 아기 같은 얼굴이 포동하니 예쁘게 살이 올랐다. 두 사람은 마치 영원히 그렇게 행복할 것처럼 웃고 있었다.

나는 가마솥 옆에 쌓여 있는 장작을 넣어 불을 붙였다. 습한 여름인데도 불은 금방 붙었다. 나는 잠시 주저하다가 사진을 불 속에 던져 넣었다. 사진은 마치 기다렸다는 듯이 빠르게 타들어 가더니 금세 검은 재로 변했다.

나는 책을 한 번 더 빠르게 펼쳐보았다. 넘어가던 책장이 중간에 끼어 있던 편지 때문에 우뚝 멈췄다. 책만큼이나 색이 바랜, 작게 접은 편지 하나가 나왔다. 나는 그것을 조심스럽게 꺼내 읽어보았다.

사랑하는 玉^옥이 보거라.

每年^{매년} 너와 함께 하는 이 時間^{시간}이 끝나지 않기를 얼마나 바라는지 너는 모르지? 내가 이런 말을 하면 너는 웃기만 하니 너도 그런 模樣^{모양}이다, 하고 斟酌^{짐작}밖에 할 수 없구나. 너를 생각함에 있어 내 하루가 얼마나 燦爛^{찬란}히 빛나는지 네가 안다면 아마 놀랄 것이야. 西洋^{서양}에서는 인간은 半^반쪽짜리 존재이고, 서로를 채우는 關係^{관계}를 찾는 것이 人生^{인생}이라 하더구나. 내 半^반쪽이 있다면 바로 너일 것이야. 친구들은 每日^{매일}같이 붙어 다니는 우리가 便紙^{편지}까지 주고받는다며, 주책이라 하지만 뭐 어떻니. 우리만 좋으면 되는 것 아니야?

네가 가끔 그리는 우리의 未來^{미래} 모습이 나는 퍽 마음에 들더구나. 너는 外交官^{외교관}이 되고 나는 女流詩人^{여류시인}이 된다지? 그러려면 工夫^{공부}를 열심히 해야 하는데, 옥이 너에 비해 내 成績^{성적}이 형편 없어서 큰일이다. 내일이 되면 蜃氣樓^{신기루}처럼 사라질지도 모를 다짐을 적어본다.

옥아, 나는 우리의 未來^{미래}를 생각하면 마음이 설렌다. 卒業^{졸업}만 한다면 겁이 없는 너를 따라 世上세상을 향해 날아가고 싶다. 나를 기다릴 冒險모험과 로맨스가 분명 있겠지. 물론 내 옆에는 항상 네가 있을 것이야. 그래서 무섭지 않단다.

너의 소중한 친구, 順순이가.

나는 편지를 쥔 채 가만히 있다가 그것을 불 속으로 넣었다. 아무런 미련 없이 책과 편지가 타들어 갔다. 자리에서 일어나자 지독한 피곤이 찾아왔다. 집으로 돌아가 다시 자고 싶었다.

그런데 문득, 대문 밖에서 말소리가 들려왔다.

15

집으로 돌아가려는 나의 마음과는 반대로, 내 발은 천천히 대문을 향하고 있었다. 나는 무심하게 대문을 열었다. 콘크리트 길이 펼쳐져야 할 광경에 숲의 전경이 가득 들어찼다. 그리고 내 앞에는 두 소녀가 뒤 돌아앉아 있었다. 햇빛이 얼마나 찬란하게 쏟아지는지, 대문 밖의 그곳만 눈이 부시도록 아름다웠다. 소녀들은 맑은 연못에 발을 담그며 서로에게 기대 있었다. 돌돌 말아놓은 양말을 구두 안에 넣은 채, 교복은 입은 그들이 어린 두 손을 맞잡았다.

행복해 보였다. 나의 생각을 대변하듯 소녀들이 맑게 웃었다. 나는 그들에게 방해가 되지 않도록 천천히 대문을 닫았다. 찬연한 광경이 사라지자, 내 마음에 갑작스럽게 분노가 어룽거렸다.

몸이 피곤해서, 아니면 제대로 잠을 못 자서 그런 것일 수도 있었다. 내가 아는 건, 머리끝까지 차오르는 화가 터져버려 얼굴의 온 구멍으로 흘러내릴 것 같은 느낌뿐이었다.

나는 일부러 발소리를 내며 집으로 들어갔다. 안방으로 들어가, 비어있는 나의 자리에 우악스럽게 주저앉았다.

"야야, 아침부터 뭐고."

나 때문에 잠에 깬 할머니가 자리에서 부스스 일어났다. 목적이 없는 분노가 갑자기 할머니에게로 향했다.

"할머니. 어쩜 그럴 수가 있어? 왜 장군이 할머니 힘들 때 안 도와줬어? 동녘 밭에 도둑 농사지었다고 구박했다며, 할머니가. 그땐 장군이 할머니도 힘들었을 텐데 왜 그렇게까지 했어. 왜? 만약 내가 그러고 있었어도 할머니는 그냥 모른 척했을 거야, 그치."

밑도 끝도 없는 억지다. 나는 그걸 알면서도 할머니에게 화를 내고 있다. 할머니는, 이제 막 잠에서 깬 아무것도 모르는 할머니는 나의 억지를 가만히 듣고만 있었다. 이제 할머니가 손바닥으로 나를 내려칠 차례였다. '가시나가! 뭘 안다고 큰 소리고!' 할머니의 벼락 같은 외침이 벌써부터 들리는 듯했다.

하지만 할머니는 가만히 자리에 누워 등을 돌려 누웠다. 한참이나 그러고 있더니,

"그땐…… 다들 그래 살았다."

그냥 그러고 만다. 그 맥없는 대답을 들은 나는 다시 화를 내려다가 울컥, 목구멍 아래에서 차오르는 울음을 감추지 못했다. 돌아누운 할머니의 어깨가 점점 작아져만 갔다. 팔십 년 세월이 쌓인 그 자

그마한 등을 바라보던 나는 할머니의 뒤로 바투 붙어 당신의 손을 꼭 잡았다. 피부가 종잇장같이 얇아진, 대충 깎은 나무토막 같은 그 거친 손을 잡은 나는 할머니의 머리에 얼굴을 묻고 한참이나 그렇게 울었다.

심해어

배상현

분지에서 태어나 웹소설을 쓰고 있다.
『노예병 크로스』, 『천마 하고 싶은 거 다 해』, 『전장의 패스파인더』 등을
발표했다. 좀비물과 전쟁물, 음모론을 좋아한다.

이곳은 어둡다. 상투적인 표현을 빌리자면 한 치 앞도 보이지 않는다. 공기는 미지근하고 텁텁해서 숨을 들이쉴 때마다 불쾌해진다. 무언가에 질척하게 짓눌리는 듯한 착각마저 든다. 어둠에도 밀도가 있다면 이곳의 어둠의 밀도는 공기보다 빽빽할 것이다. 나와 주위 승객들은 어둠 속에 가라앉아있다. 간신히 휴대폰으로 지금 시간을 본다. 오전 11시. 배터리를 아끼기 위해 시간만 보고 바로 화면을 끈다. 간간이 주위를 비출 휴대폰 액정조차 없다면 나는 한 치 앞도 볼 수 없다. 어떤 밤도 여기처럼 어둡지는 않다. 시력에 의존하지 못하는 만큼 다른 감각이 점점 예민해져 갔다. 청각이 그랬고, 배고픔이 그랬다. 꼬박 하루 동안을 아무것도 먹지 못했다. 점점 공복감을 참기 힘들었지만, 지금 먹기에는 상황이 좋지 않다. 가방 안에 든 빵을 먹을 좋은 타이밍이 언젠가는 올 것이다.

지하철 안에 갇힌 지도 거의 하루가 다 되어간다. 의자에 몸을 파묻는다. 옆 사람과 어깨가 마주 닿는다. 조금 몸을 뒤척여 심기의 불편함을 알린다. 그나마도 의자에 앉아 있는 게 다행으로, 일어서서 타고 있던 사람들은 일찌감치 바닥에 퍼질러 앉아 있다. 모두들 밥은커녕 물 한 모금도 마시지 못했다. 아직까지는 괜찮다. 곧 구조될 것이다. 그렇게 마음을 다잡지만 마음은 그렇게 편해지지 않는다. 무릎 위에 올려둔 가방을 꼭 끌어안았다. 빵 봉지가 부스럭거리는 소리가 났다. 얼른 손에 준 힘을 풀었다. 그리 큰소리는 아니었다. 아무도 듣지 않았을 거라 스스로 위로한다. 평상시라면 모를까 모두가 굶은 상태에서 나 혼자 빵을 대놓고 먹는 것은 어리석은 일이다. 곧 구조가 오겠지만, 정말 만에 하나 구조가 늦어진다면 이 빵 한 봉지는 내 생명줄이 될 것이다.

2000년 8월 노르웨이 북부에서 훈련중이던 러시아 핵잠수함 쿠르스크호가 폭발음과 함께 해저 108m아래로 침몰했다. 승무원 118명 전원이 사망했지만 당시 수습한 시신은 12구에 불과했다.

사고 당시 러시아 정부는 사고 사실을 숨기기에 급급했고, 서방 언론이 처음 보도한 지 이틀이 지나서야 사고 사실을 인정했다. 생존자가 없다는 사실을 확인한 것조차 러시아 해군이 아니라 노르웨이 구조대였다.

마지막 생존자들이 잠수함 속에서 얼마나 살아있었는지는 지금껏 논란거리다. 러시아 정부는 낮은 수온과 깊은 수심 탓에 매우 빨리 사망했을 것으로 추측했다. 반면 한편에선 생존을 위한 산소가 충분했기 때문에 며칠간 살아 있었을 것이라고 주장했다.

그리고 인양된 잠수함에서 쪽지 한 장이 발견된다.

"암흑 속에서 느낌만으로 이 글을 쓴다. 이젠 기회가 없을 것 같다. 그래도 누군가 이 글을 읽어주었으면 좋겠다."

그 글은 결국 읽혔다. 그래서 그가 만족했는지는 모르겠다.

누군가 열차 문을 열어놓기는 했지만, 적어도 이 객차 안에서는 밖으로 나간 사람은 없었다. 용변을 보기 위해 잠시 밖에 나간 사람도 이내 볼일을 마치고 희미한 불빛을 비추며 제자리에 앉곤 했다. 창문도 열리지 않는 지하철 객석은 후덥지근한 열기로 가득 차 있었다. 이 열기가 지하에서 나는 열기인지, 사람들의 체온인지는 모른다. 어쨌든 그 열기는 지하에 남겨진 우리들을 초조하게 만들었다. 땀이 비 오듯 흘렀다. 누군가가 말했다.

"여기 계속 있어봤자, 죽도 밥도 안 될 것 같은데 한번 내려가 봅시다."

어둠 저편에서 다른 누군가가 말했다.

"지하철 선로를요? 지하철이 오기라도 하면, 우린 모두 개죽음인 거 몰라요?"

"아니 그럼, 여기 무작정 앉아 있잔 말입니까? 지하철이 멈춘 지 거의 하루는 된 것 같은데 그동안 구하러 온 사람은커녕, 지나가는 지하철도 한 대 없었는데. 우리가 구조되기 전에는 지하철도 안 다닐 게 뻔해요!"

철로를 걷는 것은 누구에게나 오싹한 일이다. 나만 해도 이 어둠 속에서 철로 위를 걷는 짓은 평소라면 결코 하고 싶지 않다. 몇십만

킬로그램짜리 고철 덩어리가 지나가는 길 위를 걷는 것은 익숙한 일도 아니고 바람직한 일도 아니다.

하지만 저 사람이 하는 말은 일리가 있다. 무엇보다, 아직 구조대가 오지 않는 것이 이상했다. 적어도 우리 열차가 서 있는 이 노선으로는 차가 지나다니지 않을 테니, 다음 역까지 걸어가면 빠져나갈 수 있을 것이다. 머리로는 이해했다. 하지만 막상 먼저 나가겠다는 사람은 없었다. 만약 다른 객차의 사람들이, 우리 객차 옆을 소곤대며 지나가지 않았다면 계속 그대로였을 것이다. 어느 객차가 먼저 내렸는지 몰라도 처음 시도한 사람이 있으면 그것을 따르는 누군가가 있게 마련이다. 우리도 문을 통해 더듬더듬 빠져나오기 시작했다. 문이 제법 높은 곳에 있어서 먼저 내려간 사람이 휴대폰 등으로 불을 밝혀주거나, 다리를 잡아주었다. 어두운 통로 속에서 속삭이는 목소리들을 많이 들을 수 있었다. 사람들이 걸어가는 행렬이 점점 길어지고 있었다. 휴대폰 배터리가 여유 있는 사람들이 밝힌 불빛으로 행렬은 한 줄기의 빛무리처럼 보였다. 차량 아래로 내려가기 전, 위에서 그 모습을 내려다봤다. 어둠 속에 희미한 빛들이 일렬로 구물구물거리는 모습은 어둠을 갉아먹으며 심해를 헤엄쳐 다니는, 어딘가에 있을지도 모르는 발광하는 거대 뱀장어를 연상하게 했다. 시답잖은 생각을 한 탓에 속이 메스꺼워졌다. 아래 내려간 사람의 도움을 받아 차량 아래로 내려갔다.

'deepsea cusk eel'이라는 심해어는 오래도록 먹이를 먹지 않아도 살 수 있다. 이 물고기의 투명한 위장은 몸 밖으로 튀어나와, 제 몸뚱이만큼이나 크게 늘어져서 마치 지느러미처럼 나풀거린다. 심해에서는 먹잇감을 쉬이 찾을 수 없기 때문에 한 번에 많은 양을 먹고, 또다시 얼마간을 가만히 버텨야 하는 탓이다.

열차 밖으로 나온 것은 나에겐 반가운 일이었다. 객차 안보다 더 넓어서 빵을 몰래 먹기에 유리하기 때문이다. 사람들의 발소리 덕분에 봉지가 부스럭거리는 소리도 감춰진다. 천천히 눈치 채이지 않게 사람들과 거리를 둔다. 광원이라곤 간간이 있는 휴대폰 불빛만이 전부여서 내 모습은 사람들에게서 금방 안 보이게 되었다. 천천히 가방을 열어 조심스레 빵 봉지를 뜯었다. 먹을 수 있는 것의 냄새가 났다. 빵 봉지 안의 공기는 바깥에서 포장된 바깥의 공기였다. 물기도 없는 퍽퍽한 빵이었지만 한 입 한 입 조심히 먹었다. 삼킬 때는 의식이라도 치르듯 경건했다. 급하게 삼키다 사레라도 들려 기침을 한다면 금방 주목받게 될 테니, 절대 피해야 할 일이었다. 반 정도를 먹은 다음, 나머지 반은 봉지에 곱게 싸 가방 안에 넣었다. 한 번에 다 먹는 것보다는 조금씩 여러 번 먹는 게 더 유리할 것이기 때문이다. 다시 가방을 둘러멘 다음 사람들이 들고 있는 불빛의 무리에 합류했다. 누군가 코를 킁킁거렸다. 가방에선 부스럭거리는 소리가 계속 났다.

"……누가 혼자만 처먹었구먼."

냄새를 맡았는지 누군가 중얼거렸다. 어두워서 누가 말했는지는 모른다. 목소리가 들린 쪽에서 떨어진다. 어둠 속에선 조그만 말소리도 평소보다 잘 들렸다. 터널 안이라 소리가 울리기까지 하니 오죽할까. 후각도 마찬가지일지 모른다. 빵 봉지에 잘 싸놓았지만 언제 냄새가 새어나갈지 모른다. 사람들과 약간의 거리를 두며 계속 걷는다.

점점 걸어가는 행렬이 느려지기 시작하더니 이윽고 멈췄다. 앞쪽에선 약간의 소란이 들려오고 있었다. 웅성거림 속에서 간간이 단편적인 단어들이 들린다. 통로. 무너짐. 바위. 정전. 뒤쪽 줄이 어리둥절하는 동안 앞줄에 있던 무리는 무거운 다리를 이끌며 우리를 지나쳤다. 황급히 쫓아가며 귀에 들리는 정보를 주워 모은다. 앞쪽 터널은 완전히 무너진 상태였고, 선두그룹은 조금 더 걷게 되겠지만 반대쪽 역으로 가려는 것 같았다. 모두들 필사적으로 긍정적인 생각만 하려 하며 계속 걷는다. 다시 한번 느끼지만, 공기가 무겁다. 어둠이 밀도라도 있는 양, 무겁게 깔려 있다. 몇백 명이 걷는 행렬이라기에는 무서울 정도로 고요했다. 모두들 어렴풋이는 알고 있었는지도 모른다. 얼마나 걸었을까. 우리가 출발한 차량을 지나치고도 한참은 걸었던 것 같다. 조금씩, 아까와 같이 행렬이 멈췄다. 이번에는 아까보다 조금 더 큰 소란이 일었다. 앞쪽에서 번지는 소란은 파도를 타듯 점차 뒤로 옮겨왔다.

'진정해요! 여기 가만히 있으면 곧 구조대가 올 겁니다!' '엄마, 배고파.' '구조대가 온다고?' '아 씨발, 똥 좀 가려서 쌉시다.' '무너진 돌덩이 크기가 웬만한 바위만 한데, 저걸 어느 세월에 치운다 그래?' '어디 전파 터지는 데 없어요?' '응애, 응애!' '시끄러워 씨발. 애 좀 조용히 시켜!' '거 좀 쓸데없는 말 하지 마요.' '엄마, 아빠. 미안, 나 여기서 죽을지도 몰라.' '중장비를 쓰면 금방 치운다니까.' '거 이 와

중에 유언 남기는 사람은 뭐야? 재수 없게.' '여기가 어딘지 몰라? 수십 미터 지하인데, 장비로 그렇게 막 퍼낼 수 있을 거 같아?' '그만, 밀지 좀 마요.' '못 할 건 또 뭐요.' '아 씨발 밀지 말라고!'

언쟁은 점차 거세져 갔다. 소리의 무리였던 것들은 점차 역동적인 움직임으로 바뀌고 있었다. 사람들이 들고 있는 조명의 움직임이 조금씩 격해지고 있어서, 멀리에서도 금방 눈에 들어왔다. 그리고 격한 움직임은 내가 있는 뒷줄에까지 조금씩 번져가고 있었다. 여기서 쓸데없이 체력을 낭비하는 건 멍청한 짓이다. 나는 조금씩 행렬에서 벗어났다. 주변을 보니 나 말고도 여러 사람이 사람들의 무리에서 벗어나고 있었다. 어차피 자력으로 탈출할 수 없다면, 지금으로선 그저 가만히 체력을 보존하는 것이 가장 유리했다.

대부분의 심해어들은 몸에 발광기관을 가지고 있다. 왜 발광기관을 가지고 태어났는지는 아직 명확히 밝혀지지 않았다. 단지 추측만 할 뿐이다. 종간의 인식과 짝짓기, 또는 사냥. 웃기는 사실은, 또한 대부분의 심해어는 눈이 퇴화되어 있다는 점이다. 빛이 도달하지 않는 심해에서는 시력이 불필요하다. 심해어들은 동족이 내는 빛을 볼 수 있는 것이 아니다. 다른 감각기관을 통해 느낄 뿐이다.

하루 전, 나와 승객들을 실은 지하철은 평소와 같이 달리고 있었다. 우리는 주변 아무와도 눈을 마주치지 않은 채 책이나 휴대폰, mp3 등에 몰두해 있었다. 으레 그렇듯 잡상인도 타고 있었다. 금방 새 칼처럼 갈아주는 만능 칼갈이와 특수공법으로 만들어져 아무리 써도 날이 상하지 않는 만능 부엌칼을 같이 팔고 있었다. 평소와 다를 바 없는 모습이었다. 언제부터일까. 앉아 있던 내게 어느 순간부터 약간의 흔들림이 느껴졌다. 지하철이 달리면서 내는 평범한 흔들림이 아니었다. 주변에서도 점차 눈치채기 시작했고, 무심하게 앉아 있던 사람들이 점차 서로의 눈을 마주칠 무렵, 한 번의 큰 흔들림이 일었다. 지하철 안에선 새된 비명이 흘렀고, 나는 순간 최근 있었던 큰 이슈들을 떠올렸다. 식량 지원 거부에 의한 북한의 대남도발, 최근 있었던 한국 도시공사의 부실 공사 의혹. 지진 안전지대라는 말이 무색하게 최근 잇단 지진. 세계안보정상회담과 그에 따른 테러 위협? 모두 사실 같기도, 터무니없는 것 같기도 했다. 지하철 안은 어둠에 휩싸였고, 지하철은 죽어가듯 서서히 속력을 줄여나가더니, 이윽고 멈췄다.

지하철 안에는, 약속시간이 다가와 초조했던지 연신 시계만 보는 사람도 있었고 어딘가에 올릴 생각인지 휴대폰을 꺼내 찰칵찰칵 사진을 찍는 사람도 있었다. 연신 터지는 플래시 때문에 주변의 원성을 산 뒤론 찍지 않았지만. 비상전화를 들어 차장과 연락하는 사람도 있었다. 무슨 일이 있을까 싶어 차 문을 열 방법을 알아보는 사람. 전화하러 전파를 잡기 위해 까치발을 드는 사람. 휴대폰을 가진 모두가 빛을 발하고 있어서, 차 안은 그렇게 어둡지 않았다. 불을 밝힌 동안은 모두 서로를 의지하고 있었다. 자신과 같은 처지에 처한 나와 같은 사람들. 그들을 자신의 눈 안에 집어넣는 것만으로 사람들은 안심할 수 있었던 것일까.

처음에 우린 그저 작은 해프닝이라 생각했다. 단지 잠깐동안의 운행 지연에 불과하다고, 얼마 지나지 않으면 아무 일 없었다는 듯 사과방송과 함께 다시 달릴 거라고. 전파가 잡히지 않아, 휴대폰은 단순히 불을 밝힐 수 있는 게임기에 지나지 않았다. 그나마도 몇십 분이 지나자 배터리를 아끼기 위해 하나둘 핸드폰을 꺼야만 했다. 몇 시간이 지나 참지 못한 누군가가 소변을 누려고 출입문을 열면서부터 모두들 심상치 않다고 여기기 시작했으며, 반나절이 지나자 지하철 안은 완벽한 어둠과 침묵 속에 가라앉아있었다. 사람들은 점점 누구와도 말을 하지 않고 있었다. 대화를 시작하기 위한 눈짓, 몸짓도 쓸 수 없었기 때문이다. 게다가 어둠 속에서 낯선 사람과 대화하는 것은 의외로 스트레스를 동반하는 일이었다. 내가 꺼낸 말이 보이지 않는 불특정의 수많은 사람에게 들린다는 것은 그리 달가운 일도 아니었고. 고작 대화나 하기 위해 소중한 휴대폰 배터리를 쓴다는 것은 상상도 할 수 없는 일이었다.

나 역시 처음 몇 시간 동안은 내 옆 사람들과 이런저런 얘기를 했다. 아까워서 불빛은 밝히지 않았지만, 가만히 있으면 쓸데없는 생각만 머릿속에 떠올랐다. 옆 사람의 말에 귀를 기울이고 있는데, 문득 제법 먼 곳의 목소리도 내 귀에 또렷이 들려오는 것을 느꼈다. 아마 이쪽에서 말하는 소리도 저쪽에 그대로 들렸을 것이다. 내 옆 사람도 그것을 의식했는지, 말소리를 점차 낮추기 시작했다. 목으로 내던 소리들은 차츰 작아지면서 입술 근처에서 맴돌다 빠져나가는 바람 소리로 변했고, 전차 안은 속삭이는 소리로 가득 차 있었다. 한 명의 속삭임은 귀를 간질이지만 여럿이 동시에 내뱉는 속삭임은 귀를 후벼 파는 듯했다.

어둠에 예민해진 신경은 더욱 날카로워졌고, 차츰 꼭 필요한 대화가 아니면 아무도 말을 꺼내지 않게 되었다. 조용한 가운데 누군가 한마디를 꺼내는 것은, 고요한 수면에 바윗돌을 던지는 것처럼 크게 다가왔다.

대화가 끊긴 채 얼마간의 시간이 지나자, 나는 아까까지 대화를 나누던 옆 사람마저 아주 낯설게 느껴진다는 것을 깨달았다. 우리는 서로서로에게 이질적인 존재일 뿐이었다.

'Barreleye'라는 심해어는 그 특이한 생김새 덕분에 유명해졌다. 이 물고기의 눈은 밖으로 나와 있지 않다. 단지 머리 안 깊숙이 두 눈이 처박혀 있을 뿐이다. 머리 깊숙이 자리 잡은 눈은 360도로 돌아가며, 투명한 머리를 뚫고 온 사방을 쳐다볼 수 있다. 이렇게 진화한 이유는 아주 극소량의 빛을 효과적으로 감지하기 위함이라고 한다. 주변이 워낙 어두워 변변히 보이는 것도 없지만, 보이는 단 하나의 물체도 놓치지 않기 위한 그 모습은 집념을 넘어 으스스하기까지 하다.

사람들로부터 충분히 걸어온 듯했다. 뒤돌아보자 사람들의 무리는 작은 불빛 몇 개로만 확인할 수 있었다. 저 정도가 그들이 용납할 수 있는 최대한의 밝기일 거라는 생각이 들었다. 그나마도 무리 속 불빛들은 지금도 하나둘씩 꺼지고 있었다. 이윽고 무리 속에서 빛나던 마지막 광원마저 사그라들었다. 이제 주위는 완전한 어둠에 휩싸였다. 어쩌면 이곳은 지구상에서 가장 어둠이 충만한 곳일지도 모른다. 불안해지기 시작해서, 나는 핸드폰을 꺼내 들었다. 불을 켜기 위해서. 왜 점점 빛무리가 줄어들었을까. 무리가 있던 곳에선 소곤거림이 조금씩 웅성거림으로 번졌다. 갑작스레 목소리가 터져 나왔다. 터널 속이라 목소리가 멀리까지 울렸다.

누가 칼에 찔렸대요!

얼른 핸드폰을 집어넣었다. 우리 주위에 칼을 가신 사람이 돌아다니고 있다니. 지하철에 칼을 가지고 타는 사람이 누가 있을까 싶었다. 그리고 지하철 안에 있던 잡상인이 생각났다. '만능 칼갈이 2000원. 갈 필요 없이 잘 잘리는 식칼 3000원.' 불안해져 가방 안 필통을 뒤진다. 감촉으로 커터 칼을 찾아 바지 주머니에 쑤셔 박았다. 어차피 이런 칼은 부적 정도밖에 안 될 것이다. '칼에 찔렸대요. 누가 좀 가봐요.' 하지만 그렇게 외치는 사람도 자신은 가지 않는다. 가보라니, 어디로? 누가 어디서 찔렸는지조차 모른다. 칼을 가진 누군가에게 보일까 봐 아무도 불빛을 비추지 않는다. 주위를 걸어가는 많은 발걸음 소리가 들렸다. 포식자를 피하는 물고기 떼처럼, 사람들의 무리는 자연히 해체된 모양이었다. 나도 그 움직임에 섞여 이동한다. 조금이라도 사람의 밀도가 적은 곳을 찾아, 이곳저곳을 찾아 헤매기 시작했다.

선로 곳곳에는 그동안 사람들이 싸질러놓은 대소변들이 아무렇지 않게 널브러져 있었다. 가까이를 지날 때마다, 예민해진 코는 그것들이 내뱉는 불쾌한 공기를 무방비하게 받아들였다. 결국 참지 못하고 발밑을 비추기 위해 휴대폰을 켰다. 대소변을 밟지 않기 위해서 무심코 한 행동이었다. 그리고 멍청한 행동이었다.

불빛이 닿는 범위 내의 모든 사람들이 나를 쳐다보고 있었다. 퀭

한 표정들. 사방에서 꽂히는 시선. 그들의 시야에선 나만이 볼 수 있는 유일한 것이었다. 어둠 속에서도 그들의 눈동자는 더욱 새까맸고, 눈이 부신 듯 작게 뜬 눈은 흔들림 없이 나만 뚫어지게 바라보고 있었다. 내가 불을 켠 시간은 채 3초가 안 될 것이다. 아니, 더 적을지도 모른다. 하지만 불이 켜진 그 순간은 시간이 멈춘 듯 고요했고, 또 느리게 흘러갔다. 그래서, 나를 보는 사람들의 동공이 열리는 소리마저 들리는 느낌이었다. 마치 벌거벗은 듯한 느낌이 들어서 얼른 불을 껐다. 어둠이 다시 온몸에 휘감겼고, 주변은 아무렇지도 않은 듯 조용했다. 난 남이 볼 수도 없고, 남에게 보이지도 않는 존재가 되었다. 다시 찾아온 어둠에 나는 다시 얻지 못할 큰 안도감을 느꼈다.

더듬더듬 전철 근처로 되돌아와, 선로 한쪽 구석에 앉았다. 오면서 누군가의 용변을 밟아 신발은 질척질척했다. 냄새로 머리가 깨질 듯 아팠다. 전철 위로 올라가고 싶었지만 문이 너무 높아 혼자 힘으론 도저히 힘들었다. 누군가와 협력하면 쉽게 올라가겠지만, 누구를 믿어야 할지 알 수 없었다. 더러운 신발을 받쳐서 위로 올려줄 사람이 있을 것 같지도 않고.

이쪽은 사람의 수가 적은지 드문드문 소곤거리는 소리를 제외하곤 고요했다. 나를 감싸고 있는 어둠은 아무에게도 나를 드러내지 않는다. 그리고 다른 사람을 보는 것도 허락하지 않는다. 평등하다. 계속 걸었기 때문인지 조금 피곤했다. 잠시 벽에 기대어 주저앉아있기로 했다. 등에 멘 가방이 벽과 등 사이에 배겨서 조금 아프다. 혹시 빵이 찌부러질까 봐, 등에 멘 가방을 앞으로 끌어안고, 잠시 눈을 감았다.

2008년 일본 근처의 해구에서 새로운 심해어가 발견되었다. 수심 7700m
에서 발견된 이 물고기는, 공식적으로 발견된 가장 깊은 곳에서 헤엄치는 물
고기이다. 우윳빛 올챙이처럼 생긴 그 물고기는 바닥을 기듯 헤엄치며 바닥
에 떨어진 물고기 사체를 뜯어먹고 산다. 평범한 해저 지대에서 깎아지른 듯
아래로 떨어지는 해구는 그 자체로 하나의 생태계를 구축한다. 이어져 있
지 않은 이상 교류가 있을 턱이 없기 때문에 해구에서 발견된 생물은 그곳
에서만 있는 고유의 종이라 봐도 무방하다. 일 년 뒤 2009년, 뉴질랜드 근처
7500m 해구에서 또 하나의 종이 발견된다. 그 물고기는 일본 근처 해구에서
발견된 종과 구별할 수 없을 정도로 생김새가 같았다. 하지만 그 둘은 생김새
만 같을 뿐, 전혀 다른 종이라 과학자들을 당황케 했다. 과학자들은 일정 깊이
해구에선 모든 어류가 같은 생김새로 진화할 것이라는 가설만 세웠을 뿐 정
확한 답은 내놓지 못하고 있다. 종이 원래 가진 습성과 유전적 특징도 가혹한
환경 아래에선 쉽게 바뀌는 것인지도 모른다.

스르륵 하고 팔이 무언가에 끌려가는 느낌이 들었다. 얼핏 잠이
들었던지라 조금 몽롱한 상태였다. 눈을 떴는데, 나는 아직 눈을 감
고 있었다. 잠시 어리둥절하다가, 이내 이해했다. 눈을 떠도 보이는
것은 감은 것과 마찬가지이니, 어리둥절할 수밖에. 팔을 잡아당기는
힘에 다시 팔이 조금 끌려간다. 내 팔은 가방끈에 걸어두고 있었다.
화들짝 놀라 가방을 꽉 잡아챈다. 정신이 번쩍 들었다.
"씨발, 일어났나."

누군가가 내 바로 앞에서 중얼거렸다. 차가운 피가 혈관을 타고 흐르듯 온몸이 싸늘해졌다. 가방을 잡은 손에 힘을 준다. 누군가가 소곤거렸다.

"미안하다. 너무 배가 고파서 그래. 먹을 거 있지? 조금만 먹자, 조금만."

그런 거 없어. 상관하지 말고 그냥 지나가. 초조했다. 아직은 소곤거리는 소리지만 언제 언성이 높아질지 몰랐다. 더욱이 지하 안은 소리가 잘 울리는 터라 작은 소리도 멀리 퍼진다. 가뜩이나 시력 대신 예민해진 청력이 소곤거리는 소리를 못 들으란 법도 없다. 가방을 당기는 녀석은 연신 코를 킁킁거렸다.

역시 냄새가 문제였던 모양이다. 큰 언성은 없었지만 가방을 가지고 실랑이를 벌이는 것만으로도 주위의 이목을 충분히 모을 수 있다. 벌써 주위가 조금씩 이쪽을 신경 쓰고 있다는 게 느껴졌다. 조금씩 주변이 어수선해지는 것을 느꼈다. 가방끈에 팔짱을 끼듯 고정한 다음 한 손을 주머니에 넣었다. *칼로 쑤셔버리기 전에 빨리 꺼져.*

내 말은 거짓이 아니다. 기껏 연필이나 깎을 커터 칼이지만, 칼은 칼이다. 아무것도 보이지 않으니, 내 협박은 충분히 먹힐 것이다. 물론 진짜 휘두를 생각은 없다. 잠시 가방을 놓고 떨어지기만 한다면, 나는 어딘가로 무작정 달려갈 생각이다. 보이지 않는 나를 찾을 방법은 없다. 불을 켜는 것 외에는. 불을 켜는 그 순간 나는 녀석의 모습을 보게 되고, 그때부터는 단순한 술래잡기가 되어버린다. 녀석은 그것을 바라지 않을 것이다. 애초에 칼을 갖고 있다는 녀석을 기를 쓰고 쫓아올 사람은 없을 터였다.

가방을 잡아당기는 압력이 조금 느슨해졌다. 내 협박이 효과가 있었던 모양이다. 다행이다. 이제 물러나기만 하면 된다. 가방을 더욱 힘을 줘 당기려는데, 상대방이 품에 뭔가가 반짝거렸다. 순간적으로 반짝일만한 물건이 뭐가 있을지 생각했다. 단추도 있고 허리띠 버클도 있고, 시계도 있다. 나는 한 가지 물건이 더 떠올랐다. 칼날도, 충분히 불빛에 반짝일 수 있다.

그러고 보면 우리가 불을 켜지 않고 대화하지도 않는 이유는 어딘가에 돌아다닐지도 모르는 칼을 가진 괴한이 무서웠기 때문이다. 그런데 이 녀석은 아무렇지도 않게 내 가방을 채가려고 했다. 칼이 무섭지 않은 걸까. 아니면 자신이 칼을 갖고 있기 때문일까.

상대의 칼날이 금방이라도 내 목에 박힐 것 같았다. 주머니에 든 것을 꽉 움켜쥐었다. 엄지를 밀자 드르륵 소리가 유난히 크게 울렸다. 그리고 찔리기 전에 먼저 찔렀다. 손에 들린 커터 칼이 상대 몸에 닿는 것이 느껴졌다. 칼날이 상대를 밀어내는가 싶던 것도 잠시, 얇은 금속성의 소리가 났다. 칼날이 부러지는 소리였다. 칼날은 부러져 날아가고 칼자루는 주던 힘을 못 이겨 다시 나아가 상대의 몸에 닿았다. 나는 죽는다. 어둠 속에서 반짝이던 것이 언제 날아오는지 나는 보지 못한다. 가방을 끌어안고 엎드리듯 웅크렸다. 나도 모르게 눈이 감겼다. 눈을 떴을 때와 보이는 것은 별반 다르지 않았다. 어둠이었다.

가방을 잡는 힘이 사라졌다. 추적거리는 발소리가 점점 멀어졌다. 겁을 먹고 도망가는 모양이었다. 나는 빵 반 토막을 끝내 지켜내었다. 왜 칼을 휘두르지 않고 떠나가는지는 알 수 없었지만, 다행이었다. 칼날이 부러진 커터 칼을 다시 주머니에 쑤셔 넣었다. 웅크린 채로 자리를 옮겼다. 불을 켤 수는 없다. 일부러 내 위치를 드러낼 바에야 차라리 손으로 더듬어가며 기어가는 편이 낫다. 사람의 다리며, 손가락을 밟아가며 자리를 옮긴다. 밟힌 사람들의 목소리가 시끄럽지만, 무시한다. 누구를 밟았는지도 모르고, 누가 밟았는지도 모른다.

똑바로 서서 걷는다는 것은 앞이 보인다는 것을 전제로 한 행동이다. 보이지 않을 때는 두 팔 없이는 한 발자국도 자신 있게 내딛지 못한다. 앞에 벽이 있지 않을까 손을 휘휘 저어가며, 발로 더듬어가며 한발 한발 내디딘다. 그것은 걸음보다는 차라리 헤엄에 더 가까웠다.

내 앞에 자그마한 불빛 하나가 보인다. 단지 아직 멀어서 작아 보였을 뿐, 핸드폰 불빛과는 비교할 수 없는 밝은 빛이었다. 만약 어렴풋한 희미한 빛이었다면 나는 자리를 피했을 것이다. 나는 홀린 듯 빛을 향해 다가갔다. 그 불빛은 벌써 내 주위를 서서히 물들이듯 밝히고 있었다. 나 말고도 불빛을 향하는 여러 사람이 있었다. 그 불빛이 외쳤다.

"여러분, 구조대원입니다! 절대 뛰지 마시고 불빛 쪽으로 천천히 오십시오. 서두르실 필요 없습니다. 천천히, 이쪽입니다!"

내 뒤로 하나둘 불빛이 켜졌다. 사람들은 지금까지 아껴둔 핸드폰 배터리도, 무슨 상관이냐는 듯 아낌없이 써대고 있었다. 그들은 침침한 빛을 비추며 하나둘 헤엄쳐 모여들었다.

그리고 구조된 지 몇 주가 흘렀다.

지하철 터널이 무너진 원인은 아직 밝혀지지 않았다. 당사자였던 내게는 사고원인 따위 아무래도 상관없는 일이었다.

구조될 당시, 구조대원에게 누군가가 칼에 찔렸을 거라고 말하려 했었다. 내가 커터로 찌르려다 실패한 놈이 아닌, 처음 누군가 칼에 찔렸다고 소리쳤던 그 당사자 말이다. 하지만…….

"얘, 왜 불을 끄고 있니."

어머니가 방안 불을 켰다. *별거 아니니까 신경 쓰지 마.* 나는 어머니가 열어놓은 문을 닫고 다시 불을 껐다.

……하지만 말하지 못하고 그저 구조대원이 씌워주는 산소마스크에 내 숨을 내맡겼다. 구조대원에게 뭐라 말해야 할지 알 수 없었으니까. '저 터널 안에서 누군가가 칼에 찔렸어요. 제 눈으로 본건 아니고요. 누가 소리쳤어요. 소리친 게 누구인진 모르고요. 그쪽에 가 봤냐고요? 아뇨. 칼을 든 사람이 근처에 있을지도 모르는데 거기에 어떻게 가요. 그냥 멀리서 지켜봤어요. 찔렸단 소리가 들리자마자 거의 모든 불빛이 꺼져서, 누가 다쳤는지도 모르지만요. 찔리고 난 지 한참이 지났을 테니까 아마 지금쯤 죽었겠지만, 저희 대신 시체 좀 짊어지고 나와 주세요.' 라고 하라고?

나중에 알게 된 사실이지만 승객 중 크게 다친 사람은 없었다. 기껏해야 탈수에 쇠약증으로, 애초에 칼에 찔린 사람 따위는 없었다. 처음 누군가가 칼에 찔렸다던 그 외침은, 처음부터 근거 없는 소동이었던 모양이다. 애초에 처음 터져 나온 말도 '칼에 찔렸어요'가 아 닌 '칼에 찔렸대요' 였다.

어두운 곳에 있을 때면, 지금도 그 안이 생각난다. 다친 사람이 없 다는 점은 다행일지 모르지만, 그것은 크게 중요하지 않았다. 실제 로 칼에 찔린 사람은 아무도 없지만, 찔린 사람을 외면하고 휴대폰 불빛을 꺼 자신을 감춘 사람들은 있다. 내가 휘두른 칼에 다친 사람 은 아무도 없지만 칼을 휘두른 사람은 남는 것처럼.

내가 칼을 휘두르며 지켜냈던, 가방 안에 들어 있던 반쪽의 빵은 구출된 후 까맣게 잊혀, 한참이나 가방 안에 그대로 방치되어 있었 다. 어느 날 밤 문득 생각나 꺼내 보니 가방 속에서 온갖 색깔의 곰 팡이로 범벅이 되어있었다. 빵의 기괴한 모습은 약간 심해어를 닮아 있었다. 나는 그 빵을 내방 창밖으로 던져버렸다. 그것은 어두운 창 밖으로 잠수하듯 헤엄쳐 날아갔다.

공포의 ASMR

전사라

YAH! 문학상에서 「공포의 ASMR」로 우수상을 받았다.
밀리의 서재에 『가린동 꼭대기의 비밀』 『실종여행』
『로맨스 게임』을 연재하였다.

'타다다다닥'

이제 막 해가 저물어 가는 시각 승희는 원룸의 불을 켜는 것도 잊은 채 컴퓨터 자판을 치는 일에 몰두해 있었다. 작고 조용한 집 안에 울려 퍼지는 키보드 소리는 누군가에게는 회상의 한 장면을 누군가에게는 공포의 한 장면을 떠올리게 했다.

안녕하세요. 저는 잘 때 ASMR을 즐겨 듣는 한 20대 직장여성입니다. 제가 이렇게 글을 올린 것은 얼마 전 겪었던 한 찜찜한 일 때문입니다. 혹시 이 글을 보시고 저와 같은 ASMR을 들은 분이 계시다면 꼭 댓글 남겨주시길 부탁드립니다.

저는 직업의 특성상 점심쯤 출근을 하고 저녁 늦게 퇴근을 합니다. 그래서 평소에 남들보다 늦은 시각에 잠자리에 들고 늦은 시간에 기상을 하는 편입니다. 한 마디로 전형적인 저녁형 인간의 생활 패턴을 갖고 있죠.

그래서인지 일찍 잠을 자고 싶은 날에도 쉽게 잠이 오지 않아 고민이 많았습니다. 그러던 찰나에 우연히 ASMR이라는 것을 알게 되었고 이제는 그 소리 없이는 잠드는 것이 어색하게 느껴질 정도가 되었습니다. 자연의 소리부터 일상의 소리 국내, 해외 유명 유튜버가 직접 만든 테마 ASMR 까지 어지간한 장르는 다 들었기 때문에 비슷비슷한 소리에 싫증을 느낄 무렵 한 생소한 유튜버의 ASMR 영상을 듣게 되었습니다.

최신순 정렬 가장 상단에 있던 그 영상의 제목은 당신과 함께 만드는 ASMR이었습니다. 유투버들이 댓글로 ASMR 소재를 제보받는 경우는 많았지만 전 한 번도 뽑힌 적이 없었기 때문에 이 무명의 업로더라면 제가 원하는 소리를 담아줄 수 있을 것이란 기대감에 영상을 클릭했습니다.

하지만 기대와는 달리 아무것도 없는 그저 검은 화면만이 영상을 채우고 있었습니다. 처음엔 잘못 올린 것이라고 생각하고 뒤로 가기를 누르려 했습니다. 하지만 몇 초 후 영상에선 들릴락 말락 한 작은 소리가 나오기 시작했고 저는 우선 그 소리를 들어 보기로 결정했습니다.

누군가가 조용히 읊조리는 것으로 시작된 그 영상은 일반적으로 ASMR의 녹음 시 사용되는 고급 마이크가 아닌 이어폰에 내장된 마이크를 사용했는지 생활 소음과 숨소리가 뒤섞여 음향이 고르지 못했습니다. 그때 들었던 내용은 다음과 같습니다. 편의상 제가 들은 그대로 화자의 입장에서 적어보겠습니다.

내가 이걸 올리는 이유는 지금 곁에 내 이야기를 듣고 공감해 줄 사람이 아무도 없기 때문이야. 하지만 늦은 시간에도 잠들지 못하고 인터넷을 헤매고 있는 당신이라면 오늘 밤 내 이야기를 듣고 나와 함께 행복해질 수 있지 않을까 싶어서 이렇게 영상을 올려. 어떤 내용이든 좋으니 나에게 해주고 싶은 말이 있다면 꼭 댓글을 남겨줘.

내가 기억하는 한 어떤 소속에 있을 때든 내 별명은 한결같이 찐따였어. 남들 말로는 내가 예쁜 구석이 하나도 없는 데다 공부도 못하고 성격까지 더럽다나. 사실 난 화를 잘 못 참는 편이긴 해. 아니 그 보다 납득할 수 없는 것들을 싫어해. 그래서 누가 조금이라도 납득이 가지 않을 만한 일로 내 심기를 건드리면 고스란히 갚아줘 버려. 나의 이런 면 때문인지 중학교 때까진 친구가 없었어.

어릴 땐 아무 상관 없었는데 자아가 커 갈수록 내 자존심을 지키는 일보다 누군가에게 창피하게 보이지 않는 게 더 중요하다는 걸 깨닫게 되었어. 같이 다닐 친구가 없다는 건 학교라는 사회 안에서는 나의 가치가 그만큼 떨어진다는 낙인 같은 거더라고.

그래서 고등학교에 입학하기 전 결심했어. 절대로 창피해지지는 말자고. 내 속을 숨기던 내 외모를 가꾸던 어떤 노력을 기울여서라도 찐따가 되지 말자고.

먼저 같이 다닐 일행을 만들어야겠다고 결심한 후엔 반에서 제일 만만해 보이는 아이들에게 다가갔어. 딱 봐도 구질구질한 분위기에 친구도 없을 것 같은 애들. 그런 애들은 누군가 조금만 관심을 두고 다가와 줘도 좋아서 펄쩍 뛰니까 친해지기가 쉽거든. 학기 초마다 친구 하나 사귀려고 아등바등했을게 뻔한데 내가 먼저 웃으면서 인사하니 이게 웬 떡이냐 했을 거야. 뭐 그랬던 애들도 조금만 편하게 대해주니 고마움도 모르고 슬슬 기어오르기 시작했지만.

내가 만든 친구들은 우리 안에 갇혀있는 바보들이 따로 없었어. 자기 자신을 비하할 때 꼭 우리라는 말을 사용했거든. 우리같이 그저 그렇게 생긴 애들은 노력해도 안 돼. 우리는 좀 힘들지 않을까? 우리는, 우리는 지겨운 우리 소리가 듣기 싫어서 몰래 걔네 화장품이며 휴대폰, 전자기기를 훔쳐서 갖다 버린 적도 있어. 물건을 잃어버린 날이면 걔네가 입을 좀 가만히 두었으니까. 나로선 직접적인 충돌만은 면하기 위해 꾹 참은 셈이지.

내가 그렇게까지 하면서 좋은 이미지를 갖추기 위해 애쓴 이유는 내 다음 목표가 상위계급에 들어가는 거였기 때문이야. 그 계급의 아이들에게 나의 나쁜 면을 드러내봤자 득 될 게 없잖아? 외모적으로나 학업적으로도 충분히 잘났는데 듣자 하니 집안에 돈까지 많다는 걔네들은 학기 초부터 자기들만의 그룹을 형성하더니 어느새 반 서열 가장 높은 곳에 스스로 올라가 있었어. 그도 그럴 것이 모든 애들이 그 아이들 앞에선 항상 설설 기었으니까. 아니 계집애들 집단에선 그보단 잘 보이려 애쓴다는 말이 더 어울릴 것 같네.

하지만 난 그들에게 잘 보이고 싶지 않았어. 난 그냥 그들이 되고 싶었어. 그들 무리에 끼어 아래 것들의 선망의 대상이 되고 싶었어. 아이러니하게도 그러려면 그들에게 잘 보여야 하는 게 우선이었지만.

근데 내 전략이 잘못되었다는 걸 그제야 알아버린 거야.

애초에 찐따에게 접근해 찐따와 어울려 다닌 나 역시 찐따 중에 하나라고 그들에게 인식이 되어버린 거지. 난 그 오명을 벗으려고 아등바등했어. 비싼 점퍼에 유명브랜드 가방, 유행하는 신발로 치장을 하고 무슨 일이든 쿨한 척 웃어넘겼어. 상위계급 애들을 교본 삼아 뭐든 따라 하려고 애썼어. 그런데 이상하게 그러면 그럴수록 걔네가 더 나를 비웃는 듯한 느낌이 들더라고. 아무리 노력해도 난 그 무리가 될 수 없다는 뜻이었을 거야.

그러다 어느 날 우연히 상위계급 애 중 하나였던 A의 SNS를 보게 됐어. 학교에서도 그럭저럭 인기가 많은 애긴 했지만 인터넷에서는 그거랑 비교도 할 수 없게끔 거의 찬양을 받는 수준이더라. 마치 A가 무슨 연예인이라도 되는 양 닮고 싶다는 둥, 자기랑 만나달라는 둥 하는 댓글을 보고 있으니까 기가 찼어.

걔가 그런 찬사들을 받을 만큼 잘났던가? 작은 무리 안에서 조금 더 낫다 할 수준일 뿐인데. 아니 자세히 보면 그렇게 예쁘지도 않은데. 책상 앞에 놓인 거울을 봐도 그 애랑 나랑 크게 다른 것 같지도 않은데.

아! 그때 난 깨달았어. 사람들은 그냥 한 장의 사진으로 그 사람의 모든 것을 평가하는구나. 그때부터 난 A랑 비슷한 사진을 올리기 시작했어. 비슷한 각도, 비슷한 표정, 비슷한 필터, 조금 더 닮아 보이기 위한 보정까지.

역시나 사람들은 그런 사진을 좋아했어. 드디어 나에게도 조금씩 관심을 가지는 사람들이 생겨나기 시작했고 내 평생 처음으로 예쁘다, 친해지고 싶다 라는 말도 들었어. 드디어 나에게도 진짜 친구란 존재들이 생긴 거지.

누군가의 선망의 대상이 된다는 건 정말 기분 좋고 짜릿한 일이야. 그게 학교생활까지 이어지지 않아서 문제였지만. 내 옆에 붙어 있는 못난이들은 여전히 자신의 하찮음을 모르고 내 머리 위까지 기어오르고 있었으니까. 내가 진실되지 못하다느니 변했다느니 현실에나 충실하라느니 어쩌고저쩌고.

그때의 난 이미 그 아이들과는 다른 급의 사람이었기에 더 이상 필요 없는 인내심을 발휘할 필요가 없었어. 철저하게 무시하고 나답게 행동해주었더니 우리 속의 바보들이 제 발로 떨어져 나가더라. 드디어 자신들과 내가 우리가 아니라는 것을 깨달은 듯했어.

같이 다니는 사람이 없어도 아무렇지 않았어. 난 인터넷에서 잘나가는 사람이었고 내 계정의 친구만 해도 이 학교 전교생보다 많았으니까.

그렇게 행복한 나날을 보내고 있던 어느 날 갑자기 A와 그 무리 애들이 날 부르더라고. 무슨 일인가 싶어 찾아가니 다짜고짜 A가 내 뺨을 때렸어. 그러고는 찌질한 게 어디서 날 따라 하고 다니냐며 따져 물었어. 어떤 사람이 A에게 날 따라 하고 다닌다며 욕을 남겼다나 뭐라나. 그때 내 인기는 이미 A를 넘어선 상태였으니 그런 말이 나올 법도 하지.

아무튼 A에게 어이없게 맞았는데도 이상하게 하나도 열 받지 않더라고. 그런 행동도 다 나를 인정하고 질투한다는 의미 아니겠어? A는 당장 내 계정을 없애지 않으면 가만있지 않겠다고 했어. 근데 내가 미쳤다고 그걸 없애? 유일하게 날 존중해주고 좋아해 주는 사람들이 가득 찬 유토피아를?

난 당연히 A의 말을 무시했고 이전처럼 A와 비슷한 아니 그보다 더 나은 나의 모습을 업로드했어. 그렇게 며칠이 지났는데 갑자기 나를 따르고 선망하던 사람들이 온 데 간 데 사라져 버린 거야. 처음엔 그저 어리둥절했지만 나중엔 화가 났어. 그렇게 내가 좋다 할 때는 언제고 이제 와서 다 날 떠나다니. 며칠이 더 지났을 땐 너무 우울해서 확 SNS를 탈퇴해 버릴까도 생각했어. 그렇지만 내 인생의 가장 찬란했던 순간들을 한순간에 삭제한다는 게 쉽진 않겠더라고.

그러던 중 누군가 나에게 메시지 하나를 보내왔어. 나를 아주 많이 좋아했고 동경했던 사람으로서 마지막 의리로 이 링크를 보낸다고 쓰여 있었어. 그 링크를 클릭한 순간 진짜 누군가 갑자기 달려와 내 뒤통수를 확 친 것처럼 눈앞이 번쩍하면서 목덜미가 찌릿해져 왔어.

그 글엔 나도 알지 못하는 새에 학교에서 찍힌 내 사진들이 한참 스크롤을 넘겨도 끝나지 않을 만큼 길게 나열되어 있었어. 내가 혼자 밥을 먹는 사진, 쉬는 시간에 엎드려있는 사진, 혼자 리코더를 들고 음악실에 가는 사진까지 장황한 사진 모음과는 대조적으로 밑에는 단 한 줄의 글만이 적혀있었어.

'니들이 물고 빠는 XXX의 실체.'

그 밑에 달린 수많은 비난과 조롱의 댓글들은 날 더러운 구더기가 나뒹구는 시궁창으로 패대기쳐 버렸어. 여기 바깥세상에서의 내 모습이 그 사람들의 기대에 부합하지 못했단 것이 그렇게나 큰 잘못이었을까? 어차피 우리가 함께 이야기하고 즐겁고 행복할 수 있는 곳이 인터넷 세상이라면 그 안에서 아름답고 멋지면 그만인 거 아냐? 그렇게 내 유토피아는 무너져버렸어.

그 사진을 누가 올린 건지는 말 안 해도 이미 알 것 같았어. 내가 잘 나가는 게 아니꼽고 싫은 사람 중 하나. 자기와 날 우리라고 착각하던 B거나, 내가 자기를 선망해서 따라 한다고 착각하는 A. 사실 어느 쪽이든 큰 상관은 없었어. 멋대로 내 왕국을 망친 침략자에게 받은 만큼 되돌려 주어야겠다는 생각뿐이었으니까.

다음 날 난 학교에 가서 먼저 B를 찾았어. 굳이 오랜 시간을 끌 필요 없이 내 사진을 올린 게 너냐고 물었더니 아니래. 위협적이지 않은 상태에선 누구나 편하게 거짓말을 할 수 있는 것이고 난 그때 당장 누구에게라도 화를 풀지 않으면 미칠 지경이었기에 우선 그 아이를 끌고 건물 뒤편 소각장으로 갔어.

그리고 그 아이의 눈에서 진실이 비칠 때를 기다리며 뺨을 때리고 또 때렸어. 내 손이 얼얼해졌을 때쯤엔 운 좋게도 그 아이가 바닥에 주저앉더라고. 그때부터는 보이는 모든 곳에 발길질을 시작했어.

미안해. 그만해. 아파. 난 아니야 믿어줘. 하하하하. 그때 걔 모습이 얼마나

추하고 웃겼나 몰라. 처음 B를 때렸을 땐 흥분상태가 극에 달해서 눈에 뵈는 것이 없었는데 계속 때리다 보니 내 마음이 어느 정도 진정이 되더라고. 솔직히 때리는 게 좀 피곤하고 지겹기도 했고. 그래서 절대 자신은 아니라는 그 애의 말을 믿어주기로 했어.

그러고 나선 A를 찾아가 물었어. 뻔뻔하게도 그 애는 자기가 올렸다는 증거가 어디 있냐며 발뺌을 하더라고. 이번에도 난 그 아이에게서 진실이 나올 때까지 때려야겠다고 생각했어. 하지만 학교라는 공간은 나보다 A에게 절대적으로 유리한 곳이었기에 난 방과 후 조용히 걔의 뒤를 쫓았어.

몇 시간이 지난 후에야 늦은 밤 학원 수업을 마치고 귀가하는 A의 뒷모습을 볼 수 있었어. 약간 숙인 고개와 처진 어깨, 정처 없이 휘적대는 마르고 흰 팔다리를 보아하니 지친 게 분명해 보였어. 난 그 피곤한 틈을 놓치지 않고 빠르게 다가가 그 아이의 긴 머리를 내 손에 빙 둘러 엮었어. 놓치지 않기 위해 손아귀에 단단히 부여잡자 A는 비명을 질러댔어. 다행히 우리 집은 그곳에서 그리 멀지 않았기에 빠른 걸음으로 그 아이를 우리 집에 데려올 수 있었어.

집에 들어오자마자 A를 바닥에 내팽개쳤어. 그런데 그렇게 잘난 척하며 날 무시하던 애가 눈물이랑 콧물이 뒤범벅된 더러운 얼굴로 미안하다고 빌어대는 거 있지? 그 꼴을 보고 있자 하니 기분이 약간 좋아졌어.

난 좀 더 그 기분을 누리고 싶었어. 철저하게 그 아이의 위에 있는 기분을. 이 즐거움이 언제까지 갈진 알 수 없지만 나 혼자 즐기기엔 너무 아까워. 그러니까 어떻게 해야 나와 이 소리를 듣는 여러분이 함께 즐거울 수 있을지 알려줘. 당신은 무슨 소리를 듣고 싶어?

자, 내가 먼저 시작할게.

"A야, 난 그저 재미있게 살고 싶었을 뿐인데 왜 내 행복을 망쳤어? 내가 잘

난 게 그렇게 기분 더러웠어? 그런 즐거움을 왜 너만 누려야 해? 네가 내 유토피아를 엎어버린 것처럼 나도 똑같이 해 줄게."

여기서 갑자기 비명소리 같은 것이 어렴풋이 들렸어요. 하지만 불분명한 소리였기 때문에 저는 그 소리의 정체가 무엇인가에 대해 크게 신경 쓰지 않았어요.

"오지 마! 오지 마!"

아까까지 들리던 목소리와는 다른 여자의 목소리가 악을 쓰며 소리를 질러댔고 곧 울음을 터트린 듯 엉엉 우는소리가 나기 시작했어요.

"예쁜 네 눈은 나처럼 쌍꺼풀이 없는 작은 눈이 좋을 것 같으니까 그래 이게 좋겠다. 우리 아빠 가죽 벨트."

여기서 갑자기 얼굴을 무언가로 내리친 듯한 짝 소리와 함께 비명소리가 어렴풋이 들렸어요. 하지만 불분명한 소리였기 때문에 저는 그 소리의 정체가 무엇인지 알 수 없었어요.

"다음은 오뚝한 코. 콧볼도 아주 도톰하게 만들어 줄게. 코는 뭐가 좋을까? 코뼈는 약하니까 책정도면 되려나? 네 가방에 두꺼운 책 좀 있어?"

여자는 콧소리를 흥얼거릴 정도로 신이 나 있었어요. 뒤이어 책들이 후드득 떨어지는 소리가 나더니 갑자기 숨이 넘어갈 듯 꺼억 꺼억 거리는 기괴한 웃음소리가 들렸어요. 그리고 좀 전보다 더 또렷한 여자의 비명소리가 났고, 울음을 터트린 듯 엉엉 우는소리가 나기 시작했어요.

"어딜 기어가니, 멍청아. 이리 가까이 와. 모든 사람들이 네 징그러운 소리를 들을 수 있게. 자 입은 어떻게 해 줄까? 그 안에 있는 귀여운 이빨들을 다 뭉개줄까?"

이번에는 어딘가에 망치 같은 것을 탕탕하고 내리치는 소리가 나더군요.

"하하하하하. 예쁜 얼굴이 퍼렇게 질려서는 아주 볼만하네. 지금 네 모습이 어떤지 궁금하지? 알겠어. 거울 가져올게."

바닥에 무엇인가가 끌리는 소리와 거친 숨소리가 한 대 뒤섞여 하나의 소리로 합쳐졌어요.

"자, 이제 네 상태가 어떤지 보여? 이렇게 거울이나 사진이 아니면 넌 네 얼굴이 어떤지 볼 수도 없잖아. 그럼 여기 내가 만지는 이 얼굴이랑 네 눈앞에 보이는 거울 속 얼굴 중에 뭐가 더 중요할까? 하나 확실한 건 인터넷 속 사람들에게 중요한 건 진짜가 아니라 눈앞에 보이는 이 모습일걸. 잘 봐, 네 얼굴이 산산이 부서지는 모습을."

콩콩 소리와 함께 거울이 깨지는 쨍그랑 소리가 났고 그 후 몇 초간은 아무 소리도 나지 않았어요. 잠시 후 퍽 하는 둔탁한 소리가 나더니 어떤 여자가 흐느끼면서 알아들을 수 없는 발음으로 웅얼웅얼 쩝쩝거리는 소리를 내며 동영상이 끝났어요.

마지막 소리는 정말 소름 돋고 기분이 나빴어요. 너무 무서운 나머지 영상 사이트 자체를 꺼버릴 정도였으니까요. 정신을 가다듬은 후엔 혹시라도 이 영상 안에 내용이 사실이면 어떡하지 라는 생각에 신고 버튼을 누르려고 했지만 이미 그 ASMR은 검색목록 상에서 사라진 후였습니다.

그 후 잘 때마다 그 나지막한 목소리와 여자의 비명소리, 거울이 깨지는 소리가 들리는 것 같아서 잠이 안 옵니다. 혹시 이 영상을 들으셨거나 주위에 이와 같은 일을 겪은 학생을 아시는 분이 있으시다면 꼭 댓글 부탁드려요. 그 영상이 허위로 밝혀져야 제 마음이 편할 것 같아요.

'공포의 ASMR'이라는 제목을 달고 올라간 글에는 약 200여 개의 댓글이 달렸다. 며칠간 승희의 글은 인기 글 목록에서 1위를 차지할 정도로 높은 호응을 얻었다.

실제 있었던 일인가요?

페북스타 중에 저런 경우 많지 않나? 누가 누구 따라 하고 사칭하는 거.

저 동영상 업로더 사이코패스 아님?

주작 글 같은데.

승희는 자신의 글에 달린 댓글들을 하나 하나 읽어 나갔다. 그러다 하나의 댓글에 시선을 멈추었다.

이거 주작 아님. 나도 저 동영상 들었음. 아무래도 뭔가 분위기가 이상해서 듣다가 중간에 껐는데 여자애가 약간 맛이 간 것처럼 목소리에 힘이 없고 높낮이도 없는 게 소름 돋게 느껴졌음. 글쓴이는 그걸 끝까지 듣다니 정말 대단하단 말밖에.

승희는 피식 웃었다.

"이게 어디서 거짓말을 하고 있어."

승희는 인터넷 창을 내린 후 동영상 사이트에 접속했다. 그리고 준비해 두었던 파일을 업로드했다.

"아무도 관심 없을까 봐 걱정했는데 다행히 주목받지 못할 일은 없겠어. 아 사람들의 관심이라는 거 너무 좋아. 달콤해. 이번 영상이 잘되면 다음엔 더 참신한 소리를 만들어 보자. 알겠지?"

A는 눈 속의 따끔거리는 이물감을 느끼며 쉴 새 없이 눈물을 흘렸다. 하지만 뿌연 시야에도 승희가 자신을 보며 진심으로 환하게 미소 짓고 있다는 것을 알 수 있었다. 그 모습이 두려워 당장이라도 도망치고 싶었지만 단단히 묶인 손과 발, 사방에 흩뿌려져 있는 검붉은 피와 반짝이는 거울 파편들이 탈출의 의지를 꺾어 버렸다.

업로딩이 끝나자 승희는 금세 얼굴에 미소를 지은 후 빠른 속도로 키보드를 두드리기 시작했다.

(긴급) 공포의 ASMR 다시 올라왔어요. 지워지기 전에 빨리 보세요! 링크 있음.

아기 황제

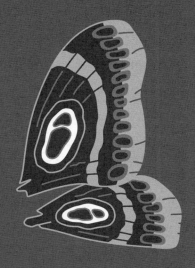

이규락

2018년 문예지 《영향력》으로 작품발표를 시작하여 문예지와 웹진에
꾸준히 단편소설을 실었다. 『2019 제1회 폴라리스 선정작품집』
『글리치 엑스 마키나: 사이버펑크 앤솔로지』 등을 공저하였다.

서(序)

왜구가 삼포(三浦)를 노략하기 10년 전, 동북 지방 기리(氣異)현에 최계영이라는 사람이 살았다. 최계영은 회당 장씨 집안의 데릴사위로, 안사람 장현죽은 핏기없는 희멀건 피부가 소문나 있었다. 또한 사방에서 흰자가 보이는 눈동자가 귀신같은 인상을 주었다고 한다.

이 때문인지 계영은 간혹 터무니없는 흉몽(凶夢)에 시달렸다.

흉몽의 내용은 이러하다. 계영은 자시(子時)가 조금 지난 새벽에 눈을 뜬다. 장지문은 활짝 열려 스산한 바람이 들이치는데, 지난밤에 합방한 안사람이 이부자리에 없다. 마당으로 나와 현죽을 찾는데, 그러면 여지없이 여인이 슬피 우는 소리가 들리는 것이다. 홀린 듯 목소리를 따라가니 머리가 천장에 닿을 만큼 목이 긴 여인이 부엌 아궁이에 불을 때고 있는 게 아닌가. 여인은 흐느끼다 말고 섬뜩한 낮은 웃음소리를 내었고, 가마솥에는 역한 냄새가 풍기는 구정물이 끓었다. 이윽고 여인은 솥에 손을 넣어 머슴처럼 검은 물을 허겁지겁 집어삼킨다. 계영은 여인의 게걸스러움에 질려 뒷걸음치다 삽자루를 밟는다. 그 순간 여인은 구렁이 같은 목을 들어 계영과 얼굴을 마주하기에 이른다.

이때쯤 계영은 화들짝 놀라 꿈에서 깨었다. 이 괴이한 꿈을 꾸는 날이면 그는 덜덜 떨리는 손으로 장지문이 닫힌 것을 확인하고 현죽이 이부자리에 곤히 잠든 것을 두 눈으로 본 뒤에야 겨우 숙면에 빠져들었다.

주(主)

설영(雪靈)촌 지주 장목춘은 관직을 겸하던 시절 계영의 아비 최재천과 막역지간이었다. 장목춘은 지극히 검약하고 색욕을 멀리하여 서얼(庶孽)을 두지 않았고, 외동딸을 시집보내는 대신 데릴사위를 받아들여 지주를 임명하고자 했다. 마침 조정을 뒤집어놓은 사화를 접한 최재천은 자식이 벼슬길을 멀리하길 바랐다.

계영은 설영촌을 둘러싼 기이한 이야기를 익히 들은 바 있었다. 설영촌은 길이 험한 바위 산맥에 둘러싸여 줄곧 산적의 소굴로 이용되었다. 예로부터 기리현의 골칫거리였던 산적의 행태는 이루 말할 수 없이 섬뜩했다. 그들은 길 잃은 나그네의 재물을 빼앗아 죽인 뒤 신묘한 자세로 시체를 뒤틀어 누구나 손쉽게 발견할 수 있는 오솔길에 매달았다. 심지어 뱃가죽에는 임금의 권위에 반하는 기괴한 표식을 낙인처럼 새겨 놓았다. 그러던 와중 회당 장백현이라는 자가 관군을 이끌어 산적들을 토벌하였고, 그 자손들이 설영촌 지주가 되어 사실상 현령 행세를 한다는 것이다.

여기엔 산적들이 죄다 여인이었다는 믿기 어려운 후일담이 들려왔으나, 이를 사실로 기록한 사서는 없다.

설영으로 향하는 길, 계영은 노비들을 데려오길 잘했다고 여겼다. 바위산을 넘는 동안 음습한 안개가 끼어 계영의 불안감은 가중되었다. 마을에 도착하여 마주친 주민들은 초점 없는 눈빛으로 더듬더듬 길을 알려줄 뿐이었다. 귀신같은 낯빛을 뒤로 한 채 장목춘의 가옥을 찾아가니 더욱 두려운 광경이 기다리고 있었다. 가옥과 조금 외떨어진 곳에서 도깨비처럼 험상궂은 군신(軍神)의 얼굴이 튀어나온 것이다. 노비 하나는 놀라 자빠질 뻔했다. 군신의 얼굴은 조상을 모셔놓은 사당 대문에 새겨진 것이었다. 후일, 장목춘은 이 땅에 맴도는 반란의 기운을 잠재우기 위해 선조들이 세운 것이라 설명했다.

문 앞에 마중 나온 여인은 흉측하면서도 매혹적인 인상이었다. 이승 사람이 아닌 것처럼 핏기없는 피부, 뱀같이 가느다란 동공, 감히 요괴라 착각할만한 용모였던 것이다. 집안 어르신 장목춘이 환영 인사로 맞아 준 덕에 가까스로 결례를 범하지 않을 수 있었다.

여인은 고개를 숙여 자신을 장현죽이라 소개했다. 계영이 듣기에 여인의 목소리가 매우 감미로웠다.

계영은 장목춘을 따라 마을 관리에 힘쓰며 처가살이를 보냈다. 일기가 음습해 마을에는 거듭 침울한 분위기가 그늘졌으나, 주민들의

심성이 순하여 장목춘의 말을 거역하는 일이 없었다. 또한 안사람
이 될 현죽은 성격이 무척이나 지고지순했다. 계영이 마을을 돌아보
고 오면 현죽은 편찮은 데가 없냐고 수시로 물은 뒤 알맞은 편의를
제공하였다. 그러한 현죽의 몸가짐을 보아하니, 범상치 않았던 용모
또한 점차 고혹적으로 다가왔다. 무엇보다 감미로운 목소리를 들으
면 그날의 피로가 죄다 가시는 것만 같았다.

혼례가 치러지기 보름도 안 남았을 무렵, 장목춘은 설영의 지주라
면 꼭 가봐야 한다는 곳으로 계영과 동행했다. 산골짜기를 지나 오
르막을 한참 오르자 나무가 사라지고 낙엽 사이로 바위들이 솟은 산
지가 나타났다. 곧 어디에서부터 이어져 있는지 모를 기다란 쇠사슬
이 길을 가로막았다. 쇠사슬은 무당의 저고리처럼 색색의 끈이 수없
이 장식되어 있었다. 그 장식들만으로도 이곳이 신험한 장소라 느껴
졌다.

"실은, 이 땅의 기운을 잠재우기 위한 신기(神器)라네." 장목춘이
부연하였다.

쇠사슬 너머로 발을 딛자 공기가 유달리 무거웠다. 안개인지 낮은
구름인지 모를 부유스름한 증기가 호기심 많은 산짐승들처럼 그들
을 둘러쌌다. 이윽고 장목춘이 팔을 높이 들어 어느 한 지점을 가리
켰다.

거기에는 거대한 바위가 솟아 있었다. 『산해경(山海經)』에 기록된
거인들마저도 들어 올리지 못할 만큼 크고 넓어 아득한 압도감을 주
는 바위였다. 자연의 산물에 속하지 않은 듯 표면에 무수한 무늬들
로 채워졌고, 그 무늬들은 세상의 희로애락을 표현한 만 개의 얼굴

을 누군가 가득 새겨 놓은 듯했다. 바위 중앙에 얼굴선들이 이어져 불그스름한 격자무늬를 형성했다. 더욱이 소름이 끼치는 건 안개 속에서도 그 모든 게 확연히 보인다는 것이었다.

"선조들께서는 이 바위가 사람을 홀리는 바위라 하셨지." 장목춘은 식은땀을 흘리는 계영의 어깨에 손을 얹었다. "설영을 근거지로 삼았던 도적들이 이 바위를 섬기어, 그 모양 그 꼴이 됐다네. 오랜 시간 전에는 이곳에서 유아를 살해하는 끔찍한 제의도 일어났던 모양일세. 이를 남겨둔 건 기억하기 위함이지. 미개한 오랑캐와 같은 자들은 이 땅에서 사라져야 해. 바위가 다시는 사람을 홀리지 못하게 하는 것도 이 땅을 관리하는 자의 도리야."

얼마 지나지 않아 계영과 현죽의 혼사가 거행되었다. 친지와 친우가 모이기에는 길이 험해 작게 치러진 경사였으나, 마을은 그 어느 때보다 몹시 소란스러웠다.

계영은 안사람이 될 현죽의 매무새며 용모가 이제는 아름답게만 느껴졌다.

언젠가 계영은 현죽에게 넌지시 어머니에 대해 물은 적 있었다. 그러자 현죽은 얼굴이 새파랗게 질리더니 허연 입술을 잘근잘근 깨물며 좀처럼 대답을 못 하는 것이었다. 돌아가신 어머니에 대한 그리움이 사무쳐 어떤 말도 못 하는구나 싶어 계영은 급히 말머리를 돌리려 했다.

이내 현죽은 옷고름으로 눈물을 훔쳤다.

"모친께서 수 해 전 겨울, 안방에서 시름시름 앓다 돌아가셨습니다."

모친은 돌아가시면서도 삼종지의(三從之義)를 지키며 아비와 남편을 무조건적으로 따르라 하였다는 것이다. 그러곤 '부친께서는 무척이나 엄혹하여 본인에게 어긋나는 게 있다면 손찌검도 서슴지 않으셨다'라며 '그런 부친 옆에 남은 어머니가 마땅히 열녀로 추대받아야 한다'라고 서글피 전하였다. 계영은 이렇게 말하는 안사람이 기특하면서도, 사연이 안타까워 어르신의 가혹함이 너무하다 여겼다.

한 해가 넘도록 용을 써도 두 사람 사이에는 아이가 생기지 않았다. 계영의 성격은 본디 느긋하여 부인을 재촉할 마음이 없었다. 외려 계영은 지극히 정성한 아내가 더없이 만족스러웠다.

허나 엄혹한 어르신은 수차례 눈을 부릅뜨고 아이에 관한 소식을 독촉했다. 또한 노비들을 몰래 탐문하니, 계영이 외출하였을 때 어르신이 현죽에게 호통치는 소리가 들려온다고 했다. 계영은 어르신 몰래 안사람을 위로하고자 노력하였다.

급기야 장목춘은 산등성이 너머 기리현에서 소문났다는 의원에게 출산에 좋다는 약재를 구해오기까지 했다. 현죽은 구역질을 애써 삼키며 쓴 보약을 억지로 마셨다.

그런 현죽의 모습이 측은해서였을까.

그즈음 계영은 흉몽을 꾸었다.

비쩍 마르고 기다란 몸집의 여인이 그의 꿈속에 찾아와 밤잠을 설쳤다. 처음엔 그저 현죽이 보약을 꾸역꾸역 삼키던 광경이 악몽에 시달리게 한 거라 생각했다. 하지만 구렁이 목을 가진 여인네는 빈번히 꿈에 나타나 그를 괴롭혔다. 여인은 언제나 부엌에서 그를 기다렸으며, 정체 모를 검은 물을 집어삼켜 꿈속에서 마저 비위가 상하였다. 악몽에서 깨면 계영은 항상 헛구역질이 올라왔다.

계영은 심기가 불편하여 꿈을 어르신께 털어놓았다. 하지만 장목춘은 큰 소리로 웃으며 "못난 늙은이가 아이를 가지라 몹시 밀어붙였나 보다. 마음을 한시름 놓고 마음가짐을 가벼이 해보게."라고 할 뿐이었다.

어느 날 꾼 꿈은 평소와는 조금 달랐다.

한밤중 스산한 바람결에 잠에서 깨니, 장지문이 열려 녹슨 경첩을 삐걱거렸다. 그 소리가 귀신이 문짝을 여닫는 것처럼 재수가 없었거니와, 여우나 족제비가 기어들어 와 목이라도 물어뜯을까 염려되었다. 이부자리에는 어젯밤 함께한 안사람이 보이지 않았다.

장지문을 닫은 뒤 뜬눈으로 이부자리를 뒤척이던 계영은 현죽이 돌아오지 않자 마당으로 나섰다. 사방천지에 깔린 어둠은 유독 그날 따라 한 치도 보기 힘들 만큼 새카맸다. 산등성이에 걸린 하현달만이 거대한 장막처럼 드리운 어둠 속으로 희미하게 빛을 뻗어 내렸다.

계영이 마당으로 두 발짝 걸어 나갔을 즈음, 뒤뜰에서 섬뜩한 울음소리가 들렸다. 그 소리는 여인이 슬피 우는 소리 같기도 하고, 기다란 손톱으로 쇠톱을 긁어대는 소리 같기도 했다. 감히 바깥양반이 안채에 발을 들여서 안 된다는 말이 어기고서라도, 계영의 발걸음은 부엌으로 홀린 듯 향했다. 그런데 거기에는 솥 하나만 끓고 있을 뿐이었다. 그 순간 부엌에 들어가면 안 될 것 같은 느낌과, 솥 안에 삶아지고 있는 게 무엇인지 확인하고자 하는 충동이 강하게 뒤섞였다.

마침내 계영은 두려움을 떨쳐내고 아궁이 앞으로 다가섰다. 어둠 속에서 누군가 숨어 지켜보는 것만 같아 자꾸 뒤를 돌게 되었다.

떨리는 손으로 솥뚜껑을 열었다. 솥에는 수많은 콩이 끓고 있었다. 눈을 흡뜬 채 자세히 살펴보니, 검은콩들이 마치 파리의 알처럼 쪼개지기 시작했다. 콩알 하나하나에서 검은 벌레들이 꿈지럭거리고, 솥을 기어오르려 했다. 계영은 비명을 지르면서 뚜껑을 덮었다.

옆에서 누군가의 숨결이 훅 끼쳐왔다. 계영은 천천히 옆을 돌았다. 기다란 목을 뺀 여인이 창백한 낯빛으로 이죽이며 그를 내려다보고 있었다…….

꿈에서 깨니 현죽이 계영의 어깨를 급히 흔드는 중이었다. 안사람의 얼굴을 마주하자 계영은 겨우 한시름을 놓았다.

"좋지 않은 꿈을 꾸시는 것 같아 새벽에 실례를 끼쳤습니다. 또한……"

현죽은 타이르는 듯한 목소리로 자신의 배를 가리켰다.

"소첩이 상공의 아기를 가진 듯합니다."

고을에서 의원을 불러 맥을 짚어보니, 아기를 가진 지 벌써 한 달여째에 접어들었다 하였다. 계영은 부인의 배가 납작하고 입덧조차 일지 않았는데 스스로 이를 알아차린 게 용하였다. 장목춘은 현죽에게 남은 나날 동안 몸가짐을 조심하라고 신신당부했다.

다행히 별다른 야단이 일어나는 일은 없었다. 아이를 가져 마음이 편했던 탓인지, 부인과 합방하는 일이 잦아들자 목이 긴 여인은 계영의 꿈에 더 이상 나타나지 않았다. 의원이 예정한 것보다 출산일이 훨씬 이른 시일에 다가왔을 뿐이었다. 집안 어르신 장목춘이 저 멀리 관아로 마을 형편을 보고하러 집안을 비웠을 때 아기가 태어난 것이다.

아기를 낳는 과정은 순조로웠으나, 신묘하게도 탯줄이 도저히 잘 리지 않았다. 계영은 직접 안방에 들어가 탯줄을 끊어내려 했다. 본 래 남정네를 들일 수 없으니, 남편 되는 자나마 손수 가위를 쥐었던 것이다. 안간힘을 써도 탯줄은 건사하였다. 아기의 울음과 현죽이 앓는 소리가 어지럽게 방 안을 채웠다. 그러자 여종 하나가 계영에 게 '동구리 할미'를 데려와야 한다고 귀띔했다.

듣자 하니 동구리 할미는 산골짜기에 사는 노인네로, 설영촌에서 가장 높은 지혜를 가진 산파라 칭해졌다. 노비의 등에 업혀 온 동구 리 할미는 뼈가 죄다 드러날 만큼 말랐고, 살가죽이 무너져 내릴 것 처럼 주름이 짜글짜글하였다. 도저히 노인이 살아온 세월을 가늠하 기 힘들었다.

동구리 할미는 부인의 상태를 쭉 살피다 '출산을 위해 가장 주요 하게 먹은 약재'를 알려 달라 청하였다. 현죽의 가느다란 동공이 떨 렸다. 그는 마른침을 삼켰다.

"열흘에 한 번, 의원의 추천에 따라 100알의 검은콩을 삶아 먹었 다."

계영의 등줄기에 한기가 돌았다. 그렇게 말하는 현죽의 낯에 희미 하게 엇비치는 기쁨의 표정을, 그 찰나를 목격한 탓이었다. 방금까 지도 고통에 몸부림치던 처자의 입꼬리와 눈주름이 양 끝으로 길게 찢어지던 순간을.

동구리 할미는 노비들을 시켜 억새풀을 구해오게 하였다. 그러곤 억새풀을 탯줄에 칭칭 감으니, 탯줄이 금세 잘리는 게 아닌가. 그 모습이 신기해 어떤 묘술을 부렸는지 묻자, 노파는 "오랜 경험을 살렸을 뿐이니 전혀 신기해할 일이 아니올시다."라고만 했다.

그렇게 계영의 딸아이가 세상에 나왔다.

계영은 딸을 안아 들며 아들이 아니라는 것에 무척 아쉬워하면서, 부인의 얼굴에 떠오른 소름 끼치는 표정을 상기하였다. 아니, 그 표정 때문만은 아니었다. 검은콩 100알을 삶아 먹었다는 부인의 말이 어딘지 모르게 석연찮았다. 하지만 이에 대해 길게 생각할 여유가 없었다. 마을 장정 하나가 다급히 달려와 이보다 더 중요한 비보(悲報)를 알린 탓이었다.

장정이 전하길, 장목춘 어르신이 산길을 넘어오다가 큰 바위에 머리를 찧어 숨을 거두었다고 했다.

입춘(立春)에서 백로(白露)에 이르기까지, 시간은 속히도 지나갔다.

수 개월간 장례를 치르는 사이, 아이는 부인의 품에 안겨 있거나 여종들의 손에서 애지중지 키워졌다. 아이는 한 살도 안 된 아이답지 않게 얌전하여, 계영의 낯선 품 안에 안겼을 때도 그저 웃기만 하였다.

하루는 계영이 아이에게 마을 구경을 시켜주러 직접 나섰다. 그런데 주민들 저마다 고개를 숙인 채 가는 길에 도열하였다. 밭을 갈던 자들은 쟁기나 삽을 내팽개치고 넙죽 엎드리기까지 했다. 왕이 행차한 듯한 광경에 계영은 계면쩍어 그만 고개를 들라 하여도, 주민들은 더욱 마땅히 그래야 한다는 듯 허리를 숙여댔다.

한 번은 이런 일도 있었다. 계영이 아이와 장난을 주고받던 중, 겨드랑이 아래에 작은 부스럼을 발견하였다. 부스럼은 흉터가 벌어져 있었는데, 이를 현죽에게 알리니 '설영에서 자라난 갓난아이들이 줄곧 거쳐 가는 병마 중 하나'라며 '동구리 할미에게 알려 어서 물리치겠다'라고 하였다. 계영이 마을을 한 바퀴 돌고 오니, 현죽이 발 벗고 나와 기쁜 표정으로 아뢰는 것이었다.

"병마는 거뜬히 물러갔으니 낭군께서는 근심을 한차례 덜어놓으소." 그러곤 아이에게 삼베옷을 입혀놓은 것을 보여주었다. "딸아이도 돌이 지나면 이제 집안의 여자로 간주하여야 합니다. 일찍이 몸가짐을 갖추도록 애쓰지요. 이제 낭군께서도 아이의 몸가짐에 유의하십시오."

계영은 견실하게 자란 현죽의 말을 신뢰하여 얼마든지 그러라 하였다.

설영촌에 한 노승이 찾아올 때까지는, 적어도 계영의 믿음이 유지되는 듯했다.

"선생. 여기가 설영이 맞소?"

뙤약볕이 내리쬐는 대낮, 회색 승복을 입고 삿갓을 쓴 노승(老僧)이 말을 건넸다. 계영은 장마철 동안 마을 어귀의 제방이 뭉그러지지 않았나 돌아보고 오는 길이었다.

계영이 그렇다고 하자 낯선 노승은 재차 물었다.

"장목춘 양반의 댁이 어딘지 아시오?"

계영은 어르신의 비보를 접하지 못한 손님이라 여겨, 노승에게 신분을 밝히곤 그간의 사정을 전하였다. 그러자 노승은 삿갓을 벗고는 자신을 '한 거사'라고 부르도록 했다. 그는 지주께 긴히 전할 것이 있으니 인근의 주막으로 동행해 달라 부탁하였다.

한 거사는 장지문을 곧게 닫은 뒤 목소릴 낮춰 산골 깊은 마을을 찾아 지주를 뵈려고 한 경위를 털어놓았다.

한 거사가 말하길, 예로부터 동북 지방의 불자들에게는 날개 달린 아이가 장차 나라에 전란을 가져올 거라는 참언(讖言)이 전해진다고 했다. 새 시대가 열린 후 열여덟 번째 일식(日蝕)이 행해질 때, 함경에서 그 아이가 깨어나니, 그 시간이 얼마 남지 않았으며, 그 불길한 아이를 찾기 위해 불자들이 함경 끝자락까지 떠돌고 있다는 것이었다.

"오랑캐의 관습을 가졌다는 산각벽촌과 해안지대를 샅샅이 뒤져 아이를 찾고 있소."

한 거사는 품속에서 견지(繭紙)를 펼쳐 들었다. 구깃구깃한 종이 위에 먹으로 그린 초상이 보였다. 소년의 어깻죽지 아래 네 갈래로 펼쳐진 나방의 날개가 솟은 그림이었다.

"참언이 적시된 『원광유록(圓光遺錄)』에 따르면 이 날개는 정확히 겨드랑이에 달려 있다 하오. 이런 아이를 본 적 없소?"

한 거사가 소년의 겨드랑이 부분을 가리켰다. 왠지는 모르겠지만 계영은 딸아이의 겨드랑에 돋았던 부스럼에 생각이 닿았다. 계영은 고개를 저었다.

"고을엔 몹시 순진한 백성들뿐입니다. 허무맹랑한 소리를 할 거면 속히 떠나시지요."

"허무맹랑이라⋯⋯. 상공께 묻지. 설영이 본래 황실의 눈 밖에 있었을 시절 일을 알 것이오. 당시 상주하던 세력에 관한 풍설을 들어본 적도 있겠지. 그들은 뱀처럼 기다란 목을 하고 주술을 부리는 악독한 여인들을 숭배했다는 기이한 구담도 전해진다오." 한 거사는 턱을 쓸며 말을 이었다. "오랫동안 전해지는 이야기는 낭설이기만 한 게 아니라네. 괴이한 이야기가 넘치는 만큼, 이 벽촌은 수상하다는 뜻 아니겠나?"

목이 긴 여인들에 관한 묘사를 듣자 계영은 일순간 가슴에 공포가 솟구쳤다. 꿈속에 줄곧 찾아온 여인네가 눈앞에 어른거렸다. 이 괴상한 소문을 쫓아다니는 늙은이가 저 불길한 암석에 관해서도 들어봤는지 묻고 싶었다. 허나 외지인에게 설영에 대한 편견만 덧씌우는 짓 같아 그만두었다. 혹 현죽과 마주하면 그 용모에 대해 어떤 무례를 범할지 모를 일이었다.

"그렇게 말해도 알지 못하는 일입니다." 계영은 고개를 절레절레 저었다. "소인은 거사께서 어르신과 극친한 관계인 줄 알고 여태 자리했던 것입니다. 그러나 그게 아닌 것 같으니, 이만 물러나 보지요."

노승의 언사는 절반이 허사처럼 들렸으나, 목이 긴 여인네 이야기만은 계영의 마음을 뒤흔들기 충분했다. 집안에서조차 글 읽기에 집중이 안 되고 갖가지 의문이 머릿속을 맴돌았다. 장목춘 어르신은 그 이야기를 모르고 계셨던 것인지, 불자들에게만 와전된 형식으로 전해지는 구담인 것인지, 어찌 그 이야기는 흉몽 속 여인을 떠오르게 하는지⋯⋯. 계영은 가슴이 답답하고 골이 아려와 뜬눈으로 밤을 지새웠다.

이윽고 계영은 바람이라도 쐴 마음으로 마당에 나섰다. 어둠이 여인의 길고 검은 머리카락처럼 사방에 드리웠다. 은은한 빛을 뿌리는 보름달이 유난히 커다래 마치 거대한 눈이 내려다보는 느낌마저 들었다. 귀뚜라미 울음소리가 느린 박자를 따라 들려왔다. 이만 들어가 볼까 하는데, 높은 웃음소리가 고요함을 뚫었다.

등줄기에 찬물을 쏟은 것처럼, 머리부터 발끝까지 소름이 돋았다. 수개월 전 그를 괴롭혔던 꿈의 여인이 떠올랐다. 그는 몸을 움츠리고 소리의 방향을 가늠했다. 웃음소리는 뒤뜰에서 간헐적으로 들려왔다. 발소리를 최대한 죽여 안채를 우회해 뒤뜰로 발걸음을 옮겼다.

족히 9척은 되어 보이는 거대한 여인이 벽을 등진 채 공중에 떠 있는 작은 물체를 향해 높은 웃음을 터트리고 있었다. 마치 걸음마를 배우는 아기를 바라보고 자랑스러워하는 어미의 웃음소리였다. 공중에 뜬 물체는 작은 어린아이의 형상이었다. 아이의 등에는 종잇장 같은 얇은 날개가 곤충처럼 재빠르게 퍼덕였다. 분명했다. 계영의 딸아이였다. 사방에 울려 퍼질 만큼 끔찍한 소리와 함께 그 아이의 얼굴이 두 쪽으로 쪼개졌다. 그리고 쪼개진 얼굴 사이로 새로운 얼굴이 나타났다. 그것은 마치 검은 콩을 깨고 나온 곤충의 얼굴과도 같았다…….

하마터면 비명을 지를 뻔하였다. 계영은 가까스로 입을 틀어막았다. 이미 한 가닥의 신음이 새어 나온 뒤였다.

9척의 거한이 어느새 계영을 바라보고 있었다. 길게 늘어트린 머리카락 사이로 그 대나무처럼 얇고 긴 목이 보였다. 턱에서부터 목으로 검은 물이 뚝뚝 흘러내리고 있었다. 달빛에 어린 그 괴이한 얼굴 위에 자리 잡은 두 눈동자는, 흰자가 사방에서 보이는 눈이었다…….

그때, 계영은 꿈에서 깨었다.

불안한 마음에 허겁지겁 안방으로 향하였다. 장지문을 슬며시 열었다. 안사람과 아이는 이부자리에 곤히 잠들어 있었다. 계영은 딸아이 쪽으로 허리를 굽혔다.

아니다, 아닐 것이다. 그러나 읊조림과는 달리 손은 아이에게로 뻗어나갔다. 아이의 몸을 뒤집으려 살포시 손을 대려는 순간, 계영은 아이가 눈을 뜨고 있다는 걸 깨달았다.

처음부터 계영의 행태를 보고 있었던 것일까, 아니면 그의 기척에 잠에서 깬 것일까? 계영은 미동도 하지 않았다. 아이의 입이 스르륵 열리더니, 기어코 울음을 터트렸다.

현죽은 잠에서 깨 허리를 반쯤 일으켜 세웠다. 그러곤 "바깥양반께서는 어찌 오밤중 아녀자의 방에 들이닥치신 건지요?" 하더니 아기를 안아 든 채 "너는 또 뭐가 그리 슬퍼 이리 대성통곡을 하는 것이더냐."라며 달랬다. 그런 현죽의 동공이 어둠 속에서 반듯이 안광을 뿜었다. 마치 수풀 속에서 마주친 맹수의 눈 마냥.

"미안하오." 계영은 사연을 지어내고자 했다. "두려운 꿈을 꾸어서 그랬소. 아이가 절벽에 떨어지는 꿈이었지. 무사하니 다행이오."

"그래, 지주께서 마음을 바꾼 이유가 무엇이오?"

한 거사가 물었다. 그들은 일부러 길이 나지 않는 숲을 터서 걷는 중이었다. 마을 사람의 눈에 띄지 않도록 하기 위함이었다.

이른 아침 주막을 찾으니 한 거사는 채비를 갖추어 나섰다고 하였다. 계영이 급히 마을 어귀에 이르자 지팡이와 함께 어스름 속 산길을 나아가는 노승의 모습이 보였다. 계영은 거사께 아뢸 것이 있다고 하며 가까스로 따라잡았다.

"저도 알고 싶은 게 있어서 그렇습니다. 노파를 뵌 뒤 소상히 말씀드리지요."

몇 번 돌부리에 걸려 넘어질 뻔하며 산길을 헤쳐나가자 드디어 동구리 할미의 집이 보였다. 처마가 내려앉은 초가지붕과 잔가지가 얼기설기 얽혀 금방이라도 쓰러질 듯한 담장 틈으로 세찬 바람 소리가 들렸다. 비참한 사연을 가진 폐가처럼 불길한 기운이 꿈틀댔다. 한거사가 계시냐고 물으며 마당에 발을 들였다. 노파가 헛간에서 굽은 등을 한 채 느릿느릿 나왔다.

"저자가 이 고을에서 가장 오래 살았다는 자요."

계영이 속닥거렸다. 한 거사는 마른기침을 몇 번 뱉고는 단도직입적으로 이 고장에서 날개 달린 아이에 관한 풍설이 나돈 적이 없냐고 했다. 노파는 귀가 어두워 몇 번이고 다시 말해 달라 하다가, 손님을 바깥에 서 있게 할 순 없다며 방으로 모시고자 했다. 방은 구석구석 거미줄이 치고 벽에 구멍이 숭숭 뚫려 누추하기 짝이 없었다.

노승은 다시 이야기를 꺼내 계영에게 전에 들려줬던 소상한 사연을 늘어놓았다. 잠자코 듣기만 하던 동구리 할미는 퍼뜩 정신 차리고 손뼉을 쳐댔다.

"그런 아이에 관해 기록한 서책을 하나 가지고 있소. 자네들이 이미 알고 있는 줄은 모르겠으나, 한 번 그 책을 가지고 와보겠네." 하고는 자리를 뜨는 것이었다.

노승이 고개를 갸웃하였다.

"원래 정신이 오락가락하는가 본데, 저 말을 어찌 믿을 수 있겠소?"

"듣기론 몹시 지혜로운 노인네라 하였는데……."

계영은 이상하다고 말하려다 멈칫하였다.

책을 찾으러 간다던 동구리 할미가 문간에 서서 그들을 내려다보고 있었다. 이상스럽게도 동구리 할미는 굽었던 등허리를 곧게 펴고 있었다. 두 배는 신장이 늘어난 것 같아 그 모습이 기괴하였다. 동구리 할미는 뭔가를 중얼거렸고, 오른손에는 백정들이 쓸법한 큼지막한 고기 칼이 들려 있었다. 곧이어 청천벽력 같은 고함을 내질렀다.

"임금께서 잠에서 깨어나 세상을 다스려야 할지인데, 어찌 무지한 자들이 그걸 방해하려 드느냐!"

동구리 할미는 계영을 향해 칼을 휘둘렀다. 계영은 순식간이 날붙이가 눈앞에 다가오는 걸 보았다. 노승이 팔을 뻗어 옷자락을 당기지만 않았으면 머리통이 두 동강 났을 터였다.

"너희 이방(異方)의 남정네들은 필시 이 땅을 찾아오기만 하면 그러했다. 우리의 땅을 짓밟고, 우리의 딸들을 겁간했으면서, 이방의 우두머리를 숭배하라 하였도다!"

계영은 재빨리 기어 마루로 몸을 던졌다. 방안에서는 동구리 할미가 칼을 현란하게 휘두르니, 노승이 이쪽저쪽으로 피하여 칼이 벽과 장롱에 박혔다가 뽑혀 나왔다.

"이 땅의 기운은 어머니에게서 딸들로, 딸들에게서 또 그 딸들한 테 이어져 왔으니, 기필코 우리는 우리의 임금을 깨울 것이다!"

마침내 한 거사가 동구리 할미의 팔을 붙잡았다. 그 마른 노파가 힘이 어디서 나오는 건지, 한 거사의 발이 밀려 벽에 몰아붙여졌다. 계영은 얼른 방으로 뛰어들어 등 뒤에서 동구리 할미의 앙상한 팔뚝을 움켜쥐었다. 그러자 노파는 얼마 남지 않은 이빨로 한 거사의 팔을 물어뜯었다. 거사는 동구리 할미의 목덜미를 그대로 붙잡은 채 힘주어 버텼다. 그러자 동구리 할미는 거친 숨결을 뿜어대며 칼날의 방향을 제 쪽으로 뒤집었다.

"아아, 아기 황제시여, 새로운 임금이시여, 부디 통촉하여 주소서!"

동구리 할미는 그대로 칼날에 자신의 목을 찔러 넣었다.

노승의 도포에 피가 튀어 소맷자락으로 핏방울이 뚝뚝 흘러내렸다. 계영은 화들짝 놀라며 동구리 할미의 팔을 놓아버렸다. 노파는 피가 넘쳐흐르는 그대로 썩은 나무처럼 바닥에 쓰러졌다. 검붉은 피가 목에서부터 마룻바닥을 물들였다.

"정신 차리시오!"

한 거사가 계영의 어깨를 붙들었다. 계영은 애써 바로 서려 노력하였다.

"스님께서 꺼낸 말 때문에 이리된 겁니까? 동구리 할미가 황제가 어쩌고 왕이 어쩌고 하지 않았습니까? 그게 다 무슨 말인지 모르겠습니다."

"일단 집안을 뒤져봅시다. 뭔가가 더 나올 것이오."

계영은 덜덜 떨리는 손으로 방을 이 잡듯이 뒤졌다. 목에 칼이 찔린 동구리 할미의 눈이 자신을 꿰뚫어 보는 듯하였다. 집안을 받치는 기둥 아래까지 확인해보았으나 잡동사니 외에는 아무런 수상한 물건이 나오지 않았다. 계영은 이제 그만 이 흉흉하고 불순한 기운을 내뿜는 집안에서 벗어나고 싶기만 했다. 그때 한 거사가 헛간에서 계영을 불러댔다.

짚 더미 사이에서 끈으로 엮인 갈색 책 하나를 발견하였다고 했다. 한 거사가 책을 넘겼다. 첫 장에 격자무늬가 검은 먹으로 크게 그려져 있었다. 계영은 산골짜기의 거대한 암석이 눈앞에 있는 것만 같은 착각이 들었다. 도저히 자연적으로 생겨났다고 보기 어려운, 그렇다고 인간이 만들어놓았을 것 같지도 않은 수만 개의 얼굴이 뒤섞여 만들었던 그 격자무늬…….

한 거사가 종이를 몇 장 더 넘기자 빼곡한 글씨들이 나왔다. 계영은 처음 접하는 글자였다.

"원나라가 만든 문자로군."

한 거사는 종이를 빠르게 스르륵 넘기었다. 중간에 이르렀을까, 한 면을 자세히 들여다보던 한 거사는 갑작스러운 욕지거리를 내뱉었다.

계영이 무슨 일인지 물으려 하는데, 초가집 아래 비탈면에서 두런거리는 소리가 들렸다. 계영과 한 거사는 헛간을 나와 초가집 뒤편으로 재빨리 숨었다. 계영은 부디 저들이 집 안으로 들어오질 않길, 시체를 발견하지 못하기를 바랐다.

기어이 두런거리는 소리는 초가집 담벼락까지 다가왔다. 이내 다섯 아낙네가 동구리 할미의 초가집으로 들이닥쳤다. 아낙들은 죄다 너울을 쓰고 있어 흰색 비단이 목 아래까지 치렁거렸다. 비단으로 가려진 얼굴은 검은 형체만 언뜻 내비쳤다.

그들은 동구리 할미의 이름을 몇 번 부르더니 한 아낙이 방안으로 들어섰다.

비명이 들릴 거라 예상한 바와 달리, 아낙은 천천히 걸어 나와 이렇게 말하였다.

"예정한 대로 숨을 잘 거뒀습니다."

약속이라도 된 말투였다. 아낙 중 보라색 치마를 입은 여인이 손짓하여 동구리 할미의 시신을 끌어내도록 했다.

"늘그막에 노망이 들어 걱정했더니만, 다짐한 바는 지켜주는구나."

보라색 치마의 아낙은 목소리가 매우 높고 고혹적이었다. 아낙들은 한차례 절을 올리고는 동구리 할미의 양 어깻죽지를 들어 밖으로 옮기기 시작했다.

보라색 치마의 아낙은 물러나기 전, 고갯짓하며 집안을 살폈다. 계영은 아낙의 얼굴이 천에 가려 있었지만, 그와 한 거사가 몸을 숨긴 벽 부근을 유심히 쳐다본다고 생각하였다. 곧 아낙은 일행을 뒤따랐다.

"소승이 듣기론 일식의 때가 길게는 내년까지 바라봐야 하는 것으로 알고 있었소. 허나……" 한 거사가 유심히 바라보던 장(章)을 펼쳐 들었다. "여기서는 얼추 나흘도 안 남았다고 하오."

동구리 할미에게서 입수한 서적에 따르면 날개 달린 아기가 이 세상에 전란을 가져올 날이 얼마 남지 않았다는 것이었다.

그들은 한참을 뛰어 우거진 풀숲에 자리 잡은 뒤였다. 정오가 막 지난 시간이었으나 먹구름이 몰려와 날이 흐렸다. 계영은 누가 쫓아오지 않는지 나뭇가지 아래를 유심히 관찰했다. 흰 너울을 쓴 여자들이 나무 사이에 장승처럼 서 있을 것만 같은 두려움이 가슴을 방망이질했다. 왠지 사방을 둘러싼 비틀린 나무들마저 그들을 감시하는 기분이 들었다.

"그보다 스님, 팔은 괜찮습니까?"

붉은 피가 적신 승복을 걷어 올리니 다행히 반달 같은 상처가 나 있을 뿐, 크게 걱정할 수준은 아니었다. 한 거사는 다시금 책을 읽어 내려갔다.

"여기, 이런 대목도 있군. 예로부터 북방의 어지러운 자들이 거듭 내려와 이 땅은 시끄러웠으니, 험한 지형 덕에 설영까지 밀고 오는 이들은 극히 많지 않다고 하오. 허나 칼을 빼 들어 설영의 사람을 줄곧 해치려는 자들이 있어, 그들을 잡아 죽인 뒤 경고의 의미로 매달았다……. 간혹 군세를 이끌고 오는 자들이 수차례 존재했으나, 이 땅의 우두머리이자 진정한 피를 가지신 어머니들을 누구도 찾지 못하는 동굴로 피신시키었다. 어머니들이 힘을 잃지 않은 이상 이 땅의 뜻은 이어질 것이다……." 한 거사는 헛웃음을 지었다. "내 말하지 않았소. 구담이 넘쳐나면 허구만 있는 게 아니라고."

풀숲에 계속 앉아 있자니 스산한 기운이 허리께를 타고 올랐다. 계영이 고개를 들자 산자락 아래 논밭과 집들이 듬성듬성 모인 설영촌이 한눈에 들어왔다. 먹구름에 의해 그늘진 마을은 이제 그가 알고 있던 설영과 달리 낯설게만 느껴졌다.

"그렇담 현시에도 그 작자들이 이 땅 어딘가에 숨어 있단 말입니까?"

"그건 차차 알아봐야지. 지금도 충분히 기겁할만하지 않소. 노파의 헛소리나 아낙들의 불경한 짓 하며."

아낙들은 주검을 데려가 어떻게 할 속셈이란 말인가……. 맞은편 산등성이는 하늘을 경계로 굽이치며 높다랗게 솟아 있었다. 군데군데 드러난 암벽 뒤, 혹은 빽빽한 나무숲 아래로 어떤 존재가 걸어 다니고 있을까. 혹여나 모를 일이었다. 바위틈에 숨어 언제고 계영을 주시하는 자들이 있을지.

계영은 문득 궁금한 게 떠올랐다.

"어찌하여 승께서는 원나라의 말까지 알고 계시오. 또한 부처께 비는 모습을 보지 못한 거 같소만."

노승은 머뭇거리다 허리춤에서 호패를 꺼내 들었다. 계영이 만져 보니 조정에서 발행한, 지방관들에게나 주어지는 호패가 틀림없었다. 그는 한주영이라는 자로, 거사는커녕 절간에서 신세를 져본 적도 없다고 고백하였다. 날개 달린 아이에 관한 참언은 불자와 도사들 사이에 전래되어 임금의 귀에 들어와, 각지의 은퇴한 지방관을 시켜 남몰래 조사하고 있는 바였다. 허나 임금께서 터무니없는 소문을 믿는다는 말을 감추고자 불자로 위장했다는 것이었다.

"이제 어떻게 해야 하겠습니까?"

"기리현에서 임금께서 내린 전갈로 관군을 요청할 것이오. 그리고 마을을 샅샅이 조사해볼 것이외다." 한주영은 바지춤을 털며 나설 각오를 하였다. "그러는 자네는 어쩌고 있을 텐가?"

"동구리 할미의 주검을 수습해간 아낙 중 한 명을 알 것 같습니다." 계영은 조용히 말하였다. "그 아낙을 찾아가 보겠습니다."

돌아가는 길, 계영은 사당 대문에 새겨진 군신의 얼굴이 일부 훼손된 것을 눈치챘다. 흠집이 군신의 험상궂은 얼굴을 사선으로 갈라 놓고 있었다. 언제부터 이러한 흠집이 생겼던가? 그 흠집은 성난 무사가 원수의 면상을 도려낸 것처럼 보였다. 계영은 숨을 고르며 마음을 다잡은 후 집안에 발을 들였다.

여지없이 지난날과 같은 풍경이 눈에 들어왔다. 몇몇 노비들은 마당을 쓸고, 몇몇은 식솔들의 음식상을 차리는 중이었으며, 안사람이 딸아이를 안아 든 채 쾌청한 미소를 짓고는 문간으로 마중 나왔다. 평시와 다를 바 없는 양상을 보고 있자니 이른 아침에 겪은 끔찍한 상황이 마치 지난날의 환몽(幻夢) 같기도 하였다.

계영은 곁눈질로 부인의 치마를 살폈다. 부인의 노란 치마는 입은 지 반나절이 지난 듯 군데군데 주름이 보이기까지 했다. 설마 목소리만 듣고 섣불리 판단했단 말인가? 하지만 마을에서 그토록 감미로운 목소리를 내는 자는 부인 말고는 알지 못했다. 계영은 노비들의 행색을 찬찬히 지켜보았다. 다들 무엇 하나 어색한 기미 없이 일에 열중하는 중이었다. 이내 계영은 수상한 점을 발견하였다.

그 휘하의 노비들이 아무도 없었다.

그가 데릴사위로 들기 전, 현죽 아래서 시중을 들었던 노비들뿐이었다. 계영은 짐짓 태연하게 대청마루로 걸어갔다. 현죽이 뒤쫓아 왔다. 그러고는 "낭군께서 허기가 지셨을 테니 어서 밥상을 대령하라."라고 하였다.

순진하게만 보였던 현죽의 얼굴은 이제 의중을 알 수 없는 벽처럼 느껴졌다. 딸아이는 뭐가 신나는지 부인의 품에서 실실 웃었다. 노비들이 낮게 용건을 주고받았다. 모의를 획책하는 걸까? 계영은 슬며시 손을 뻗어 아이를 쓰다듬었다. 현죽이 딸아이를 꼭 붙잡고 있었다. 계영은 고집스레 딸아이의 허리를 낚아채려 했다. 현죽의 눈빛은 흔들리는 듯하더니 이내 딸아이를 건넸다. 그래, 이 아이가 내 품 안에 있는 한 누구도 함부로 하지 못할 거라고, 계영은 속으로 중얼거렸다. 괜히 아이의 겨드랑이를 확인하고 싶었다. 기색을 들키지 않으려면 참아야 했다.

마침내 여종이 상을 내왔다. 그는 딸아이를 안은 그대로 쇠 국에 숟가락질했다. 국은 심히 비렸다. 마치 썩은 생선 냄새가 목구멍으로 차오르는 듯하였다. 아니면 썩은 시체의 냄새라고 해야 할까. 순식간에 동구리 할미가 칼로 스스로 목숨을 끊는 모습이 상념 속에 들이쳤다. 두려움보다 혐오가 앞질렀다. 그는 밥상을 뒤엎는 동시에 아기를 두 손으로 높이 들었다. 여차하면 아기를 내려칠 수 있는 자세였다. 노비들은 동시에 하던 일을 멈추었고, 현죽은 질겁하며 한 발짝 뒤로 물러났다.

"이게 무슨 짓입니까!"

"나야말로 무슨 짓거리들을 하는지 묻고 싶소. 대체 왜 동구리 할미의 시신을 데려간 것이오? 거기서 무슨 계략을 꾸미고 있었소? 당신과 함께 온 아낙들의 정체는 뭐요? 왜 동구리 할미가 그리 미쳐 날뛰어야 한단 말이오?"

계영은 낱낱이 쏘아붙였다.

"무슨 말인지는 모르겠으나, 소첩이 사과드릴 게 있다면 정중히 사과하겠습니다. 허나 말씀하신 것들을 감조차 잡지 못하겠습니다."

현죽은 눈시울을 붉히며 넙죽 허리를 숙여 사죄의 어조로 말하였다. 계영은 안사람이 평시처럼 순한 태도로 일관하여 당혹스러웠다. 허나 그 태도를 꾸며낸다고 생각하니 괘씸함이 치밀어 올랐다.

"그렇담 구렁이처럼 목이 긴 여인에 대해서 말해보지. 그네가 오밤중에 찾아와 내 꿈을 뒤숭숭하게 한 적이 한두 번이 아니오. 한 노승께선 이 땅에 거주하던 여인들에 관해 소상히 말해주더군. 그 여인들에 대해서 하나도 아는 바가 없소? 내 휘하의 종들은 또 어딜 간 것이오? 대답하지 않는다면 이 아이가 무사하지 못할 것이오!"

아기를 움켜쥔 손가락에 힘을 주었다. 아이는 어마어마한 통증을 호소하듯 우렁차게 울기 시작하였다. 노비들은 달려들 태세를 취하였다. 현죽이 팔을 획 들어 올려 노비들을 제지했다. 이윽고 얼굴을 숙인 부인에게서 오싹한 웃음소리가 흘러나왔다. 여태껏 들어볼 수 없었던 낮고 음울한 음성이었다. 부인은 고개를 젖혀 크게 웃기까지 하였다.

"상공께서 기가 약하시어 고조모님을 뵌 모양이군요." 현죽은 웃음을 삼가면서 말하였다. "목이 구렁이처럼 긴 여인네라 하셨소?" 계영은 고개를 끄덕였다. "그분은 저의 어머니의 어머니, 그 어머니의 어머니시지요."

부인은 말끝에 웃음을 흘렸다.

"대체 왜 웃는 거요?"

"그 아이는 저뿐만 아니라 상공의 핏덩이이기도 합니다. 그런데

딸아이를 그렇게 쉽게 끊어내려 하신다니, 그게 너무 기가 차서 그
럽니다."

그 말을 들으니 계영은 감정이 조금 누그러졌다. 아이는 여전히
빽빽 울어댔다. 계영은 아이의 얼굴을 들여다봤다. 겉보기에는 평
범한 계집아이, 하지만 계영에겐 그렇게 받아들여지지 않았다. 전날
밤 날개를 가지고 날던…… 그리고 그 끔찍한 얼굴이 튀어나오던 광
경…… 오밤중에 찾아갔을 때 계영을 숨죽여 바라보던 그 얼굴…….

이 낯선 계집을 진정 나의 핏덩이라 장담할 수 있단 말인가.

"내게 모든 걸 알려주시오." 계영은 단호한 목소리로 요구하였다.
"그렇지 않을 시 이 계집아이에게 무슨 일이 생길지 모르오."

"기어코 상공도……." 현죽은 낙담한 눈빛으로 한숨을 쉬었다. 이
내 허리를 펴고는 계영의 지시에 따르고자 했다. "따라오시지요."

그러고는 종종걸음으로 안채를 향하였다.

현죽은 안방을 출입하기 전, 노비들에게 바깥에서 기다리라고 명
하였다. 그러곤 안방에 놓인 걸상과 그 아래 깔린 대나무 자리를 치
웠다. 바닥에 설치된 여닫이가 보였다. 문을 한쪽으로 밀고 거기에
보관된 담요를 꺼내니, 어두운 통로로 이어지는 조그마한 돌계단이
나타나는 것이었다. 현죽은 불을 밝힌 호롱을 들고 앞장섰다. 계영
은 울다 지쳐 조금은 잠잠해진 아기와 함께 계단을 내려갔다.

"여기가 대체 뭐 하는 곳이오?"

그들은 다락처럼 조그마한 굴에 서 있었다. 현죽이 호롱을 높이
비추자 벽 한쪽에 대문짝만하게 새겨진 불경한 격자무늬 위로 불빛

과 그림자가 일렁였다. 다른 쪽 벽면에는 누군가 먹으로 그린 조잡한 벽화가 그려져 있었는데, 그 형태가 현죽이 고조모라 주장하는 목이 기다란 여인네와 흡사했다. 계영은 좁은 공간에서 그 두 벽화를 바라보고 있자니 심장이 거세게 뛰었다.

"어머니와 딸이 올곧게 대화할 수 있는 공간이지요."

계영은 국에서 맛본 썩은 내가 입안을 타고 올라와 참을 수 없을 지경이었다. 냄새가 지하동굴에서 풍기는 것인지, 아니면 잔여물 내가 갈수록 심해지는 것인지 분간하기 어려웠다.

현죽은 초를 그대로 격자무늬에 내비쳤다.

"어머니께선 무릇 사내들 아래서 본심을 숨기는 법을 가르쳤다오. 이곳이 아니었다면 내 화를 참지 못해 이미 아비를 죽여 희대의 불효를 범할 수도 있었겠지. 단숨에 목적을 달성할 수 없으니, 때에 이르러 아기 황제께서 강림하는 그 날까지 참고 또 참아내는 법을, 계획을 망치지 않고 조속히 진행하는 방법을 가르치셨지. 그러다 어머니께선 화병을 참지 못해 시름시름 앓았소만."

현죽이 말을 할수록 고풍스럽고 감미로웠던 그 말투와 음색이 사라졌다. 대신 목소리가 또박또박하고 힘이 차오르니, 굴 안을 쩌렁쩌렁 울려댔다. 계영은 입에서 치미는 매캐한 썩은 냄새 때문에 머리가 어질어질하여 무슨 말을 꺼낼지조차 떠올리기 힘들었다. 현죽은 그런 계영을 보면서 입꼬리를 치켜올렸다.

"내 평생 자네를 따르며 만족할 줄 알았소? 어머니께서는 아비의 엄혹한 눈길 아래, 수차례 뺨을 맞아가면서도 고분고분하여야만 했잖소. 내 그러기를 원하는 거요? 이 땅을 정화한다는 의미로 외고조

모는 도검에 목이 잘리었고, 외증조모께선 부모의 원수인 이 집안에서 공포에 질린 채 시집살이를 하셨다 하오. 한데 이게 겁간과 다를 바가 뭐요? 말해보시지요."

계영은 비틀비틀 벽에 기대며 겨우 한마디를 꺼냈다.

"아기 황제가…… 대체 어떤 것이오……."

현죽은 그 물음을 듣고는 그저 킥킥거렸다.

"이야기를 듣고도 궁금한 것이 그것뿐이오?"

부인은 격자무늬를 향해 두 팔을 높이 치켜들었다. 계영은 눈앞이 산란하여 격자무늬가 그려진 벽이 개구리의 배처럼 부풀어 오르는 듯했다. 마치 벽을 알처럼 뚫고 나오는 무언가가 있기로 한 것처럼. 헛구역질이 올랐다.

"험악한 군세를 이끌고 와 우리의 자식들을 짓밟은 이들이여, 한낱 인간을 섬기는 무지한 자들이여. 우리는 언제고 기운을 보존할 것이다. 기운을 올곧이 보존한 어머니들마저 저세상에 이르면 우리의 핏덩이들에게 뜻을 전파할지어다. 우리의 원한이 모여 기어코 열매를 맺으리. 열매 속에서 콩으로 빚어낸 갑옷을 입은 아기 황제가 눈을 뜨지니, 용마와 그를 위한 군대가 지상에 나타나 한차례 피로 물들일 것이다!"

계영은 다리에 힘이 풀려 주저앉았다. 동시에 팔에 든 아기를 놓쳐버렸다. 현죽은 아기를 부드럽게 받아냈다. 아까 계영이 삼킨 그 끔찍한 국물. 거기에 불순물을 탔을 거라는 데에 생각이 미쳤다.

"전란이…… 세상 사람들을 휩쓸어버리는 일이…… 무고한 자들을 피로 물들이는 일은 절대……."

계영의 정신이 아득해지며 시야가 흐려져 갔다. 마지막 남은 기운을 쥐어 짜내 턱을 치켜들었다. 부인이 귀신같은 눈빛으로 자신을 내려다보고 있었다. 그 뒤에서 구렁이처럼 긴 목을 내뺀 채 의미심장한 미소를 짓는 여인이 서 있었다. 마치 벽화 속에서 튀어나온 것처럼…….

정신을 잃기 전, 현죽이 마지막으로 하는 말을 들었다.

"우리의 어머니들은 무고하지 않아 목이 잘리었겠소?"

눈을 뜨자 수많은 여인들이 거석(巨石) 앞에 모여 있었다. 벌건 대낮에 태양이 오롯이 거석을 비추자 그 웅대한 크기가 고스란히 드러나 절경과도 같았다. 바위 양편으로는 솥이 끓어 제단의 횃불처럼 연기가 피어올랐다. 구수하다 못해 역겨운 냄새가 허공을 맴돌았다. 여인들은 너울을 뒤집어쓰고 저마다 경을 외듯 거석을 향해 빌고 있었다. 그들의 읊조림은 마치 저세상에서 들려온 주문처럼 계영의 마음을 두렵게 했다. 색색의 신기로 장식되었던 쇠사슬은 헤진 노끈처럼 끊어진 채였다.

그리고 이 모든 풍광은 뒤집혀 있었다.

계영은 자신이 거꾸로 묶여 있단 걸 깨달았다. 단단한 밧줄이 그의 전신을 속박했다. 주위에는 그 말고도 스무 명 남짓한 남정네들이 밧줄에 붙들린 채였다. 계영이 데려온 노비들도 있었다. 단단한 나뭇가지에 매달린 그들은 전부 설영이 아닌 이방 출신 사내들이었다. 사내들은 저마다 정신이 나간 멍한 표정으로 살려달라며 중얼거리고 있었다.

한 여인이 바위 앞에 섰다. 거석 아래에는 제단처럼 생긴 작은 사각 바위가 놓여 있었다. 여인은 내리쬐는 태양 빛을 향해 두 손을 들었다. 그림자마저 지워버릴 듯 밝은 햇빛이 손바닥 위에 꼼지락대는 한 아이를 비췄다. 아이의 등 뒤에는 나방의 날개가 작게 돋아나 있었다…….

현죽은 노호하였다.

"황제여, 그대의 허물을 벗기기 위해 이 고장에서 가장 장수한 이들을 바치니, 부디 그 기운으로 다시 일어나소서!"

거석 양 끝에서 관을 멘 여인들이 등장하였다. 관 뚜껑이 열리고 주검이 드러났다. 동쪽에는 장목춘이, 서쪽에는 동구리 할미가 망자의 모습을 취하고 있었다. 두 시체는 썩어 문드러지기 직전이었다. 여인들은 늙은이들의 주검을 끓는 솥에 풍덩 빠트렸다. 주검이 들끓기 시작하였다. 역한 냄새가 더 고약해졌다.

계영의 등 뒤에서 울음소리가 들렸다. 흠칫하여 고개를 돌려보니, 천으로 얼굴을 가린 아낙들이 달군 쇠꼬챙이를 들고 있었다. 쇠꼬챙이 끝에는 격자무늬 형상의 쇠붙이가 달려 있었다. 그들은 사내들의 복부를 달군 쇠로 찔렀다.

계영 또한 여지없이 낙인이 새겨졌다. 살이 타들어 가자 계영은 고통에 겨운 비명을 울부짖었다.

제의는 계속되고 있었다. 여인들은 거대한 바위 한가운데 패인 구덩이에 두 솥을 기울였다. 검은콩을 삶은 물이 쏟아졌다. 그 사이사이로 토막 난 주검의 형상이 함께 흘러나왔다. 거대한 바위가 스스로 흡수하듯 물이 빠져나가기 시작하였다.

계영은 통증이 심각한 와중에도 똑똑히 보았다. 바위에 새겨진 불가사의한 무늬들이 움직이는 것을. 그 수많은 얼굴들이 바위에서 빠져나오고 싶어 꿈틀거리는 모습을. 계영은 이것을 환각이라 믿고 싶었다. 여인들의 불경한 제의에 의해 정신이 나가 헛것을 보는 거라고 믿고 싶었다. 하지만 무늬는 살아 있는 존재처럼 끊임없이 역동했다.

구름이 햇살의 귀퉁이를 가렸다. 현죽은 여전히 날개 달린 아기를 높이 든 채 하늘을 바라보고 있었다. 아기는 거대한 바위에서 꿈틀대는 형형색색의 표정들이 전혀 무섭지 않다는 듯, 그 모습을 보며 까르르 웃었다.

현죽은 결연한 목소리로 외쳤다.

"황제시여, 새로운 임금이시여, 부디 사람의 허물을 벗고 다시 태어나소서!"

그리고 아기를 바위에 내동댕이쳤다.

계영은 눈을 질끈 감았다 떴다. 아기의 피가 사각 바위를 적시고 있었다. 고개를 돌리고 싶었으나 목이 뻣뻣해 그러기가 힘들었다. 현죽이 애지중지하던 아이를 바위에 가격했다는 사실이 믿기지 않았다. 가책과 의문이 꼬리에 꼬리를 물었다.

생각을 오래 할 여지는 주어지지 않았다. 쇠꼬챙이를 들었던 아낙들이 단도를 들고 남정네들의 목을 베었다. 사내들이 부디 목숨만은 살려달라고 비명을 질렀다. 아낙들은 그저 "황제께 이들을 보내오니 부디 흠향하소서." 하는 의미 불명의 말만 욀 뿐이었다. 비명은 금세 목이 잘려 숨 막히는 소음으로 변질되었다. 계영은 온몸을 비틀어

밧줄을 풀어보고자 했다. 꼼짝도 하지 않았다. 절망감이 의식을 채웠다. 끝내 계영의 목울대가 잘릴 차례에 도달하였다. 아낙은 피 묻은 단도를 높이 들었다.

어디선가 쏘아진 화살이 아낙의 이마에 꽂혔다.

남정네의 목을 도려내던 여인들이 뒷걸음질 쳤다. 화살이 몇 발 더 날아와 땅바닥을 강타했다. 경사진 비탈길 아래서 병사들의 고성이 울렸다. 아낙들은 동료가 모인 거석 방향으로 뛰었다. 관군의 투구를 쓴 자들이 오르막에서 밀려오는 게 보였다. 그들은 검을 빼 들고 아낙들을 몰아대기 시작했다.

누군가 칼을 휘둘러 계영을 가둬뒀던 밧줄을 끊어냈다.

"지옥이 따로 없구려."

지방관 복장을 한 한주영이었다. 그는 자꾸만 고꾸라지려고 하는 계영을 부축했다. 묶여 있던 사내 절반이 목에서 피를 쏟아 황천길을 건넌 상태였다. 관군은 수령을 중심으로 여인들을 둘러싸 포위를 좁히고 있었다. 절벽처럼 거대한 바위를 등지고 있으니 빠져나갈 구멍이 보이지 않았다.

수령은 여인들 뒤에서 삼라만상처럼 꿈틀거리는 바위의 형상에 아연실색한 모양이었다. 그는 그 기세를 들키지 않기 위해 우렁차게 고함질렀다.

"불경한 자들이여, 무고한 이들을 살해하고 나라를 전란에 빠트릴 모의를 획책한 대가를 받으라!"

그러나 여인들은 미동도 하지 않았다. 그들은 일제히 태양을 바라보고 있었다. 몇몇 관군들이 의아하여 고개를 돌리기도 했다. 마침

내 거석 아래, 여인들의 한복판에 서 있던 현죽이 태양을 가리켰다.

"이제 황제께서 내려오신다."

갑자기 땅거미가 졌다. 거대한 손이 허공에 나타나 가린 것처럼 순식간에 빛이 사라지고 있었다. 병사들마저 얼굴을 들어 하늘을 쳐다보았다. 거대한 구체가 태양 한가운데로 서서히 다가가고 있었다. 구체는 태양 빛이 새어나가지 못하도록 가렸다.

다들 태양에 관심을 빼앗긴 사이, 계영은 사각 바위로 시선을 돌렸다. 아이의 피가 거석 아래까지 흘러, 사각 바위와 이어진 선처럼 보였다. 바위에 새겨진 격자 문양은 붉은빛을 발하였다. 순식간에 어둠이 내린 세상에서 그 문양만이 타올랐다.

"일식이 일어날 때 날개 달린 아기가 깨어나니, 그와 함께 전란이 시작될지어다." 한주영이 중얼거렸다. "우리가 늦었나 보오."

거석에서 우레 같은 소리가 천지를 울렸다.

병사들은 지진이라도 난 줄 알아 비틀거렸다. 바위산 전체에 퍼지는 그 압도적인 굉음은 천둥처럼 계속해서 울려댔다. 바위에 새겨진 수많은 얼굴 문양이 보이지 않은 경계에서 빠져나오려 했다. 마침내 바위 속 존재들은 바위 표면을 통과하며 괴롭게 얼굴을 흔들었다. 그들은 바위 표면에서 상체를 빼냈다. 얼굴은 한 몸에 세 개씩, 네 개씩 달려 있기도 했고, 거미의 다리인지 가재의 다리인지 모를 팔이 제멋대로 붙어 있었다.

"황제를 위한 군대가 지상을 덮친다……."

계영은 현죽의 외침 떠올리며 무의식적으로 말하였다.

여인들은 저마다 거석을 향해 절을 한 상태로 엎드려 있었다. 수령은 뒤로 물러나라 하며 정렬을 갖췄다. 황제의 군대는 여인들 사이로 내려왔다. 이 세상이 아닌 곳에 만들어진 군대는 그 수가 점차 불어났다. 관군들은 활을 쏠 준비를 하였다.

꿍음과 함께 거대한 진동이 대지를 요동쳤다. 이제 일식이 끝났을 터인데도 사방이 그늘진 그대로였다. 계영은 목을 젖혔다.

하늘이 갈라져 있었다. 누군가 태양을 찢고 그 뒤의 우주를 가져온 듯, 광대하고 끝없는 어둠이 자리했다. 그 어둠 속으로 형언할 수 없이 커다란 존재가 몸을 웅크리고 있었다. 그 존재는 뱀과 같은 비늘로 덮여 있었고, 지네처럼 수많은 다리와 촉수가 뻗어 나온 채였다. 그 존재는 뭔가에 가로막힌 것처럼 어둠 속에서만 자리하고 있었다.

"그를 위한 용마가 내려오니."

계영은 신들린 듯 중얼거렸다.

병사들 중에서는 겁에 질려 도망치려는 자들도 있었다. 수령은 고래고래 고함을 지르며 칼을 휘둘러 대열을 유지했다. 한주영은 참언이 예지한 광경에 넋을 놓고 있었다.

다음 순간, 꿍음과 진동이 세상을 다시 한번 뒤흔들었다.

거석의 일부분이 부서지며 바위 조각이 사방팔방으로 튕겨 나갔다. 그 위로 거대한 손이 나타났다. 바위 속에 잠든 존재가 알을 깨고 나오려는 것처럼, 손과 팔부터 튀어나온 것이었다. 거대한 손은 아기의 손처럼 두껍고 짧았으며, 손가락 끝마디에서부터 검은 기운으로 뒤덮이기 시작하였다.

관군은 황제의 군대에게 겨눴던 활을 거대한 손 쪽으로 틀었다. 활시위를 당기자 검은 기운에 물들여진 손가락이 활짝 펴졌다. 검은 손가락에 부딪친 화살은 죄다 무력하게 튕겨 나가고 두 동강 났다.

황제의 군세가, 바위 속에서 튀어나온 요괴들이 관군들에게 달려들었다. 관군이 요괴의 목을 베면 다른 목이 제 역할을 하여 요괴가 기괴한 팔을 휘둘러 관군의 사지를 찢어놓았다. 여인들은 여전히 거석 아래서 허리를 숙인 채 그들만의 황제가 행차하시기를 빌고 있었다. 한주영은 칼을 꽉 쥔 채 지옥에서 올라온 요괴와 병사들이 맞서는 모습을 지켜볼 뿐이었다.

계영은 불현듯 현죽의 말을 떠올렸다. 콩으로 이루어진 갑옷이라는 구절. 바위를 보니 거대한 팔은 검은 기운에 절반쯤 잠겨 있었다. 그리고 저 웅대한 크기의 팔은 당연하게도 그의 딸아이, 아니, 현죽이 이 땅에 도래하길 학수고대한 그 아이가 새롭게 태어난 모습인 게 분명했다.

"어쩌면 막을 방법이 있을지도 모릅니다." 계영은 한주영의 어깨를 흔들었다. "저기요! 검은 것이 감싸지 않은 팔로 활을 날리라 해야 합니다!"

한주영은 수령을 찾아 지옥도 안으로 향했다. 이윽고 한주영의 얘기를 들은 수령이 고래고래 고함을 지르며 궁사들에게 명령했다. 그 와중에도 병사들은 요괴에게 붙잡혀 목이 뜯겨나가는 자들이 있었다. 도검을 든 자들은 요괴들이 접근하지 못하도록 막는 방패막이 신세였다.

궁사들이 활시위를 당겼다. 바위 속에서 신체 일부 밖에 나오지 못한 아기 황제의 팔을 겨눴다. 검은 기운이 팔꿈치 아래까지 잠식하려 하였다.

활이 발사되었다. 거대한 팔의 어깻죽지 부근에 화살이 박혔다.

바위 속의 존재는 전에 들어보지 못한 혐오스러운 울음을 내뱉었다. 그러자 거석의 상단이 또다시 깨지며 무언가 비집고 나왔다. 종잇장처럼 얇고 투명해 보이는, 그러나 강인한 날개가 펴지려 하고 있었다. 하늘의 어둠에 갇힌 용마가 지상을 향해 울음소리를 내었다. 그에 회답하듯 팔은 혼비백산한 대지를 휩쓸었다.

병사와 괴물들이 한꺼번에 가파른 산비탈로 떨어져 내렸다. 나머지 병사들은 겁에 질려 도주하고자 하였다. 계영은 그것이 기회라고 생각하였다. 지대가 텅 빈 틈을 노린 것이었다. 계영이 한주영에게 고함을 지르자, 그는 쓰러진 병사의 창을 들고 돌진했다. 한 요괴가 그에게 달려들어 모기의 침과 같은 다리를 뻗었다. 한주영은 복부가 뚫려 입가에 피를 흘렸다. 노인은 선혈을 토해내며 전신의 힘을 끌어모아 창을 던졌다. 날개가 바위를 깨고 나오려는 자리를 향해. 창은 날개와 팔 한가운데로 질주하였고, 검은 갑옷이 아기 황제를 보호해주지 못하는 곳에, 겨드랑이 사이를 꿰뚫었다.

바위 속에서 비명이 울렸다. 그 비명은 마치 아기의 울음소리 같기도 하였다. 이내 거대한 손은 비틀거리더니, 축 늘어지며 우거진 나무숲을 부수었다.

여인들의 탄식이 울려 퍼졌다.

후(後)

하늘의 어둠은 닫혔고, 아기 황제의 요괴들은 원래 있던 곳으로 되돌아갔으니, 남은 것은 여인들뿐이었다. 관군은 죽은 이의 시신을 회수하고 설영의 여인들을 죄인으로 삼았다. 계영은 여인들이 관군에게 이끌려 설영촌을 떠나기 전, 현죽과 말을 섞어보고자 했다. 그러나 여인들은 너울로 용모를 가린 채 이방의 남정네와 말을 하기를 거부하였다. 끝내 계영은 현죽을 찾지 못하였다.

관군은 설영을 폐쇄하여 더는 전란의 위협이 일어나기를 막고자 하였고, 바위산을 수색해 여인들과 공모한 설영의 모든 이들에게 형을 집행하였다.

계영은 고향으로 돌아가 새색시를 얻어 친지들 사이에서 남은 일생을 보냈다. 노년이 된 계영은 어느 날 무언가에 다급히 쫓기다 마차에 몸을 던져 말굽에 밟혀 숨을 거두었다. 그의 마지막 말을 들은 사람이 전하길, "목이 긴 여인이 딸아이를 데리고 무서운 표정을 한 채 따라왔다."라고 하는 것이었다. 혹자는 그가 밤마다 그만이 들을 수 있는 아기의 울음소리에 시달렸다고 한다.

임진년에 이르러 왜구가 쳐들어오고 병자년에는 청나라가 왕을 굴욕 시켜 나라의 근간이 위태로워지자, 설영이라는 작은 마을에 일어난 기이한 이야기는 잊혀 갔다. 그러나 수차례에 걸친 크나큰 전란으로 인해 여인들의 삶은 더욱 비참해지니, 그들의 한은 더 없이 하늘을 찔렀다.

할머니 이야기

최정원

심리 스릴러 소설을 주로 쓰고 있다. 작가는 인간이 숨기고 말하고
싶어 하지 않는 부분만을 골라 이야기를 쓰고 있다. 악한 내면 역시 자기
자신이라고 말하고 있다. 작품 활동은 온라인 소설 플랫폼 브릿G에서 하고
있다. 작품으로는 음식을 소재로 한 살인 소설집 『레시피』가 있다. 단편으로
「언니, 그냥 죽어」, 「그녀는 잘살고 있다」, 「남자 친구 애플리케이션」 등이
브릿G에 있다.

1 낯익은 할머니

카페에서 아르바이트하고 뒷정리를 하다 보니 늦은 시각에 일이 끝났다. 집 근처 버스 정류장에 내려 시계를 보니 12시 15분이었다. 집까지는 걸어서 1km 정도다. 마을버스는 운행이 중단된 상태였다.

버스 정류장에서 우리 집까지는 걸어서 15분 거리다. 그 사이에는 집이 한 채도 없다. 차도와 인도를 사이에 두고 양쪽이 산으로 둘러싸여 있다. 산 아래는 공원이다. 인도와 숲 공원 사이에는 철조망이 있다.

천천히 걸어가고 있는데 숲이 나를 노려보는 느낌이 들었다. 숲은 대낮에 보여주는 초록의 싱그러움은 사라지고 어둠 속에서 침묵하고 노려보는 들고양이 모습을 하고 있었다. 내 몸은 저절로 움츠러

들었다.

차도에는 가끔 차들이 달리고 있었다. 멀리 보이는 맞은편 인도로 한 사람이 걸어가고 있는 모습이 보였다. 내가 걸어가고 있는 길에는 나 외엔 아무도 없었다. 가로등이 사이사이에 있지만, 어두운 길을 혼자 걷고 있는 기분이 조금은 으스스했다. 숲의 음산한 기운이 나를 짓눌렀다.

뚜벅뚜벅, 내 발걸음 소리가 들렸다. 정적 속에서 들리는 뚜벅뚜벅 소리는 마음을 불편하게 했다.

탁, 탁, 탁. 또 하나의 소리가 들렸다. 지팡이 소리였다. 그리고 작게 그 사람의 발걸음 소리도 들렸다. 힘없는 사람이 절뚝거리며 걷는 소리였다. 한쪽 다리에만 힘을 주고 걷는 소리였다. 지팡이 소리가 멀리서 들려왔다. 조용하고 어두운 길에 뚜벅뚜벅 소리와 탁, 탁, 탁 소리가 겹쳐 들렸다.

지팡이 소리와 절뚝거리며 걷는 소리가 귀에 거슬렸다. 무시하고 걸었다. 자꾸 신경이 쓰였다. 멀리서 들려오는 소리에 마음이 뒤숭숭한 이유를 알 수 없었다. 돌아보고 확인해야 찝찝한 기분을 떨쳐낼 수 있을 듯싶었다. 나는 멈춰 서서 몸을 천천히 돌려 뒤를 돌아봤다.

하얀 할머니가 보였다. 비녀를 꽂고 하얀 무명 저고리를 입은 늙어 꼬부라진 노인이 나를 향해 절뚝거리며 걸어오고 있었다. 나는 멈춰서서 할머니를 쳐다봤다. 멀리 있었지만, 나와 할머니는 눈이 마주쳤다. 할머니는 나와 눈이 마주치자 빠진 이를 드러내며 웃었다. 나는 할머니를 보며 기억을 더듬었다. 분명 낯이 익은 얼굴이었다.

기억이 무언가에 막혀 있었다. 나는 인상을 찌푸리며 기억을 되살리려고 노력했다. 저 미소, 어디선가 본 미소였다. 내가 평생 잊어버리면 안 되는 미소였다.

머리는 기억을 찾아내지 못하고 어지러웠지만, 몸은 할머니를 기억하고 있었다. 몸이 굳어 움직이지 않았다. 뱀을 만난 생쥐처럼 온몸에 소름이 돋으며 빳빳하게 굳어갔다. 할머니가 나를 보고 점점 다가오고 있었다. 속도를 내듯 지팡이를 짚는 탁탁탁 소리가 공중에 울려 퍼졌다.

손이 덜덜 떨려왔다. 다리를 떼어내 할머니가 찾을 수 없는 곳으로 도망가고 싶었다. 열기가 오르며 침이 말랐다.

멀리서 할머니가 나를 부르는 소리가 들렸다.

"총각, 어디가? 나 좀 도와줘. 내가 다리가 불편해서 걷기가 힘들어."

나는 놀라 할머니를 쳐다봤다. 멀리 있는 할머니의 목소리가 바로 옆에서 말하는 것처럼 또렷하게 들렸다.

"나 좀 도와줘."

다시 할머니 목소리가 들렸다. 선명하게 들렸다. 공포로 이가 딱딱 부딪쳤다. 온몸이 사시나무 떨리듯 떨려왔다. 그리고 기억이 스멀스멀 떠오르기 시작했다. 봉인된 기억이 할머니 목소리를 듣자 스르르 풀리며 하나하나 떠올랐다. 할머니가 점점 다가올수록 기억이 조각조각 떠오르며 맞춰졌다. 10년 동안 봉인된 기억이다.

10년 전 그날 무슨 일이 있었는지 부모님과 경찰과 사람들은 내게 물었다. 하지만 나는 아침에 눈을 뜨는 순간 모든 기억이 사라졌다. 10년 동안 기억은 완전히 닫혀 있었다.

지금, 할머니의 목소리와 쭈글쭈글한 얼굴을 보는 순간 사라졌던 기억이 되살아났다.

도망가야 한다. 빨리 도망가야 한다. 내 몸이 굳어 움직이지 않는다. 할머니는 빠진 이를 드러내며 더 빨리 탁, 탁, 탁 지팡이 소리를 냈다. 내게 비틀거리며 다가오고 있었다.

2 빈집만 있는 시골 동네

중학교 1학년 때 아버지는 부도를 냈다. 작은 출판사를 운영하다가 은행에서 빌린 돈을 갚지 못하고 부도를 냈다. 부모님은 집과 가진 모든 재산을 정리해 빚을 갚고 서울 생활을 접었다. 얼마의 빚이 더 있었지만, 외삼촌이 갚아줬다. 아버지는 외삼촌에게 눈물로 고마운 마음을 대신했다.

부모님은 시골에 거처를 마련했다. 증조부가 살았던 집이었다. 큰아버지 명의로 돼 있었던 이 집은 대대로 장손이 살았다. 아들이 없는 큰아버지가 돌아가신 후 내가 장손이 돼 이 집을 유산으로 받았다. 큰어머니는 큰아버지가 죽은 후 이 동네를 떠났다. 큰아버지는 심장마비로 죽었다. 갑작스러운 큰아버지의 죽음으로 아버지는 한동안 식사를 못 하고 앓아누웠다. 친할아버지 역시 벼랑에서 떨어져 죽었다.

산으로 둘러싸인 동네였다. 주변에 집들도 많고 초등학교와 중학교도 있었다. 하지만 집들은 모두 빈집이었다. 초등학교는 폐교된 상태였다. 중학교는 많지는 않았지만, 학생들이 있었다.

지금은 우리 집 외에 아무도 살지 않는다. 이 동네는 산속에 묻혀 새소리나 고라니의 울음소리만 들렸다.

한밤중에 우는 고라니 소리는 아이 울음소리와 같았다. 엄마를 찾아 산속을 헤매는 아이 울음소리였다. 슬프고 한이 맺힌 소리였다. 처음에 동생은 이 소리에 놀라 마당에 있는 화장실에 가지 못했다. 오줌을 쌀 것 같은 느낌이 들어서야 자는 나를 깨웠다.

"형, 형. 저 소리 들려?"

"뭐……? 왜 깨워?"

"귀신이 밖에서 울고 있어. 형, 나 오줌이 마려운데 밖에 못 나갈 것 같아."

나는 일어나기 싫어 다시 눈을 감으며 말했다.

"귀신 없어. 빨리 화장실 갔다 와."

"형, 나 쌀 것 같아. 제발 같이 나가줘. 정말 귀신 소리가 들린다고."

동생은 울면서 나를 깨웠다. 나는 어쩔 수 없이 일어나 동생과 밖으로 나왔다. 이상한 소리가 들렸다. 개소리와도 비슷하고 아이가 우는 소리와 비슷한 울음소리가 산 주위에서 메아리처 들렸다. 사람 비명 같기도 했다.

울음소리는 갑자기 사라졌다. 주위가 조용해졌다. 동생과 내 숨소리만 들렸다. 깊은 정적은 동물의 울음소리보다 더 무서웠다.

이 집은 지어진 지 백 년이 넘었다. 큰아버지는 화장실, 주방, 안방, 큰방을 수리해서 현대식으로 바꿔 놨다. 나머지는 옛 모습 그대로 남아 있다. 백 년이란 세월을 품은 모습이 가끔 신비로웠다.

안방 옆에 작은 골방이 있었다. 100년 전 흙으로 빚은 모습이 그 대로 남아 있는 방이다. 이 방은 장작을 땠다. 아버지는 골방을 좋아 했다. 골방에서 자고 나면 몸이 가뿐하다며 여름에도 창문을 열어놓 고 장작을 땠다.

동생과 나는 현대식으로 바꾼 큰 방을 사용했다. 이층 침대를 놓 고 같이 사용했다. 집이 넓어 아버지는 마루와 창고를 개조해 공부 방과 서재를 만들었다. 우리 가족은 100평이 넘는 집에서 처음 살았 다. 집이 넓으니 마음도 편했다. 서울에서는 항상 좁은 아파트나 빌 라에서 네 식구가 같이 살았다. 서로에게 피해가 가지 않도록 숨도 쉬기 어려웠다.

난 이곳에 빠르게 적응했다. 아버지의 잦은 실패와 이동은 우리 가족을 아무 곳에서나 적응이 가능한 인간으로 만들어 놨다. 주어진 환경에 빠르게 적응하도록 뇌가 단련된 듯했다. 동생은 좀 달랐다. 이사를 할 때마다, 새로운 학교로 전학 갈 때마다 울었다. 처음 이곳 에 이사 왔을 때도 동생은 한참을 방황했다. 시간이 지나자 조금씩 익숙해져 갔다.

아무도 신경 쓰지 않아도 됐다. 우리 가족이 밤새 노래를 부르고 춤을 춰도 뭐라 하는 사람이 없었다. 아버지는 농사일을 끝내고 집 에 들어오면 옛날에 사용했던 오디오에 클래식 LP판을 올려놓고 소 리를 크게 틀어놓았다. 아버지는 음악을 듣다가 그대로 마루에 누워 잠이 들었다. 아버지는 이곳이 천국 같다고 말했다.

아버지는 다른 사람의 땅을 빌려 대신 농사짓는 일을 했다. 소작 농이었다. 어머니는 시내로 나가 슈퍼마켓에서 계산대 일을 했다.

어머니는 그 일이 편하다고 했다. 어머니는 결혼 후 줄곧 아버지 일을 도왔다. 학원을 운영할 때도, 출판사를 운영할 때도 도왔다. 돈 한 푼 받지 않고 아버지 일을 도왔다. 그날그날 아버지에게 돈을 받아 살림했다.

아버지는 혼자서는 아무것도 하지 못했다. 아버지가 벌인 사업은 곧 실패로 이어졌다. 어머니의 깊은 주름은 아버지 덕분에 생긴 거다.

어머니는 슈퍼마켓에서 일하면서 웃음이 늘어났다. 큰돈을 받는 건 아니었지만, 어머니는 행복해했다. 월급 받는 날이면 우리는 아버지와 함께 큰 도로까지 나가 어머니를 기다렸다. 어머니는 양손에 한가득 물건을 들고 버스에서 내렸다. 얼굴 가득 미소를 머금고 버스에서 내린 어머니는 마중 나온 우리를 반겼다. 아버지는 그런 어머니 모습을 볼 때마다 얼굴이 벌겋게 물들었다. 미안해서다.

아버지는 명문대를 나왔다. 조부모의 자랑거리였다. 동네의 자랑거리였다. 아버지가 서울 대학에 붙었을 때 마을에서는 잔치가 벌어졌다. 아버지가 대단한 사람이 될 거라고 모두 기대했다. 아버지 자신도 훌륭한 사람이 될 거라는 믿음이 있었다.

하지만 아버지가 대학을 다니던 시절은 혼란스러운 시절이었다. 아버지는 정부 기관의 감시 대상 명단에 올라 있어 취직이 어려웠다. 그래도 자신이 있었다. 무엇이든 노력하면 된다고 생각했다.

아버지는 똑똑한 사람이었지만, 사람을 잘 다루지 못했다. 모두 아버지와 일하는 것을 불편해했다. 아버지는 가르치는 일을 잘하지 못했다. 쉬운 문제를 어렵게 가르치는 특이한 재능이 있었다. 아버지의 학원 사업은 곧 수강생 부족으로 문을 닫았다. 출판사 역시 대중의 마음과 상관없는 책을 출판했다. 모두 아니라고 말했지만, 아버지는 귀담아듣지 않았다. 아버지는 세상을 편히 살아갈 수 없는 사람이었다.

집 뒤에 바로 중학교가 있었다. 나는 아침에 일어나 게으름을 피우고 학교에 가도 됐다. 동생이 다니는 학교는 멀리 있었다. 어머니가 일하고 있는 시내에 있었다. 동생은 아침 일찍 일어나 어머니와 함께 집을 나섰다. 내가 다니는 중학교 옆의 초등학교는 빈 학교였다. 동네에 아이들이 한 명도 없었다.

우리 집 주변은 으스스했다. 주변이 산과 논과 밭 그리고 빈 집뿐이었다. 가끔 백발의 할머니들이 논에서 일하는 모습이 보였다. 밭이나, 논에서 할머니들은 혼자 일을 했다. 허리가 꼬부라진 할머니들은 새벽부터 나와 논이나 밭에서 일하다가 볕이 뜨거운 낮에는 사라졌다. 다시 늦은 오후가 되면 논으로 나와 일했다. 해가 지고 어두워지면 집으로 갔다. 이해하기 어려울 정도로 일에 매달린 모습이었다. 할아버지들은 거의 볼 수 없었다.

이 동네에 이사 와서 적응하기 어려웠던 것들은 개들과 할머니들, 칠흑 같은 어둠과 정적, 고라니 울음소리였다.

큰 도로에서 우리 집까지 거리는 걸어서 40분 정도였다. 그 사이에 집이 띄엄띄엄 한 채씩 있었다. 무너질 듯 기울어진 담벼락 밑에 몸집이 커다란 개들이 대문을 지키고 있었다. 대문 앞에 허술하게 묶인 덩치 큰 개들이 침을 흘리며 사납게 짖어대면 동생과 나는 오금이 저렸다. 개들이 끈을 끊고 달려와 우리 목덜미를 물어뜯어 버릴 것 같았다. 개들은 우리 가족 모습이 시야에서 사라질 때까지 컹컹대며 계속 짖어댔다.

우리 집이 보일 때 즈음이면 더는 개 소리가 들리지 않았다. 우리 집 주변에는 아무도 살지 않았다.

동생은 덩치 큰 개를 무서워했다. 개들이 동생보다 몸집이 컸다. 초등학교 5학년인 동생은 또래보다 작고 말랐었다. 개들은 동생이 만만하게 보이는지 동생만을 노려보고 짖어댔다. 먹잇감을 노리는 짐승의 눈빛이었다. 동생은 몸을 움츠리고 개와 눈을 마주치지 않으려고 노력하며 빠르게 좁은 길을 빠져나갔다.

시간이 지나면서 개에 대한 고민은 조금씩 사라졌다. 개들이 동생과 나를 알아보기 시작했다.

동생은 시골로 이사 오면서 몸이 빠르게 성장했다. 동생은 아버지를 졸라 자전거를 한 대 샀다. 아침에 일찍 일어나 어머니와 함께 집을 나서는 것보다 조금 더 잔 다음 혼자 자전거를 타고 학교에 가는 방법을 선택했다.

동생은 자전거를 타고 학교에 다니면서 몸이 까맣게 탔다. 그리고 단단해졌다. 눈빛도 강해지면서 개들의 시선을 피하지 않게 되었다. 동생이 거칠게 짖어대는 개들을 노려보면 개들 소리는 점점 작아졌다. 더는 동생을 만만하게 보지 않았다. 동생은 가끔 빵이나 과자를 들고 나가 개들에게 던져줬다. 과자를 얻어먹은 개들은 동생을 향해 거칠게 짖어대는 대신 꼬리를 흔들었다.

개들과 할머니들, 고라니 울음소리는 시간이 지나면서 조금씩 적응됐다. 하지만 칠흑 같은 밤과 정적은 오랜 시간 동안 적응하기 어려웠다.

도시는 밤에도 낮처럼 늘 시끄럽고 환했다. 내 방 바로 앞에는 가로등이 있었다. 한밤중에도 낮처럼 환했다. 견디다 못해 시트지를 사다가 붙여 놓았다. 검은색 시트지였다. 어머니는 낮에도 방이 캄캄하다며 시트지를 떼어내고 커튼을 달아 났다.

도시의 소음과 빛도 고통스러웠지만, 산골의 정적과 어둠은 사람을 혼란스럽게 만들었다. 이상한 두려움을 갖게 했다. 거대한 자연 앞에 발가벗겨진 한없이 나약한 인간으로 느껴지게 했다.

우리 집 주변은 깜깜했다. 밤에는 아무 빛도 없었다. 아주 멀리 있는 가로등이 반짝거릴 뿐이었다. 우리 가족은 처음 이사와 한밤중에 하늘을 보고 모두 입을 '쩍' 벌렸다. 하늘의 별이 땅으로 쏟아질 듯이 많았다. 그 모습이 황홀하다, 경이롭다는 자연에 대한 찬사가 아니라 두려움에 가까웠다. 별이 숨을 쉴 수 없을 만큼 많았다.

어둠 속에서 하늘을 쳐다보다 다시 주위를 둘러보면 아무것도 없었다. 온통 어둠과 정적이 우리 집을 감싸고 있었다. 가끔 멀리서 짖어대는 개 소리와 고라니 울음소리가 정적을 깨고 들렸다. 외딴 섬에 갇혀 있는 기분이 들었다.

3 할머니 괴담

이사 온 후 집 뒤에 있는 중학교로 전학 갔을 때, 나는 아이들 시선이 부담스러웠다. 늘 있는 일이지만, 늘 겪는 불편함이었다. 서울에서 전학 온 아이가 찢어지게 가난하게 산다는 사실을 시골 아이들은 받아들이기 어려워했다. 아이들은 서울에 대한 미지의 환상을 품고 있었다. 하지만 서울에서 이사 온 내 모습은 초라하기 그지없었다. 나를 보고 매우 실망스러워하는 표정을 지었다.

상관없었다. 서울에서도 가난했다.

멀리 시내까지 소문이 퍼졌다. 마을 사람들은 아버지를 알고 있었다. 천재인 줄 알았던 아버지가 거지가 돼 돌아오자 사람들은 신들린 듯 입방아를 찧어댔다. 아버지의 몰락이 마을 사람들 술안줏거리였다. 큰아버지의 죽음과 아버지의 연이은 실패를 두고 사람들은 쑥덕거렸다. 가끔 할머니들은 나와 아버지를 보고 혀를 끌끌 차기도 했다.

우리 가족은 신경 쓰지 않았다. 빚쟁이들에게 쫓기며 온갖 모욕을 다 받았다. 사람들의 쑥덕거림에는 이골이 나 있는 상태였다. 가끔 아버지는 동생과 나를 보며 대단한 녀석들이라며 웃었다. 나중에 아버지처럼 비참하게는 살지 않을 거라며 좋아했다. 우리도 아버지를 따라 웃었다. 서글픈 웃음이었다.

나는 부자도 아니었고, 성적도 우수한 편도 아니어서 곧 아이들 관심 밖으로 밀려났다. 여자아이들 역시 서울에서 전학 온 아이는 연예인처럼 잘생겼을 거로 생각했다. 나는 태어날 때부터 피부가 까맣고 머리카락도 심한 곱슬머리라서 늘 부스스했다. 눈, 코, 입 역시 잘 빚어진 상태는 아니었다. 내 외모가 촌닭 같다는 것을 확인하고 여자아이들은 바로 관심을 끊었다. 그래도 역전의 시간은 있었다.

체육 시간이었다. 물론 나는 체육을 남보다 잘하지 않았다. 체육 역시 그저 그랬다.

체육 시간에 철봉 턱걸이를 했다. 내가 상체가 튼튼하고 하체가 부실해서인지 유난히 매달리기를 잘했다. 우리 반 최고였다. 반 아이들이 모두 놀랐다. 체육 선생님 역시 내게 대단하다며 칭찬을 했다. 태어나서 처음 받는 칭찬이었다.

곧 나에 대한 소문은 학교 전체에 퍼졌고 운동 좀 한다는 남학생들한테서 도전장을 받기 시작했다. 아이들은 내기하며 도전장을 내게 전달했다. 도전장을 받은 날은, 남자아이들 모두가 뒷산에 있는 철봉 앞으로 모였다.

나와 도전자는 철봉에 매달려 있고 목소리 큰 아이가 '시작'하고 소리를 지르면 턱걸이를 시작했다. 옆의 도전자는 30개가 넘으면서 땀을 주룩주룩 흘렸다. 손도 부들부들 떨렸다. 나는 거뜬히 50개를 넘겼다. 간단히 도전자를 물리칠 수 있었다. 선배들은 계속 도전장을 보냈다. 난 한 번도 거절한 적이 없이 도전장을 받아들였고 시합에서 모두를 물리쳤다. 내 주변에 남자아이들이 몰려들었다. 나는 학교 짱은 아니었지만, 친구들과는 잘 지낼 수 있었다.

학교에서 친구들에게 나름대로 인정을 받은 나는, 어느 날 세수를 하는 아버지에게 물었다.

"아빠, 턱걸이나 매달리기를 잘하면 앞으로 살면서 무엇을 할 수 있을까? 그것도 재능이겠지? 대체 그것으로 할 수 있는 직업이 뭘까?"

"아무것도 할 게 없다."

아버지는 수건으로 목을 닦으며 표정 없이 대답했다. 아버지의 솔직한 대답에 잠시 기분이 상했지만, 내가 생각해도 특별히 할 수 있는 일은 없었다.

　나는 몇 명의 아이들과 급속도로 친해졌다. 우린 곧 아지트를 만들었다. 빈집 중 가장 괜찮은 집을 골라 그곳을 우리 비밀 장소로 만들었다.

　학교 수업이 끝나면 학원에 가야 하는 친구들은 서둘러 집으로 향했고, 나처럼 학원에 다니지 않은 아이들은 남아서 축구를 했다. 축구 시합이 끝나면 우린 아지트로 향했다. 아이들 집 대부분은 큰길 쪽에 있었다. 다른 동네에 사는 아이들도 많았다. 아이들은 학교 앞이 집인 나를 부러워했다. 하지만 빈집만 있는 이 동네에서는 살고 싶어 하지 않았다.

　우린 아지트에서 각자가 가져온 먹을거리를 꺼내 놓고 휴대전화기로 게임을 하거나 숙제를 했다. 먹을 게 떨어지면 밖으로 나가 옥수수, 감자, 밤, 고구마 같은 것을 서리해 와서 구워 먹었다. 시골은 나가면 천지가 먹을 거였다. 특별히 돈을 들이지 않고도 먹을 걸 쉽게 구할 수 있었다. 우린 가끔 밤늦게까지 아지트에서 놀았다.

　하루는 친구들이 내게 알고 있는 도시 괴담이 있냐고 물었다. 물론 있었다. 주로 학원에서 공부하다 죽은 귀신 이야기였다. 나는 그중 그럴싸한 이야기에 살을 붙여 끔찍한 이야기를 만들어 들려줬다. 아이들은 모두 놀라워하며 재미있다고 말했다. 우린 이야기가 나온 김에 한 명씩 돌아가면서 괴담을 늘어놓기 시작했다.

이야기는 무르익었다. 어둠 속에서 촛불 하나를 켜 놓고 이야기했다. 촛불의 흔들림에 맞춰 우리 그림자가 벽면에서 흔들거렸다. 나는 흔들거리는 친구들 그림자를 볼 때마다 등골이 오싹했다.

한 명씩 이야기를 끝마칠 때마다 우린 긴 한숨 소리를 냈다. 긴장을 해소해 보려고 서로의 얼굴을 쳐다보며 킥킥거렸다. 하지만 촛불 앞의 친구들 얼굴은 죽은 귀신 얼굴처럼 핼쑥하고 어둠이 드리워져 보였다. 짙은 그림자가 눈 밑으로 깔린 친구들 얼굴은 관을 바로 뜯고 나온 시체 모습과 닮아있었다. 심장이 쿵쾅거려 당장 집으로 도망가고 싶었다.

이야기가 거의 끝나가면서 키가 작고, 머리를 노랗게 물들인 친구가 마지막 이야기를 꺼냈다.

"이 동네 할배들이 작년에서 올해까지 열 명이나 죽었어. 두 해 동안 할배들이 열 명이나 죽었다는 게 이해가 되냐? 그래서 논이나, 밭에 할매들만 나와서 일을 하는 거야. 그런데 죽은 이유가 좀 이상해. 이 동네에 원래 괴담이 하나 있어. 할매 괴담이라고……. 별로 무서운 건 아닌데 뭔가 꺼림칙한 부분이 있어. 이 괴담과 할배들 죽음이 연관이 있다고 동네 사람들이 수군거리거든.

그 할매는 혼자 길을 걸을 때 논이나, 밭이나, 숲속에서 나타난대. 아주 하얀 할매가 죽을 것 같이 쭈그리고 앉아 있다는 거야. 얼굴에 주름이 쭈글쭈글 가득해서 역시 할매 같은 느낌이 든대. 할매는 혼자 지나가는 남자를 보면 그 남자를 애타게 부른다는 거야. 그 여시 할매는 이상하게 여자들 눈에는 보이지 않는다는 거야. 꼭 남자들에게만 보인대.

'거기 봐유, 나 좀 업어줘유. 우리 집이 요 앞인데 내가 지금 다리 가 너무 아파 걷지를 못 하겠시유. 나 좀 우리 집까지만 데려가 줘 유. 미안해유' 그런다는 거야. 그런데 그 할매 표정이 너무 불쌍해서 남자들은 그냥 지나칠 수가 없대. 그래서 남자가 손을 내밀면 어느 새 할매가 남자 등에 업혀 있다는 거야. 할매를 등에 업은 남자는 며 칠 동안 온 동네를 헤매고 다닌대. 그러다가 어느 날 시체로 발견이 된다는 거야. 물론 살아남은 사람들도 있고……. 그런데 살아남은 남자들은 자신이 무슨 일을 겪었는지 전혀 기억하지 못한대.

정말 무서운 건, 그 할매에게 붙잡혔다가 겨우 살아남았다고 하더 라도 한 번 할매를 본 사람은 평생 할매가 쫓아다닌다고 하더라고. 죽을 때까지 말이야. 작년과 올해에 죽은 할배들이 그 할매에게 살 아남았던 생존자였다는 거야. 이 동네가 유령 동네처럼 변한 이유도 할매 괴담 때문이래. 우리 할매가 얼마 전에 말해줬는데 난 무서워 서 소름이 끼쳤어."

친구의 이야기를 듣는 동안 우리는 침을 꿀꺽 삼켰다. 친구가 이 야기를 끝낼 즘에 밖에서 '으……아아아아악' 하며 누군가 비명을 지르는 소리가 들렸다. 우린 모두 심장이 떨어진 듯한 표정으로 서 로를 쳐다봤다. 고라니 울음소리였다. 우린 겁쟁이 취급을 당하지 않기 위해 실없는 미소를 지었다. 그때 열린 창문 사이로 바람이 들 어와 촛불을 훅 꺼버렸다. 우린 침을 꿀꺽 삼켰다. 휘이잉 바람 소리 가 들리더니 어둠 속에서 누군가 우리 등 뒤로 '쓱' 하고 스쳐 지나 갔다.

나는 친구의 이야기가 찝찝하게 다가왔다. 큰아버지가 재작년에 갑자기 죽은 게 떠올랐다. 할매 괴담은 이 동네와 깊은 연관이 있는 듯했다. 동네가 정말 유령 마을 같았다. 사람들은 거의 이사를 가고, 남아 있던 할아버지들은 작년과 올해에 죽은 거다. 할머니들만 쓸쓸히 남아 있는 동네엔 우리가 알지 못하는 깊은 사연이 있는 듯했다.

할매 괴담을 들은 후부터는 혼자 길을 걸을 때 낯선 할머니와 마주치기라도 하면 몸이 심하게 긴장됐다. 동네 할머니들에게 인사도 하지 않았다. 괜히 아는 척하는 순간, 낯선 할머니가 내 이름을 부른 다음 등에 올라타 있을 것 같은 두려움이 밀려왔다. 나는 길거리에서 할머니를 만나면 고개를 푹 숙이고 걸었다. 되도록 할머니들과 눈이 마주치지 않으려고 노력했다. 동네의 스산한 분위기가 나를 지나치게 감정적인 인간으로 만들었다.

몇 개월이 흘렀다. 깊은 산속의 가을은 아름다웠지만, 조금은 음산했다. 해가 떠 있는 시간은 짧아지고 매일 걸어다니는 꼬불꼬불한 길은 더 멀게만 느껴졌다. 휘이잉 부는 바람 소리는 여인의 한 맺힌 울음소리처럼 구슬프게 들렸다.

시내에서 친구와 만나 PC방에서 놀다 조금 늦은 시각인 밤 7시에 헤어졌다. 버스에서 내려 꼬불꼬불한 길을 혼자 40분 정도 걸어야 했다. 여름이면 해가 조금은 남아 있을 시각인데 가을이 되자 해는 6시가 되기도 전에 사라졌다. 길은 칠흑처럼 어두웠다. 띄엄띄엄 떨어져 있는 집에서 희미한 불빛이 새어 나왔다. 할머니들은 일하고 집에 돌아가면 밥을 먹고 초저녁잠을 잤다. 밤 8시가 넘은 시각에 불이 켜진 집은 그리 많지 않았다. 가끔 개들의 컹컹 짖어대는 소리가 들렸다.

혼자 산으로 둘러싸인 길을 걸었다. 가로등도 없는 길이다. 쏟아질 듯 반짝이는 별빛과 달빛이 길을 조금 비출 뿐이었다.

한참을 걸었다. 집이 멀게 느껴졌다. 어둠이 사방을 뒤덮자 방향조차 가늠하기 어려웠다. 같은 곳을 계속 도는 느낌이 들었다. 가도 가도 모두 똑같은 모습이었다. 왠지 길을 잃은 느낌이 들었다.

그때 산속에서 '부스럭' 소리가 들렸다. 내 심장은 부스럭 소리에 놀라 덜컥 내려앉았다. 나는 멈춰 서서 고개를 돌려 소리 나는 쪽을 쳐다봤다. 하얀 물체가 커다란 나무 밑에 쭈그리고 앉아 나를 바라봤다. 심장이 쿵쿵거렸다. 머리가 하얀 할머니였다. 나를 보며 하얀 틀니를 드러내며 웃었다. 지나치게 하얀 이였다. 손이 덜덜 떨렸다. 입가에 경련이 일어났다. 할머니는 맑은 눈으로 나를 바라보며 말했다.

"꼬마야, 너 서울에서 내려온 김 씨 아들 맞지?"

나는 카랑카랑한 할머니 목소리에 놀라 사레가 든 목을 캑캑거리며 "네."라고 대답했다.

"내가 지금 발목이 아프니 나 좀 도와줘. 우리 집이 너희 집 가까이에 있거든."

나는 파랗게 질려 생각을 더듬었다. 우리 집 가까이에는 아무도 살고 있지 않았다. 친구가 한 말이 갑자기 떠올랐다.

'혼자 길을 걷다가 할매를 만나면 절대 그 할매 가까이 다가가면 안 돼. 무서운 일이 벌어질 거야.'

나는 그 자리에 굳어 버렸다. 할머니는 나를 보며 불쌍한 표정으로 도와달라고 말했다. 나는 무서웠다. 할머니의 쭈글쭈글한 얼굴과

불쌍한 눈이 무서웠다.

"나…… . 난 싫어요. 난 죽고 싶지 않아요. 죄송해요. 집에 가야 해요. 우리 가족을 만나야 해요. 죄송……해요."

나는 눈물이 핑 돌면서 갑자기 가족이 간절히 보고 싶었다. 나는 뒤도 돌아보지 않고 뛰었다.

"꼬마야, 도와줘. 나를 버려두지 마. 내가 지금 다리를 좀 다쳤어. 도망가지 마."

할머니는 나를 애타게 불렀다. 나는 울면서 앞만 보고 달렸다. 숨이 턱까지 차올라도 멈추지 않았다. 심장이 아팠다. 몸은 열기로 인해 뜨겁게 달아올랐지만, 얼굴과 손은 파랗게 질려 있었다.

다리에 쥐가 나 뛸 수 없을 즈음에 우리 집 불빛이 보였다.

다음 날 아침에 일어나 보니 옷이 땀으로 흠뻑 젖어 있었다. 엄마와 동생은 벌써 나간 상태였다. 지난밤에 있었던 일을 생각하니 꿈을 꾼 듯싶었다. 갑자기 지난밤에 본 할머니 얼굴이 떠올랐다.

할머니 얼굴이 생각나자 몸에 힘이 쭉 빠지면서 다리가 후들거렸다. 만일 할머니를 업었다면 나는 며칠 후 시체로 발견됐을 거다. 생각만으로도 식은땀이 났다.

나는 아침밥을 먹고 서둘러 학교에 가서 친한 친구들에게 어젯밤에 있었던 일을 이야기했다. 친구들은 놀라 얼굴이 벌게졌다. 늦은 밤엔 이 동네에 오지 말아야겠다며 입을 모아 말했다. 수업이 끝나고 나와 친구들은 축구를 한 후 해가 지기 전에 서둘러 학교를 나왔다.

집 앞에서 친구들에게 "잘 가."라고 인사를 한 후 아무 생각 없이 대문을 열고 안으로 들어갔다. 부모님이 마루에 앉아 나를 기다리고 있었다. 몹시 화가 난 표정이었다.

"민수야, 방으로 들어와. 할 이야기가 있다!"

아버지는 표정이 굳어진 채 내게 큰 소리로 말했다. 나는 화가 난 아버지를 따라 방으로 들어갔다. 아버지가 화난 이유를 알 수 없었다.

"민수, 이놈. 내가 너를 그렇게 가르쳤냐? 그렇게 막돼먹은 인간으로 너를 키웠냐?"

아버지는 다짜고짜 자식을 잘못 키웠다며 소리를 지른 후 크게 한숨을 쉬었다. 나는 어리둥절한 표정으로 아버지가 화난 이유를 찾지 못하고 입만 꾹 다물고 있었다. 어제 조금 늦게 들어온 게 막돼먹은 인간으로 불릴 만큼 잘못한 일인지 이해되지 않았다. 그때 어머니가 들어와 내 등을 매섭게 찰싹 쳤다.

"이 녀석아, 할머니가 도와 달라고 하면 가서 도와 드려야지 그냥 도망치면 어떡하니? 그 할머니 우리 윗동네에 사는 부잣집 할머니야. 우리가 매일 신세를 지고 있는 분이란 말이야. 네 아빠가 농기구 빌리러 자주 가는 그 집 주인 할머니야. 이 바보야, 할머니가 다리를 다치셔서 네게 도와 달라고 했더니 도망쳤다며? 네가 아빠랑 똑같이 생겨서 할머니가 다 알아봤다고 하시더라. 할머니가 네 아빠를 불러 자식 교육 똑바로 하라고 하며 화내고 가셨어. 너도 참 그렇다. 어떻게 도와 달라는 할머니를 산길에 그냥 두고 도망갈 수가 있니? 할머니 도와주는 일이 그렇게 힘든 일이니?"

내 얼굴은 빨갛게 달아올랐다. 창피했다. 차마 부모님에게 말할 수 없었다. 친구들에게 들은 할머니 괴담 때문에 도망쳤다고 하면 부모님은 더 실망하실 것 같았다. 부모님에게 온갖 꾸중을 들으면서 생각해 보니 나란 인간이 정말 한심했다. 쥐구멍에라도 숨고 싶을 만큼 창피했다.

그 일이 있은 다음부터, 나는 동네 사람들을 눈에 익히며 잘 보이려고 노력했다. 농촌은 텃세가 심해서 아버지처럼 아무것도 없이 정착한 사람에게는 그리 관대하지 않았다. 아버지는 시골 노인들 집안일을 자기 일처럼 열심히 도와주며 조금씩 농사짓는 법을 익히고 있었다. 나도 그 사실을 잘 알고 있었다.

내가 저지른 일은 동네 전체에 소문이 퍼졌다. 부모님은 나 때문에 동네 노인들을 만날 때마다 쩔쩔맸다. 한 번의 실수였지만, 노인들은 쉽게 잊지 않았다. 우리 가족은 다시 동네 사람들에게 소외됐다.

부모님은 만회해 보려고 마을 일에 발 벗고 나섰다. 나도 논둑을 걷거나, 밭을 지나갈 때 동네 사람들이 일하고 있으면 먼저 인사를 하고 달려가 일을 도왔다. 처음엔 도움을 거부하던 동네 사람들이 시간이 지나면서 차츰 우리 가족에게 마음의 문을 열며 반가워했다.

겨울이 다가왔다. 밤이 깊어지고, 산속 동물의 울음소리조차 들리지 않는 계절이 다가왔다. 완전한 고립감을 느꼈다. 겨울 방학이 되면서 우리 집 주변에는 아무도 다니지 않았다. 아침에 학교 가는 친구들의 시끌벅적한 소음이 그리웠다. 자전거 소리, 친구들과 조잘거리며 웃는 여학생들 소리, 선생님들을 향해 인사하는 남학생들의 우렁찬 목소리가 그리웠다. 적막했다. 깊은 외로움도 느껴졌다.

어머니는 늘 6시 30분이면 일어나 아침을 준비하고 7시 30분에 집을 나섰다. 어머니는 포장이 안 된 꽁꽁 얼어붙은 길을 넘어지지 않으려고 애를 쓰며 천천히 버스 정류장까지 걸어갔다. 아침에 일어나는 어머니 모습은 고단함을 짊어진 듯 힘겨워 보였다.

겨울이 되면서 아버지는 밤늦게 집에 들어오는 어머니를 위해 마중을 나갔다. 겨울의 시골길은 조금은 낭만적이기도 했다. 아버지와 어머니는 손을 꼭 잡고 집에 들어왔다. 어머니는 예전에 연애하던 느낌이 되살아난다며 웃음을 터뜨렸다. 아버지도 쑥스러워하며 같이 웃었다.

1월이 되자 동네가 눈으로 뒤덮였다. 눈은 녹지도 않았다. 쌓인 곳에 또 쌓였다. 외로움에 지친 동생과 나는 학교 운동장에 가서 온종일 눈싸움을 하고 놀았다. 썰매도 만들어 저수지에 가서 땀이 나도록 타고 놀았다. 그래도 둘이라서 다행이었다. 혼자 있었다면 외로움으로 나는 큰 병을 얻었을 거다. 동생과 나는 놀다가 배가 고프면 아궁이에 고구마, 감자, 밤을 장작과 같이 넣고 불을 지폈다. 그럼 탁탁 소리가 나면서 고소한 냄새가 사방에 퍼졌다.

아궁이 넣은 고구마, 감자, 밤이 다 익으면 우린 두꺼운 장갑을 끼고 꺼냈다. 장작으로 구운 고구마와 감자, 밤은 꿀을 바른 것처럼 달달하고 맛있었다. 동생과 나는 정신없이 먹다가 서로의 시커메진 입을 쳐다보고 멍청해 보인다고 비웃으며 깔깔거렸다.

설이 지나고 또 며칠이 지난날이었다. 전날 눈이 많이 왔었다. 세상이 보이지 않을 정도로 많은 눈이 내렸다. 날씨는 춥고 길은 빙판길이었다. 우리 가족은 퇴근하고 돌아올 어머니가 걱정됐다. 아버지는 안절부절못하더니 일찌감치 옷을 챙겨 입고 어머니 마중을 나갔다.

부모님은 항상 10시 30분이면 집에 도착했다. 동생과 나는 TV를 보며 정신을 놓고 있다가 잠깐 동생이 화장실에 간 사이 시각을 확인했다. 11시가 넘었는데도 부모님은 집에 들어오지 않았다. 걱정됐다.

나는 계속 어머니에게 전화했다. 신호음은 울렸지만, 어머니는 전화를 받지 않았다. 아버지는 휴대전화기가 없었다. 걱정된 나는 외투를 입으며 동생에게 말했다.

"전화를 안 받으시네. 안 되겠다. 나갔다 와야겠어. 너 같이 나갈래?"

"형, 나는 집에 있을래. 화장실 가려고 밖에 나갔더니 진짜 춥더라."

"그래. 문단속 잘하고 있어."

"형, 멀리 가지 마. 나 혼자 있으면 무섭다고. 알았지! 바로 돌아와야 해."

동생은 TV를 보며 내게 말했다.

"알았어. 금방 돌아올게."

나는 고개를 끄덕이며 방문을 닫았다.

눈이 온 날은 밤에도 환했다. 우리 집은 길 아래에 있었기 때문에 나는 경사진 곳을 올라가 집 주위를 둘러봤다. 사방이 백색이었다. 하늘은 구름으로 뒤덮여 깜깜했다. 별빛과 달빛은 찾아볼 수 없었다.

눈길을 걸을 때마다 소리가 났다. 뽀드득뽀드득. 아무도 이 길을 걷지 않았다. 하얀 길에 내 발자국만 남아 있었다. 뽀드득뽀드득. 내가 멈췄다. 뽀드득 소리도 멈췄다. 주변이 조용했다. 다시 걷기 시작했다. 발자국이 나를 좇아오는 기분이 들었다.

얼마를 걷자 기분이 조금 이상했다. 뒤에서 누군가가 나를 뚫어지게 쳐다보는 느낌이 들었다. 나는 잠시 멈춰 선 다음 뒤를 돌아볼까 고민을 했다. 용기가 나지 않았다. 나는 긴장하는 몸을 진정시키며 휴대전화기를 열고 어머니에게 다시 전화했다. 따르릉따르릉. 신호음이 계속 들렸지만, 어머니는 전화를 받지 않았다.

뒤를 돌아보지 않고 길을 걸었다. 뒤통수가 저릿했다. 계속 누군가의 시선이 느껴졌다. 나를 노려보고 있었다. 나는 다른 생각을 하려고 노력하며 계속 앞으로 걸었다.

자정이 다 되어 가는 시각, 길에는 아무도 없었다. 아무 소리도 들리지 않았다. 하얀 눈과 정적뿐이었다.

멀리까지 걸어온 나는 조금씩 지치기 시작했다. 목도리와 장갑으로 무장했지만, 뼛속까지 스며드는 추위에 몸이 오돌오돌 떨렸다. 다시 집으로 돌아가고 싶어졌다. 용기가 나질 않았다. 추위와 두려움으로 손이 떨렸다. 그냥 서서 이 밤을 보내고 싶었다. 뒤를 돌아보는 순간 알 수 없는 공포와 마주할 것 같았다. 나는 동생을 생각하며 두려움을 떨쳐버리려고 노력했다. 동생이 나를 기다리며 걱정하고 있을 걸 생각하니, 마음이 편치 않았다. 용기를 냈다. 그리고 천천히 몸을 돌렸다.

하얀 물체가 논 한가운데에 있었다. 쌓아놓은 짚더미 사이로 보였다. 그것이 조금씩 나를 향해 움직였다. 놀란 나는 방향을 잡지 못하고 숨만 헉헉거렸다. 아주 조금씩 움직이는데도 내 몸은 두려움으로 굳어졌다. 하얀 물체가 조금씩 움직일 때마다 나도 조금씩 뒷걸음질 쳤다.

아주 조금씩 움직이던 물체가 갑자기 나를 향해 뛰기 시작했다.

나는 뛰고 싶은데 몸이 움직이지 않았다. 하얀 물체가 뛰어오며 고개를 들었다. 빨간 눈이 보였다. 순간, 나는 몸을 돌려 있는 힘껏 달리기 시작했다.

"으악, 살려줘요. 괴물이 나타났어요. 살려주세요."

나는 비명을 지르며 계속 앞으로 뛰었다. 내 소리에 놀란 개들이 컹컹대며 소리 높여 짖어대기 시작했다. 어두웠던 외딴집들의 창문에 불이 켜지며 사람들의 움직임이 보였다. 나는 더욱 크게 비명을 질렀다.

"으아아아아아아아아악."

내 비명은 동네 사람들을 다 깨웠다. 사람들이 하나둘씩 집 밖으로 나왔다.

사방에 괴물들이 있었다. 괴물들이 하얀 눈 속에서 하나, 둘씩 눈을 뜨기 시작했다. 공포에 질린 나는 눈을 질끈 감고 뛰었다. 정신없이 달리던 나는 무언가에 세게 부딪혀 넘어졌다. 고개를 들어 위를 쳐다봤다. 몸집이 커다란 괴물 두 마리가 나를 잡아먹으려고 입을 쩍 벌렸다. 내가 입을 벌린 채 온몸을 바들바들 떨자 괴물 한 마리가 내 뺨을 세게 쳤다. 괴물에게 뺨을 세 대 정도 맞고 정신이 들었다. 부모님이었다.

내가 본 건 토끼였다. 눈이 빨갛고 털이 눈처럼 하얀 커다란 토끼였다.

내가 한 행동은 순식간에 동네에 퍼져 겨우내 사람들의 입방아에 오르내렸다. 동네 사람들은 모일 때마다 내 이야기를 하며 배꼽을 잡고 웃었다. 그렇게 긴 겨울을 보냈다.

겨울이 지나고 봄이 오면서 나는 중학교 2학년이 됐다. 처음 일 년 동안은 동네에 적응하느라 많이 힘들었다. 빈털터리인 우리 가족은 농촌 생활에 적응하기 위해 죽으라고 노력했다. 노력은 결과를 가져왔다. 동네 사람들은 우리 가족을 받아들였다.

아버지는 제법 농사꾼 태가 났다. 살은 까맣게 탔고 팔뚝과 발목이 단단해졌다. 몸은 깡말랐지만, 근육이 붙어 힘든 일도 척척 해냈다. 동네에 남자가 없어서 아버지는 궂은일을 다 맡아 처리했다. 나와 동생도 길에서 동네 사람들을 만나며 멈춰 서서 깍듯이 인사를 했다. 동네 사람들은 김 씨 아들이냐고 물으며 가끔 용돈도 줬다. 어머니는 우리가 고단하게 느끼는 뒷모습과 달리 얼굴에 웃음이 떠나지 않았다. 일하고 들어오는 어머니의 모습은 예전과 달랐다. 자유로워 보였다.

여름이 왔다. 산골의 여름은 생각보다 견디기 어렵지 않았다. 아스팔트 길이 없는 산골은 밤에는 시원하게 잠을 잘 수 있었다. 비가 오는 날에는 창문을 열어놓고 장작을 땠다. 우리 가족은 골방에서 가끔 같이 잠을 잤다. 그곳에 TV를 갖다 놓고 보다가 같이 잠이 들었다.

한낮 기온은 35도를 넘는 경우가 많았다. 할머니들은 시원한 새벽에 일어나 일을 하고 한낮이 되면 집으로 들어갔다. 아버지는 한낮에도 일했다. 체온이 급격히 올라가는 것을 모르는 경우가 많았다. 종종 일사병으로 집에 들어와 구토했다. 한 번 일을 시작하면 좀처럼 쉬지 않고 움직였다. 처음 농사를 시작하는 사람들이 종종 저지르는 실수라고 동네 사람들은 말했다.

아버지는 논에서 살인 진드기에게 물렸다. 계속되는 설사와 구토, 통증을 일사병으로 착각하고 일하다가 집으로 오는 길에 쓰러졌다. 아버지는 구급차에 실려 병원으로 갔다. 병원에서는 심신이 매우 지친 상태라 치료를 하면서 휴식이 필요하다고 했다. 아버지는 병원에 입원했다.

나와 동생은 번갈아 가며 병원을 방문했다. 아침에 어머니가 준비해 놓은 음식과 아버지가 읽고 싶어 하는 책을 가지고 병원을 방문했다. 우린 아버지와 같이 바둑을 두거나, 책을 봤다. 아버지는 많이 말라 있었다.

무더운 여름날이었다. 비포장 길에는 아지랑이가 피어올라 멀리 있는 풍경들이 지글지글 타올라 보였다. 나는 병원에 가기 위해 산으로 둘러싸인 길을 걷고 있었다. 바람 한 점 없는 날이었다. 여름의 한낮에는 아무도 없었다. 겨울의 깊은 밤보다 더 조용했다.

개들도 짖지 않았다. 숨을 헐떡이며 나를 보자 힘없이 고개를 돌렸다. 나무들과 꽃들도 축 늘어져 있었다. 논의 벼들도 고개를 숙이고 한낮의 태양을 거부했다.

나는 가방에서 물을 꺼내 벌컥벌컥 마셨다. 가만히 걷는 것만으로도 온몸이 땀으로 뒤범벅이 됐다. 수건을 꺼내 목과 얼굴을 닦았다. 나는 흐르는 땀을 닦다가 멈칫했다. 누군가가 나를 노려보고 있는 느낌이 들었다. 지난 겨울밤에 느꼈던 느낌과 비슷했다. 싸늘한 시선이었다. 나는 다시 마음을 가다듬었다. 지나가는 동물일 거로 생각했다. 고개를 돌려 싸늘한 시선이 무엇인지 확인했다.

바로 앞 숲으로 들어가는 입구에 할머니 한 분이 쪼그리고 앉아 있었다. 밝은 태양이 모든 불길함을 없애 버릴 것같이 뜨겁게 내리 쬐고 있었다.

나는 할머니에게로 가까이 다가갔다. 하얀 머리에 은색 비녀를 단정하게 꽂은 할머니는 나를 바라봤다. 얼굴이 쪼글쪼글한 할머니는 울 것 같은 표정으로 내게 말했다.

"총각, 내가 다리가 좀 아픈데……. 나 좀 집 가까이 데려다줄 수 있어? 지금 움직일 수가 없어. 정말 미안한데. 한 번만 도와줘."

나는 할머니가 말한 다리를 봤다. 뼈만 있는 가느다란 다리는 심하게 긁힌 자국이 여기저기 있었다. 붉게 물든 피멍 자국도 있었다. 다른 한쪽 다리 역시 이상하게 뒤틀려 있었다. 발가락은 짓물러서 고름이 나오고 있었다. 할머니는 절뚝거리며 일어나 내게 손을 내밀었다. 나는 잠시 뒤로 물러섰다가 다시 할머니에게로 다가갔다. 그리고 손을 내밀었다.

"총각, 고마워."

그게 내가 기억하는 마지막 부분이다.

나는 마을에서 사라진 지 사흘 만에 발견됐다. 눈을 떴을 때는 병원이었다. 며칠을 입원했다. 사흘 동안 나는 굶주려있었고 손가락은 심하게 부어 짓물러져 있었다. 의식을 되찾은 나는 공황장애 증세를 보이며 사람들과 시선을 마주치지 못하고 벌벌 떨었다. 며칠을 쉬고 몸 상태가 나아지면서 병원에서 퇴원했다.

퇴원하고 집에 돌아오자 경찰들이 방문해 사흘 동안 내게 무슨 일이 있었는지 물었다. 나는 아무것도 기억하지 못했다. 뇌는 아무것도 기억하지 못하는데, 몸은 무언가를 기억하는지 늘 사시나무 떨듯 떨었다. 자주 놀라고 밤에 식은땀을 흘리며 잠을 깼다. 깨고 나면 아무것도 기억나는 게 없었다. 사람들의 이야기를 들어도 기억이 나지 않았다. 그 순간으로 돌아가려고 하면 머릿속이 하얗게 변했다.

나는 한낮에 사라졌다. 동생은 내게 수십 번 전화했다가 연결이 안 되자 어머니에게 연락했다. 어머니와 동생은 경찰서에 달려가 신고를 했다. 경찰은 단순 가출일 수 있다고 며칠을 기다려보자고 했다. 어머니는 집으로 돌아와서 동네 사람들에게 도움을 청했다. 동네 사람들은 놀라고 당황스러워하며 나를 찾아 나섰다. 동네 사람들은 뭔가 비밀을 알고 있는 듯 필사적으로 찾아다녔고 경찰들도 합류했다.

사흘이 지나, 난 우리 집 바로 앞에 있는 산에서 발견됐다. 산꼭대기의 낭떠러지에 매달린 채로 등산객에게 발견됐다. 수십 번을 동네 사람들이 그곳을 왔다 갔다 했는데 나를 본 사람은 아무도 없었다. 등산객들이 나를 찾아냈다. 등산객 중 한 명이 내 손을 잡는 순간 의식을 잃었다.

의식을 잃은 후 내가 기억하는 것은 할머니의 어렴풋한 미소뿐이었다. 사흘 동안 무슨 일이 있었는지 아무 기억도 나지 않았다.

내가 집에 돌아와 며칠을 쉬자 부모님은 마을 사람들에게 무슨 말을 들었는지 얼굴이 몹시 창백해져서 나를 바라봤다. 부모님의 충격이 컸던 것 같다. 부모님은 내가 건강을 되찾길 기다렸다가 주변의 지인들에게 돈을 빌리려 다녔다. 몇 개월 후 우리는 시골 마을을 떠나 인천의 작은 빌라로 이사했다. 그 후 부모님과 동생은 내게 그날 일에 대해 아무것도 묻지 않았다. 그날의 일은 기억 저편으로 묻혀 버렸다.

10년 동안 나는 아무것도 기억하지 못한 채 지냈다. 고등학교에 다니고, 대학을 들어갔다. 군대를 제대한 후 대학을 다니며 아르바이트를 하고 있었다.

10년이 지난 지금, 할머니가 멀리서 내게로 다가오고 있다. 뒤틀린 다리를 절뚝거리며 다가오고 있다. 빠진 이를 드러내며 할머니의 쪼글쪼글한 얼굴이 환하게 웃고 있다. 희미하게 기억나던 낯선 할머니의 웃는 얼굴이 지금 내게 다가오는 할머니 모습과 겹쳐졌다. 철저히 감춰져 모습을 드러내지 않았던 기억이, 할머니 모습이 가까워질수록 또렷이 떠오르기 시작했다. 봉인된 기억이 할머니 목소리를 듣자 스르르 풀리며 하나하나 떠올랐다.

10년 전 무더운 여름날, 나는 길가에 앉아 도움을 청하는 할머니 곁으로 다가갔다. 할머니 모습을 보는 순간 알 수 없는 미안함과 슬픔이 밀려왔다.

나는 할머니에게 손을 내밀었다. 할머니가 손을 잡는 순간 어느새 내 등에 업혀 있었다. 그리고 내 시야는 바로 캄캄해졌다. 시야가 캄캄해지자 기분이 좋아졌다. 마치 술을 마신 것처럼 기분이 묘해졌다. 마음도 편안해지고 몸도 가벼워졌다. 등에 업은 할머니는 솜처럼 가벼웠다. 나는 할머니를 등에 업고 춤을 추며 돌아다녔다. 어디를 돌아다녔는지는 모른다. 보이는 것이 아무것도 없었다. 내 몸은 하늘을 나는 것처럼 가벼웠고 기분도 몽롱했다.

"할머니! 왜 이리 기분이 좋죠? 너무 기분이 좋아 계속 할머니를 등에 업고 살고 싶어요."

"기분이 좋지? 난 마음이 아파. 이렇게 누군가가 나를 등에 업으면 내 마음이 찢어질 것 같아. 네게 들려줄 이야기가 있어. 춤을 추며 들어다오. 그리고 나를 너무 원망하지 마라. 나도 어쩔 수 없어. 깊은 슬픔과 원한이 나를 이렇게 만들어버렸어."

내가 춤을 추는 동안 할머니의 이야기는 입이 아닌 마음속으로 스며들었다. 할머니 이야기가 깊어질수록 내 마음도 서서히 슬픔에 젖어 들며 고통스러워졌다.

4 할머니 이야기

내 어머니 얼굴은 갸름하고 길었다. 어머니는 나를 보며 배시시 웃곤 했다. 어머니의 웃음은 삶의 고통을 감추기 위한 가면과 같았다.

늘 새벽에 촛불 앞에서 꾸벅꾸벅 졸고 있는 어머니를 봐야 했다. 고단함에 지친 가운데에도 잠들지 못하고 마님이 시킨 삯바느질을 했다. 무거운 눈꺼풀을 위로 올리며 어머니는 자신의 허벅지에 바늘을 찔러 넣었다. 짧은 비명과 다시 바지런하게 움직이는 손동작이 촛불 옆 벽면으로 나비가 춤을 추듯 보였다.

아버지와 어머니는 양반 집 노비였다. 아버지 역시 새벽부터 늦은 밤까지 주인 나리를 위한 노역에 시달려야 했다. 뼈가 앙상하게 드러난 아버지에게 주인 나리는 개, 돼지나 먹을 수 있는 음식을 내주었다. 우린 사람이었지만 개, 돼지만도 못한 삶을 살았다. 주인 나리는 아버지를 '도야지'라고 불렀다. 아버지 이름은 가축 이름과 똑같은 도야지였다. 성은 없었다.

아버지가 노역으로 집을 비울 때면 주인 나리는 어머니를 불러 방으로 데려갔다. 어머니는 나리 방에서 나오면 부엌으로 가 아궁이에 불을 지피며 매운 연기를 피웠다. 어머니는 매운 연기 속에 얼굴을 묻고 눈이 따갑다며 흘러나오는 눈물을 가슴을 들썩이며 닦았다. 나리는 자꾸 어머니를 방으로 불렀다. 내가 방으로 들어가는 어머니를 바라보면 어머니는 입술을 떨며 배시시 웃었다.

어느 날 어머니가 집안에서 사라졌다. 그날 마을 사람들이 산속에서 커다란 고깃덩어리를 발견했다. 고깃덩어리에 가까이 다가간 사람들은 그 형체를 보고 놀라서 비명을 질렀다. 고깃덩어리는 사람이었다. 온몸을 인두로 지진 상태에서 칼로 베어져 형체를 알아볼 수 없는 사람이었다. 마을 사람들은 수군거리며 나를 바라봤다.

늦은 밤, 집에 들어온 아버지 얼굴은 하얗고 빨갛고 파랗게 변해 갔다. 아버지는 나를 등에 업고 하얀 기저귀로 감쌌다.

"연화야, 아비 등에서 떨어지면 안 돼. 아비를 꼭 잡아. 그리고 아비가 무슨 일을 저질러도 울면 안 돼. 네 어미의 복수를 해야 해. 알았지?"

아버지는 손을 부들부들 떨며 광으로 가서 커다란 낫을 들었다. 며칠 전에 아버지가 갈아놓은 낫은 달빛에 칼날이 번쩍였다. 아버지는 안방으로 달려가 문을 부순 후 놀라 입을 벌리고 있는 주인 나리의 목을 베었다. 마님이 오돌오돌 떨며 아버지를 바라봤다.

"도야지, 왜 그래? 살려줘."

"마님, 다 아시잖아요. 내 마누라를 누가 인두로 지지고 온몸을 베어 산속에 버렸는지 다 아시잖아요."

"내가 잘못했어. 투기로 내가 이성을 잃고 저지른 거야. 제발 살려 줘. 돈이 있는 곳도 알려줄 테니 제발 살려줘."

아버지는 울면서 잘못을 비는 마님의 얼굴을 베어버린 후 심장 쪽을 향해, 낫을 찍어 내렸다. 마님 손이 경련을 일으키며 아버지 바지를 잡아당겼다. 아버지는 커다란 발로 마님의 손목을 부숴 버렸다. 다섯 평 남짓한 안방의 하얀 벽과 창호지에는 두 사람의 피가 풍경화처럼 빨갛게 뿌려져 있었다.

아버지는 달렸다. 달리며 내게 말했다.

"아비랑 남쪽으로 가는 거야. 그곳에 금광이 있다고 했어. 거기서 돈을 많이 벌면 양인으로 살 수 있어. 연화야, 아비 말 잘 들어. 우린 그곳에 가야 해. 너는 네 어미 같은 삶을 살면 안 돼. 불쌍한 네 어미처럼 살면 안 돼. 연화야. 알았지?"

나는 아버지 등에 얼굴을 묻고 울면서 고개를 끄덕였다. 내 나이 여섯 살이었다.

아버지는 남쪽으로 가지 못했다. 노비 사냥꾼에게 붙잡혀 그 자리에서 살해됐다. 아버지는 그들에게 질질 끌려가는 나를 바라보며 죽었다. 까마귀들이 피 냄새를 맡고 아버지 머리 위를 맴돌았다.

나는 다시 어느 양반집에 팔려 가 그 집 노비가 됐다. 새로 팔려

간 집 주인은 좋은 분들이었다. 부모를 잃고 혼자 팔려 온 나를 가엾게 여겼다. 어린 내게 많은 일을 시키지 않았다. 그들은 내가 빨리 임신하길 원했다. 내가 잘 먹고 뽀얗게 살이 오르며 임신이 가능해지자 바로 결혼을 시켰다. 내게 많은 아이를 낳으라고 말했다. 많은 아이를 낳아야 노비들이 늘어나 자기들이 부자가 될 수 있다고 했다. 나를 가엾게 여긴 건 아니었다.

남편은 나를 아끼고 보살펴주었지만 나는 임신이 되지 않았다. 주인 나리와 마님은 초조해지기 시작했다. 내가 초경이 시작된 지 몇 해가 지났지만, 임신 소식이 없는 것을 모두 남편 탓으로 돌렸다. 나리가 내 몸에 눈독을 들였다. 몇 해 전에도 어린 종을 임신시킨 후 다른 집에 비싼 가격으로 팔았다는 이야기를 들었다. 임신한 여종은 비싼 가격으로 거래됐다. 여자 종에게 남편은 아무 의미가 없었다. 출산을 위해서는 아무나하고 잠자리해야 했다. 나는 어머니 얼굴이 자꾸 떠올랐다. 주인 나리 방으로 들여가며 배시시 웃던 어머니 얼굴이 떠오르며 숨을 쉬기 어려웠다. 고깃덩어리가 된 어머니를 떠올릴 때마다 심장이 조여왔다.

주인 나리의 음흉한 눈빛이 내 몸을 훔쳐볼 즈음에 나는 임신이 됐다. 조금씩 배가 불러오면서 안정을 되찾았다. 아기가 내 안에서 자라고 있다는 사실이 커다란 위로가 됐다. 아버지와 어머니에 대한 고통스러운 기억을 조금씩 잊게 했다.

어느 날부터 동네에 자꾸 일본 사람들이 보이기 시작했다. 나라에 변란이라도 일어난 듯 세상이 뒤숭숭했다. 세상이 바뀐 듯 한양의 모습도 급속히 변해갔다. 몸에 칼과 총을 찬 순사들이 동네를 돌아다니며 사람들을 통제했다. 신분제도도 사라지면서 많은 노비가 양반집을 나와 돈을 벌러 금광이 있는 곳으로 떠났다.

우리도 그 집을 나왔다. 숟가락과 옷 몇 가지만 챙겨 작은 보따리 하나 들고 무작정 나와 거리를 돌아다녔다. 자유롭고 행복했다. 하지만 그것도 잠시였다. 임신한 나를 데리고 멀리 일자리를 찾아 떠나는 게 쉽지 않았다. 우린 굶주림과 추위에 시달려야 했고 이 집 저 집을 떠돌아다녀야 했다. 양반 집에 있는 것보다 더 많은 고통을 느끼며 살아야 했다.

굶주림에 지친 어느 날, 남편은 남의 집 담을 타고 들어가 먹을거리를 훔쳤다. 만삭이 돼 얼굴이 누렇게 뜬 나를 보고 남편이 이성을 잃었다. 남편은 계속 남의 집 담을 넘었다. 우린 곧 칼을 찬 순사들에게 쫓기는 신세가 됐다. 그들에게 붙잡혀 간 후 불구가 된 사람들이 많았다. 우리는 산으로 도망치고 계속 도망치다가 산속 마을까지 숨어들게 됐다.

나는 낯선 집 헛간에서 아기를 낳았다. 이를 악물고 죽을 듯한 고통을 이겨내며 낳은 아이가 우리 아들 영수였다. 빨갛게 피가 묻은 아기가 내 몸에 안기자 내 안에 기쁨이 가득 찼다. 부모의 죽음 이후 처음으로 느끼는 행복이었다. 남편은 아기를 보며 작은 눈에 눈물이 그렁그렁 맺혀 말했다.

"임자, 수고했어. 우리 잘 길러보자고. 내가 뼈가 부서지게 일할게. 임자, 고마워."

남편과 나는 아기를 보고 행복했지만 당장 먹을 수 있는 음식과 지낼 수 있는 보금자리가 없었다. 새벽하늘이 깜깜하게만 보였다.

이른 아침, 소에게 여물을 주러 나온 여주인이 우리 가족을 보며 소스라치게 놀랐다. 여주인은 아기를 낳은 나를 살피며 자기 남편을 깨웠다. 다행히 그들은 동정심이 있는 사람들이었다. 여주인은 아기를 낳은 나를 위해 미역국을 끓여주며 잠시 자기 집에서 몸조리하라고 했다. 세상에 태어나서 처음으로 낯선 이에게 따뜻한 대접을 받았다. 남편과 나는 무릎을 꿇고 고개를 조아리며 감사하다고 몇 번이나 말했다.

우리는 그 집에서 며칠을 머물렀다. 남편은 집주인을 대신에 논과 밭에 나가 열심히 일했다. 집주인이 남편의 일솜씨를 유심히 보더니 일자리를 소개해 주겠다고 말했다.

우린 그의 소개로 김 씨들만이 모여 사는 마을에 가서 일자리를 얻을 수 있었다. 이 마을은 모두 친인척 관계였다. 마침 일손이 부족해서 사람을 찾고 있었다고 말했다. 남편은 그들과 계약을 했다. 필요 없을 때는 언제든지 계약을 해지할 수도 있다는 말을 했다. 남편과 나는 아무것도 몰랐기에 그들 말에 바로 고개를 끄덕였다. 세상이 무섭게 변하고 있다는 사실을 우리는 제대로 깨닫지 못했다. 남편은 이 마을의 일손이 부족한 집을 찾아다니며 일을 돕기 시작했다. 나 역시 손바느질을 야무지게 해서 일감을 쉽게 얻을 수 있었다.

우린 행복했다. 풍족하지 않았지만, 굶주리지 않았고 양반 주인에게 겁탈당할 위험도, 살해당할 위험도 없었다. 우리 아들 영수가 자유롭고 행복하게 살 수 있다는 사실만으로 세상의 모든 고통을 다

이겨낼 수 있을 것 같았다. 우리 아들 이름은 영수다. 도야지, 송아지, 망아지가 아닌 영수다. 김 영수다. 신분제도가 사라지면서 우리는 성을 가지게 됐다.

영수는 무럭무럭 자랐다. 영특하고 건강하고 착한 우리 아들 영수는 학교에도 다녔다. 한글도 읽을 줄 알았다. 나와 남편에게 한글을 가르쳐주기도 했다.

일손이 부족해서 일단은 우리를 받아들이긴 했지만, 이 마을 사람들은 타지인을 좋아하지 않았다. 마을에 낯선 사람이 들어오면 불길한 일이 생길 거라는 믿음이 있었다. 항상 안 좋은 예감은 맞아떨어졌다.

어느 날, 칼과 총을 든 일본 순사들이 마을을 찾아와 눈에 띄는 사람 3명을 붙잡은 후 갖고 있던 몽둥이로 사정없이 내리쳤다. 사람들이 피투성이가 돼 정신을 잃자 그들을 차로 끌고 가 태운 후 사라졌다. 그들은 다음날 돌아오지 않았다. 그다음 날이 돼도 돌아오지 않았다.

일본 경찰서에 누군가 불을 질렀다. 화재로 순사 2명이 사망했다. 누군가 원한을 갖고 행동한 거라는 소문이 있었다. 하지만 일본 순사들은 독립군 짓이라고 하며 사람들을 잡아들였다. 마을마다 돌아다니며 사람들을 붙잡아가서 고문했다. 그들은 귀가 잘리고 코가 잘리고 성기가 잘렸다.

이장은 남자들로만 이루어진 마을 회의를 소집했다. 하루라도 빨리 독립군을 찾아내지 않으면 마을 전체가 초상집이 될 수 있을 거라는 공포에 시달렸다. 이장과 마을 남자들은 공포로 이성이 마비돼 있었다. 밤새 이장 집 사랑채에 불이 환하게 켜져 있었다. 이장 집에 모인 남자들은 새벽이 돼서 집으로 돌아왔다. 아내들이 남편들에게 회의 결과를 물었지만, 그들은 모두 침묵했다.

　다음 날, 일본 순사들이 마을을 찾아오지 않았다. 그다음 날에도 찾아오지 않았다. 사흘째 되는 날, 뿌연 연기를 가득 피우며 경찰차가 우리 집 앞에 세워졌다. 제복을 입고 총으로 무장한 순사들이 우리 집을 둘러쌌다. 그들이 일제히 차에서 내려 남편과 어린 내 아들을 몽둥이로 내리쳤다. 남편이 아들을 감싸며 순사들의 몽둥이질을 혼자 다 감당했다. 아들이 울며 나를 불렀다. 내가 달려가 아들을 안으려 하자 순사들이 몽둥이로 내 머리를 쳤다. 의식을 잃어가며 질질 끌려가는 남편과 아들을 바라봤다.

　남편과 아들을 독립군이라고 누군가 신고했다. 아들이 글을 읽지 못하는 아비를 도와 독립군의 자금을 전달했다는 죄목과 경찰서에 불을 질렀다는 죄목을 같이 뒤집어씌웠다.

　남편은 고문으로 죽었다. 손톱과 발톱이 빠지고 이빨이 하나하나 사라지더니 손발이 잘리고 코가 잘리고 귀가 잘렸다. 그들은 남편의 머리에 콜타르를 발라 가발 벗기듯 머리 가죽을 서서히 벗겨냈다. 그리고 마지막에는 개들을 풀어 남편을 잡아먹게 했다. 시체조차 찾을 수 없었다. 아무것도 남아 있는 게 없었다.

　하얀 나무 상자 안에 남편이 내게 남긴 작은 쪽지가 있었다. 우리 영수에게 배운 한글로 삐뚤삐뚤한 글씨가 쓰여 있었다.

　"임자, 영수를 잘 부탁해. 보고 싶어."

　가슴에 심한 통증이 느껴졌다. 숨을 쉴 수 없었다. 온몸이 칼로 베는 고통이 느껴졌다. 손이 부들부들 떨리며 손톱이 살을 파고들어 피가 흘렀다. 나는 이를 악물고 참았다. 어머니의 죽음 앞에서도, 아버지의 죽음 앞에서도, 남편의 죽음 앞에서도 이를 악물고 참았다. 우리 아들 영수가 살아있었다.

영수는 모진 고문으로 예전의 모습으로 돌아올 수 없었다. 육체도 정신도 망가져 있었다. 하지만 살아있었다. 내 옆에서 아기 같은 모습을 하고 두려움에 떨며 밤에도 울부짖고 낮에도 울부짖으며 살아있었다. 우리 아들 영수를 내가 지켜줘야 했다. 다시는 세상 누구도 영수를 잡아갈 수 없도록 내가 지켜줘야 했다.

세월이 흘러 전쟁이 끝나고 해방이 됐다. 패전국 시민이 된 일본인들은 모두 자기 나라도 돌아갔다. 영수도 조금씩 안정을 되찾았다. 몸은 어른이 됐지만, 영수는 어린아이 세계에 갇혀 있었다. 내 소원은 작은 거다. 우리 아들과 이렇게 조용히 살아가는 거다. 아무 욕심 없이 우리 영수가 더는 우는 날이 없이 조용히 살아가는 거다.

하지만 다시 전쟁이 일어났다. 같은 민족끼리 서로 죽이는 전쟁이었다. 사악한 전쟁이었다. 한국 전쟁이 발발하기 전부터 부패한 공무원들과 정치인들이 합세해 많은 공산당 세력과 양민들을 학살하는 사건이 있었다. 많은 사람이 이유도 모른 채 끌려가 죽임을 당했다.

북한군이 전쟁 3일 만에 서울을 함락했다. 가족과 친구, 지인들이 무참하게 죽임을 당한 사실을 안 사람들이 북한 인민군과 손을 잡고 복수를 시작했다. 경찰, 지주, 공무원들, 목사를 닥치는 대로 죽였다.

그날도 사상 교육을 받기 위해 마을 사람들이 공터에 둘러앉아 있었다. 공산당원들은 증오로 치를 떨고 있었다. 완장을 찬 공산당원들은 지주와 경찰, 기독교인, 군인들을 노끈으로 줄줄이 묶어 데리고 다녔다. 그리고 자아비판을 시켰다. 조금이라도 거짓을 말하거나 잘못을 인정하지 않으며 가차 없이 발길질과 몽둥이질을 했다. 마을 이장도 묶여 있었다. 늙은 이장은 두려움으로 덜덜 떨고 있었다. 공산당 간부 한 명이 이장을 끌고 나와 발길질을 하며 말했다.

"이 종간나 새끼. 일제 앞잡이 새끼. 독립군을 고발한 새끼. 니 잘 못을 아나?"

이장은 손을 덜덜 떨며 고개를 끄덕였다.

"니 누구 아비를 고발했나? 말해 보라우. 간나 새끼, 빨리 말해 보라우."

이장이 아무 말도 못 하고 눈물만 흘리고 있었다. 공산당 간부는 저벅저벅 걸어서 내 앞으로 다가왔다. 나는 놀라 눈을 아래로 떨어 뜨렸다. 남자는 내 옆에서 가만히 서 있는 영수 손을 잡아끌었다. 영수는 남자 손에 이끌려 공터 한가운데로 나갔다. 사람들의 웅성거리는 소리가 들렸다.

"네 아비를 고발한 이 간나 새끼를 니 손으로 죽이라우. 어서!"

영수가 시선을 허공에 둔 채 가만히 있었다. 남자는 영수 손에 권총 한 자루를 쥐어졌다. 나는 놀라 앞으로 뛰어나가려고 몸을 움직였다. 그때 공산당원들이 나를 막아섰다. 남자가 영수를 윽박지르며 계속 소리를 질렀다. 영수는 귀를 막고 울고 있었다. 이장은 무릎을 꿇은 채 영수를 보며 말했다.

"영수야, 미안하다. 미안해. 그때는 어쩔 수 없었어."

아이가 된 영수가 총을 든 채 귀를 막고 울면서 이장 주위를 맴돌았다. 공산당 간부가 영수에게 다가갔다. 뒤에서 영수 손을 잡고 이장의 뒷머리를 향해 방아쇠를 잡아당겼다. '탕' 소리와 함께 이장이 쓰러지고 사람들의 놀란 비명과 울음소리가 들렸다. 공산당 간부는 계속 영수 손을 잡고 방아쇠를 잡아당겼다. 곧이어 공무원, 군인, 경찰관들이 쓰러졌다. 마을 공터는 순식간에 피바다가 됐다.

미군이 서울을 수복하면서 북한군과 공산당원들이 사방으로 흩어졌다. 다시 미군과 우익정부의 학살이 이어졌다. 북한 인민군에게 가족을 학살당한 사람들의 복수가 이어졌다. 북한군에게 조금이라도 동조한 사람들을 찾아내 학살했다. 길거리에서 청년단원들이 어린 아낙을 자전거 체인으로 때려죽이는 사건이 있었다. 주변에 많은 사람이 있었지만 아무도 말리는 사람이 없었다. 죽어가는 어린 아낙의 모습을 보며 자기 목숨에 연연했다.

동네 남자들과 청년단원들이 북한군에 협력한 부역자들을 찾아다녔다. 이 동네는 모두 이장의 친척들이 살고 있었다. 영수는 산속 동굴 안에 숨어있었다. 그들이 영수를 찾아냈다. 먹을 것을 갖다주려고 온 내 뒤를 밟은 거다. 그중에는 이장 아들도 있었다. 내가 이장 아들의 바짓가랑이를 붙잡고 울면서 애원했다.

"성호야. 우리 영수가 잘못한 게 아닌 거 알잖아. 우리 영수는 어린아이와 같아. 누굴 죽일 수 없다고. 제발, 목숨만 살려줘. 제발, 죽이지는 말아줘."

성호는 울며 매달리는 나를 쇠 파이프로 내리친 후 영수를 끌고 갔다.

 그들은 영수를 산꼭대기로 끌고 간 후 '빨갱이 새끼, 죽어버려'라고 고함을 지르며 쇠 파이프와 몽둥이, 자전거 체인으로 영수 몸을 내리쳤다. 영수가 손으로 머리를 가리며 넘어져도 그들의 폭행은 계속됐다. 얼굴이 짓이겨지고 뼈가 다 부서져도 몽둥이와 쇠 파이프로 계속 내리쳤다.

 내가 피를 흘리며 산꼭대기에 도착할 즈음에 이장 아들 성호가 피로 물든 영수 얼굴을 도끼로 내리찍었다. 나는 그 자리에 주저앉아 손을 벌벌 떨고 있었다. 눈물조차 나오지 않았다. 그들은 죽은 영수를 낭떠러지 밑으로 밀어버렸다.

 우리 아들 영수는 낭떠러지에서 떨어져 죽었다. 아무 잘못도 없는 우리 아들을 동네 사람들이 죽였다. 복수에 눈이 먼 그들이 우리 영수를 죽였다. 나는 피를 토하는 슬픔이 밀려왔지만 울지 않았다. 내가 해야 할 일이 있었다. 남편이 내게 부탁한 말을 지키고 싶었다.

 해가 지길 기다렸다. 나는 단단한 끈을 가지고 다시 산꼭대기로 올라갔다. 소나무에 끈을 묶고 천천히 낭떠러지 밑으로 내려가 아들을 찾았다. 우리 아들 얼굴이 달빛에 비췄다. 빨갛게 피로 물든 아들 얼굴이 보니 가슴이 무너졌다. 손으로 가슴을 쥐어뜯었다. 붉은 피로 저고리가 젖도록 가슴을 쥐어뜯었다.

 아들을 꼭 양지바른 곳에 묻어주고 싶었다. 부모님도, 남편도 모두 묻어주지 못한 게 한이 됐다. 모두 짐승들 밥이 됐다. 우리 아들만은 꼭 빛이 따뜻하게 들어오고 바람이 솔솔 불어오는 양지바른 곳에 묻어주고 싶었다. 억울하게 죽은 내 아들의 영혼을 달래주고 싶었다.

그게 남편의 마지막 소원일 거다. 우리 부모의 마지막 소원일 거다.

내가 아들을 하얀 끈으로 묶은 후 위로 올라가려는 순간, 벼랑 위에서 나를 내려다보는 성호와 눈이 마주쳤다.

"성호야, 우리 영수를 양지바른 곳에 묻어주려고 그래. 아무것도 묻지 않을게. 아무에게도 말하지 않을게. 제발, 부탁해. 영수를 양지바른 곳에 묻을 수 있도록 제발 도와줘."

나는 애원하며 성호를 쳐다봤다. 성호는 나를 보고 웃었다. 그리고 소나무에 묶인 끈을 도끼로 찍었다. 하얀 끈이 공중에서 춤을 추며 벼랑 밑으로 떨어졌다.

나는 그곳에서 죽었다. 내 아들도 그곳에서 죽었다. 원한에 사무쳐 죽었다. 죽어가는 마지막 순간까지 짓무른 손과 발로 절벽을 탔다. 다리가 꺾이고 손가락이 부러져도 계속 절벽을 탔다. 내 아들을 양지바른 곳에 묻어주고 싶었다.

마지막 숨을 내쉴 때 깊고 파란 하늘이 보였다. 까만 까마귀 떼가 내 머리 위를 맴돌고 있었다.

5 할머니의 저주

할머니는 이야기를 마친 후 갑자기 "아아아아아아악……."하며 비명을 질렀다. 세상이 무너질 것 같은 소리가 사방을 뒤흔들었다. 할머니는 몸을 부들부들 떨며 울부짖었다. 계속 '내 아들을 돌려달라고'하며 가슴을 쳤다. 난 할머니의 처절한 몸부림으로 두려움을 느졌지만, 몸은 계속 춤을 추고 있었다.

어디론가 가고 있었다. 한참 동안 춤을 추며 돌아다니더니 갑자기 몸의 움직임이 둔해졌다. 그리고 심한 허기가 느껴졌다. 나는 땅을 파기 시작했다. 손톱에서 피가 나는지 따뜻한 액체가 계속 손 위로 흘렀다. 곧 딱딱한 나무 상자가 손바닥에 느껴졌다.

갑자기 몸이 커다랗게 팽창했다. 나는 있은 힘을 다해 못으로 단단하게 박힌 나무 상자의 뚜껑을 "우드득" 하고 뜯어냈다. 그곳에서 맛있고 향기로운 냄새가 났다. 군침이 돌면서 나는 나무 상자 안의 맛있는 냄새가 나는 음식을 정신없이 먹기 시작했다. 할머니는 자꾸 내게 "맛있지? 맛있지?"라고 물었다. 나는 고개를 끄덕이며 맛있는 음식을 허겁지겁 먹었다. 할머니가 웃으며 말했다. "이제 봐. 무얼 먹고 있는지……." 주위가 환해졌다.

산소로 둘러싸여 있는 공동묘지였다. 내가 먹고 있는 것은 사람의 시체였다. 나는 놀라 소리를 질렀지만, 내 몸은 의지와 상관없이 오래된 시체를 고기처럼 뜯어내고 먹고 있었다. 먹고 또 먹었다.

"맛있지? 네가 먹고 있는 것은 내 아들을 죽인 이 동네 인간들과 그 자손들이야. 나는 그 인간들이 죽었지만 그래도 용서가 안 돼. 네가 먹고 있는 시체들은 모두 네 친척이야. 넌 그것들을 처먹어야 해. 그리고 너는 곧 내 아들이 떨어져 죽은 그 낭떠러지로 떨어질 거야. 내 아들처럼 죽을 거야. 네 시체는 날 짐승들에게 먹힐 거야. 그게 바로 업보야."

할머니가 말을 끝내자마자 내 몸이 할머니와 분리되면서 공중으로 봉 떴다. 순간 정신이 돌아왔다. 나는 정신없이 밑으로 떨어지며 벼랑에 뿌리를 박고 자라는 나뭇가지를 덥석 잡았다. 나는 있는 힘을 다해 나뭇가지에 매달렸다. 나뭇가지가 밑으로 처지며 흔들거렸다. 나는 다리를 벌려 벼랑에 튀어나온 작은 암석을 찾아 발을 기댔다.

"넌 이장의 증손자야. 내 아들을 죽인 성호의 장손이지. 이장과 네 친척들은 내 남편은 죽이고 그 아들놈과 친척 놈들은 불쌍한 내 아들을 죽였어. 이제 내가 그놈들의 장손을 다 죽일 차례야. 죽어서도 눈을 감을 수 없게 말이야. 너는 더 잔인하게 갈기갈기 찢겨 죽어야 해. 그래야 그놈들이 지옥에서 피눈물을 흘리지."

할머니는 차갑고 잔인하게 소리쳤다. 할머니의 목소리는 메아리가 돼 산으로 울려 퍼졌다. "죽어버려."라는 소리가 사방에서 들렸다. 새벽이 되자 할머니 고함은 사라졌다. 나는 소리 지르기 시작했다.

"살려주세요. 누구 없어요. 제발 살려주세요."

아무 소리도 들리지 않았다. 오랜 시간을 애타게 살려 달라고 울부짖어도 아무도 보이지 않았다. 죽음에 대한 공포감이 내 몸을 감싸며 절망감이 밀려왔다.

죽음이 내 옆에서 하얀 눈을 부릅뜨고 노려보고 있었다. 침을 질질 흘리며 내가 고통스러워할 때마다 칵칵거렸다. 내 손가락이 움찔거릴 때마다 붉은 혀를 날름거리며 속삭였다.

"손가락을 하나씩 위로 올려. 그럼 넌 영원히 편안해지는 거야. 고통스럽게 매달려 있지 마. 너를 찾으러 아무도 오지 않을 거야. 자, 손가락을 펼쳐봐. 어서."

죽음의 하얀 눈이 무서웠다. 눈을 감았다. 그리고 지난 모든 시절을 떠올렸다. 가족들 모습이 스쳐 지나갔다. 어머니가 보고 싶었다.

나를 찾으려 동네를 헤매고 있을 어머니를 생각하니 눈물이 앞을 가렸다. 어머니를 생각하자 죽고 싶지 않았다. 살고 싶었다. 나는 더 큰 소리로 있는 힘껏 소리를 질렀다.

"엄마, 살려줘. 나 여기 있어."

그때 멀리서 등산객들 소리가 들렸다. 나는 온 힘을 다해 살려 달라고 울부짖었다. 등산객들이 나를 발견했다.

나는 할머니를 업고 춤을 추며 산을 헤매고 다녔다. 마치 빙의된 무당처럼 죽은 아들의 영혼을 달래기라도 하려는 듯 춤을 추며 동네와 산을 헤매고 다녔다. 사흘 동안 아무것도 먹지 못한 채 춤을 추며 다녔다. 할머니는 마지막 날, 내게 아들을 죽인 사람들의 인육을 먹인 다음 그대로 낭떠러지로 밀어버렸다.

'그 할매에게 붙잡혔다가 살아남았다고 하더라도 한 번 할매를 본 사람은 평생 할매가 죽을 때까지 쫓아다닌다고 하더라고. 그래서 할배들이 작년과 올해에 다 죽은 거야.'

친구가 마지막에 한 말이 떠올랐다. 할머니가 지금 내 눈앞에 서 있다. 나를 보고 웃고 있다. 웃는 입매와 달리 눈은 싸늘한 빛이 돌았다. 할머니는 짓무른 피투성이 손을 내밀었다. 내 손은 강하게 거부하는 의지와 상관없이 할머니 손을 잡았다.

할머니가 등에 업혀 있다. 시야가 캄캄해졌다.

"다시 만났네. 이제 소용없어. 넌 오늘 죽을 거야. 오늘 살아남는다고 하더라도 평생 너를 쫓아다닐 거야. 죽는 그 순간까지 말이야."

할머니의 가는 웃음소리가 귓가에서 들렸다. 마음은 두려움으로 가득한데 머리는 몽롱해지면서 기분이 좋아졌다. 몸이 가벼워지더니 내가 춤을 추는 듯했다. 그리고 자꾸자꾸 산으로 올라갔다.

처형학자

효빈

1992년 서울 출생. 목원대학교 국어교육과를 졸업하였으며, 현재 브릿G에서
「처형학자」외 8편의 작품을 발표하며 활동 중이다.

'처형학자'라고 불리우는 코르네스는 그 섬뜩한 별명과 달리 학자도, 어딘가 대학의 교수도 아니었다.

그는 네세케네아 제국의 장군이었다. 이미 원숙한 나이인 그는 수십 년 동안 전장을 누볐으며 그간 수많은 군공을 세워 제국의 영토 확장에 크게 기여한 명장이었다.

그러나 그가 제국과 주변 왕국들을 넘어 대륙 전체에 그 악명을 떨치고 '처형학자'라는 섬뜩한 별명을 얻은 이유는 따로 있었다. 그것은 그가 장군으로서 전투 중에 보인 신묘한 지략이나 사자 같은 용맹 때문이 아닌, 오히려 전투가 끝난 뒤의 어떤 행위 덕분이었다.

전투에서 승리했을 때, 그는 더도 덜도 아닌 딱 99명의 포로만을 붙잡아 확보했다. 그 외에 재물을 약탈하거나 무의미한 학살을 벌인 적은, 알려진 바로는 단 한 번도 없었다. 또한 포로들을 붙잡는 데 있어 그들의 신분은 고려의 대상이 아니었다. 수만 대군을 지휘하던 공작이든, 어제까지만 해도 창 대신 농기구를 붙잡고 있던 징집병이든 상관없었다. 중요한 것은 오직 99라는 숫자였다. 그보다 더 적으면 어쩔 수 없되, 더 많은 포로가 잡혔을 때는 99명만 남기고 나머지는 모두 해방시켰다. 그 뒤 코르네스는 99명의 포로들을 한데 모은 뒤 항상 데리고 다니던 시종 하나를 거기에 포함시켜 100명의 인원을 맞추었다.

그는 그 악명 높은 처형학자 앞에서 벌벌벌 떨고 있는 100명의 포로들을 내려다보며 항상 이렇게 말했다.

"한 시간 주겠다. 너희들이 상상할 수 있는 가장 고통스럽고 끔찍한 죽음을 구상해 내게 가져와라."

처형학자의 명령을 거절할 수 있는 자는 아무도 없었다. 한 시간 뒤, 100명의 포로들은 한 명씩 차례로 코르네스의 천막에 들어가 그동안 열심히 생각해낸 끔찍한 처형방식들을 발표하며 경연을 펼쳤다.

"이름."

"바우어입니다."

"시작해라."

산 채로 삶아지기, 피부 가죽 벗기기, 채썰기, 화형, 꼬챙이형, 거열형…… 코르네스는 종이와 펜을 들고 발표자들의 이름과 그들이 두려움 속에서 짜낸 기상천외하고 잔혹한 처형방식들을 진지하게 경청한 뒤 하나하나 정성스레 기록하고 나름의 기준(고통의 정도, 잔혹성, 창의성, 실현성 등)으로 점수를 매겼다.

마침내 100명의 발표를 다 듣고나면, 그는 다시 포로들을 한데 모으고 병사들에게 죽음의 점수를 기록한 종이를 건넨 뒤 이렇게 말했다.

"집행."

코르네스의 명령이 떨어지면 병사들은 점수표를 참고해 포로들 중 가장 점수가 높은 한 명을 제외한 나머지 99명을 모조리 죽였다. 이 처형식은 짧게는 일주일에서 길게는 한 달이 넘도록 이어질 때도 있었는데, 이 99명을 모두 각기 다른 방식으로, 즉 자기 스스로가 가장 고통스럽고 끔찍한 죽음이라고 생각해 발표했던 방식을 바로 본인에게 그대로 적용해 죽이기 때문이었다. 단, 점수표에서 꼴찌를 차지한 자에게는 그 자신의 것 대신 이 '처형식 경연대회'에서 살아남은 우승자의 '우승작'이 적용됐다. 이는 16년 전 한 영리한 사내가 '늙어서 죽는다'는 내용으로 꼴찌를 차지하고 살아남은 뒤 새로 생긴 규칙이었다.

포로들은 이 끔찍한 딜레마에서 벗어날 길이 없었다. 높은 점수를 얻으려면 가장 끔찍하고 잔인한 죽음을 구상해내야 했지만, 그걸로 1등을 차지하지 못하면 자신이 가장 끔찍한 죽음이라고 생각했던 그것이 고스란히 자신에게 되돌아왔다. 이왕 죽을 거 고통 없이 죽자는 생각으로 비교적 편한 죽음이나 단칼에 끝나는 죽음을 내놓았다가는 꼴찌가 되어 자신은 상상도 못 했던 우승자의 기상천외한 처형식의 제물이 될 수도 있었다. 결국 포로들은 실낱같은 희망에 매달린 채 우승을 차지하기 위해 상상력을 총동원하여 온갖 잔혹하고 기상천외한 죽음들을 떠올리는 데 집중할 수밖에 없었다.

한편, 우승을 차지해 살아남은 한 명은 100명을 맞추기 위해 차출되었던 코르네스의 시종의 빈 자리를 채우게 된다. 그리고 나중에 또다시 전투가 벌어져 코르네스가 99명의 포로들을 잡으면 그 전 시종이 그러했듯 다시 그 안에 들어가 100명을 채우고 단 한 명만이 살아남을 수 있는 처형식 경연대회에 참가하게 된다. 겨우 한 번의 우승으로는 코르네스의 이 악마 같은 경연대회에서 벗어날 수 없었던 것이다.

젊어서 신에 대한 믿음이 독실하기로 유명했던 그가 왜 이런 악마 같은 행위를 시작했는지, 그 정확한 이유를 아는 자는 아무도 없었다. 그는 평생 독신이었고 친한 친구도 없었다. 사람들은 기상천외하고 끔찍한 죽음들을 탐구하는 듯한 모습에 그를 '처형학자'라고 부르기 시작했다.

그에게서 벗어날 방법이 아주 없는 것은 아니었다. 코르네스가 경연대회에서 열 번 연속으로 우승하여 살아남은 자에게는 막대한 상금과 함께 영원히 해방시켜 줄 것을 약속했다. 그러나, 여태껏 성공한 이는 없었다.

아직까지는…….

살리제르, 한때 젊고 성실한 목수였으나 작업장에 불이 나 모든 것을 잃은 뒤 입에 풀칠이라도 하기 위해 용병일에 뛰어들었던 그는 지금은 코르네스의 (이미 몇 번이나 바뀐 건지 셀 수조차 없는) 시종이었다. 그리고 전대미문의 처형식 경연대회 7회 연속 우승자로, 16년 전 경연대회 규칙을 바꿔버린 사내 이후 최초의 생존자가 될 수 있을지 주목되는 사내이기도 했다.

"잘 됐군. 다행이야."

좌측 팔다리가 반쯤 으깨진 채 죽어가는 한 사내를 내려다보며 살리제르가 말했다. 그는 자신의 우승작품이 전 대회에서 꼴찌를 한 참가자에게 구현되는 것을 감독하는 중이었다. 사실 이전까지 다른 일을 해왔던 포로가 장군의 시종의 일을 제대로 해낼 리가 없기에, 전 포로에게 주어진 시종직이란 이름뿐인 자리인 경우가 많았다. 따라서 이들의 실제 업무란 스스로 생각해낸 기상천외한 처형식의 감독을 제외하면 없는 것이나 다름없었으며, 그들은 이 넘쳐나는 시간을 다음 경연에서 살아남기 위한 새롭고 참신한 죽음을 떠올리는 데 할애하곤 했다.

"아쉽겠군, 살리제르. 아니, 다행이라고 해야 하나?"

코르네스 휘하의 부장인 그립손이 다가와 말했다. 그는 반쯤 으깨진 채 막 숨이 끊어진 포로의 시체와 그 처형식에 사용된 기묘한 장치를 보며 휘파람을 한 번 불었다.

"뭐가 말입니까?"

"세 번만 더 우승하면 해방인데 전쟁이 끝나버렸잖나. 또 언제 전투에 나가 경연대회가 열릴지 요연해졌으니 말일세. 다른 놈이었다면 살날이 늘어났으니 무조건 다행이라고 했겠지만, 자네라면 이번에야말로 열 번째 우승을 해낼지도 모르지 않나."

실제로, 늙어 죽기를 선택해 살아남은 사내를 제외하고 가장 오래 살아남았던 시종은 전쟁이 없어 5년 동안 경연대회를 치르지 않은 자였다. 그는 5년 동안 성실히 시종의 업무를 배우고 수행해 코르네스에게도 큰 신뢰를 받았다. 자연히 경연대회 따위는 아예 잊고 지냈으나, 다시 전쟁이 벌어졌을 때 코르네스는 그의 기대를 무참히 박살 내고 99명의 포로들 사이에 그를 끼워 넣었다. 그는 경연대회에서 가장 낮은 점수를 받았고 거기서 첫 번째 우승을 차지한 살리제르의 고안대로 푹 삶아진 스스로의 오른팔을 입에 넣은 채 죽었다.

"무슨 말씀을. 그야 당연히 다행스러운 일이지요. 제가 우승할지 확실하지도 않을뿐더러, 경연대회만 아니면 이것만큼 편한 일자리가 또 어디 있겠습니까?"

살리제르가 능청스럽게 말했다.

"그건 그렇지. 자, 처형식도 끝났으니 술이나 한잔 하러 가세. 자네의 7연속 우승을 축하하기 위해 다들 모여 있으니."

"안 갑니다. 그 구정물로 축하를 받았다간 부정 탄다고요."

"어허, 장군님의 시종이란 자가 그렇게 소식이 느려서야. 승전 기념으로 에버테른산 포도주가 보급된 것도 모르나? 어물쩡거리다간 금방 동이 날 텐데."

에버테른산 포도주란 말에 살리제르는 눈이 번쩍 뜨였다. 그 귀한 것이 보급이라니! 물론 개중에서도 귀족 나리들은 입도 대지 않을 저급품일 것이 뻔했으나, 그나마도 목수나 용병 시절엔 꿈에도 못 꿀 일이었다. 살리제르는 언제든 떠오른 발상을 적을 수 있도록 지니고 다니는 종이와 펜, 연장 등을 서둘러 챙겼다.

"자, 빨리 가시죠! 나바쉬 그 술맛도 모르는 놈이 그 귀한 걸 드워프 흑맥주 처먹듯이 다 먹어버리기 전에 말입니다."

그립손은 껄껄 웃은 뒤 살리제르와 함께 코르네스군 숙영지의 간이 식당으로 향했다.

식당으로 향하는 길, 코르네스군의 숙영지는 여느 때와 다름없이 평화로웠으며 떠들썩한 활기로 넘쳐났다. 우스꽝스러울 만큼 과장된 군공을 떠벌리고 있는 소대장들, 묵묵히 장비를 점검하고 있는 베테랑들, 작은 전리품을 가지고 다투는 자들…….

"정말이라니까! 칼질 한방에 모가지 세 개가 곡식 낱알 떨어지듯이 후두둑!" "신참, 그건 기름칠 가지곤 안 될 거다. 날이 완전히 나갔잖아. 싼 거라도 하나 새로 장만해." "내가 벤 모가지에 붙어 있던 목걸이니 당연히 내 것이지, 무슨 설명이 더 필요하단 말이냐?" "네가 벤 모가지가 내가 찔러 죽인 시체놈 모가지였으니까, 이 사기꾼놈아! 당장 그거 내놓지 못해?"

"우와, 저건 뭡니까?"

살리제르가 숙영지 한구석에 발가벗겨진 채 누워있는 한 사내를 가리키며 물었다. 자세히 보니 누운 채로 지면에 팔다리가 꽁꽁 묶여 있었는데, 근처에 가니 희한하게도 달콤한 냄새가 풍겨왔다.

그립손이 별것 아니라는 듯 말했다.

"이 양반이 아마 4등인가 5등인가 그랬을 텐데. 못 움직이도록 힘줄을 잘라내고 온몸에 꿀을 잔뜩 발라놓은 거야. 곧 벌레들에게 산 채로 뜯어먹히겠지."

"이야, 제법인데요. 근데 저게 4, 5등밖에 안 됩니까?"

"나참, 1등인 자네가 그런 말을 하면 내가 뭐라고 답해줘야 하나? 코르네스 님 따라다니면서 나도 별꼴을 다 봤지만, 자네의 작품은 지금도 소름이 돋는단 말일세. 그걸 하나도 아니고 일곱 개나….."

살리제르는 경연대회에 참가할 때마다 전혀 다른 작품으로 우승을 차지해왔다. 전 대회에서 냈던 작품을 그대로 내는 것은 자유지만, 참신함 역시 코르네스의 중요한 채점 기준이었기 때문이다. 살리제르의 작품은 회를 거듭할수록 더 기발하고, 더 잔인해졌다.

"살리제르!"

살리제르는 깜짝 놀라 그립손을 쳐다보았다. 그립손도 그를 보고 있었다.

"저 부르셨습니까?"

"아니."

그립손은 고개를 저은 뒤 저 앞에 누워있는 세상에서 가장 달콤한 사내를 가리켰다.

"자네를 부른 거 같은데."

살리제르는 잠시 고민했다. 혹시 날 아는 사람인가? 그렇다고 해도, 그게 무슨 의미가 있단 말인가? 저 달콤한 사내는 곧 끔찍한 고통 속에서 죽어갈 것이고 그런 그를 위해 해 줄 수 있는 것은 아무것도 없었다.

"가서 술이나 마시지. 괜히 입맛 떨구지 말고."

코르네스군에 오랫동안 몸을 담으며 그 사실을 누구보다도 잘 알고 있는 그립손이 살리제르의 어깨를 흔들며 말했다.

살리제르가 그 손을 정중히 밀어냈다.

"먼저 가 계십쇼. 금방 가겠습니다."

그립손은 살리제르의 결정이 탐탁잖은 듯했으나 더이상 말하지는 않았다. 그는 어깨를 한번 으쓱인 뒤 자리를 떠났다.

살리제르는 스스로 내린 결정의 이유도 확신하지 못한 채 누워있는 사내에게 다가갔다. 달콤한 향기가 점점 진해져 어지러울 지경이었다.

다가가 보니 사내의 몸은 이미 온갖 벌레들의 연회장 같은 곳이 되어 있었다. 새끼손가락만 한 벌들이 위협적인 붕붕 소리를 내며 주변을 비행하고 있어 더는 가까이 갈 수 없었다. 얼굴을 자세히 보려 했지만 반은 벌레들로 덮여 있고 반은 벌레 물린 자국들이 울퉁불퉁하게 솟아 있어 알아볼 수 없었다.

"저기, 절 부르셨습니까?"

"살리제르, 네가 맞았구나. 나 세페토다."

대답하는 사내의 목소리는 조금 쉬어 있었으나 그 말투는 그가 처한 끔찍한 상황이 믿기지 않을 만큼 침착했다. 그리고 살리제르는 그가 그럴 만한 사람이란 걸 알고 있었다.

"스승님?"

세페토는 살리제르의 목수 시절 스승이었다. 동시에 전염병으로 부모를 잃고 천애 고아가 된 살리제르를 거두어 준 아버지 같은 사람이기도 했다.

그는 고통을 표현하는 일이 드물었다. 아니, 고통을 느끼기나 하는 건지 의문이었다. 한창 목수 일을 배우던 어린 살리제르의 쇠망치가 그의 새끼손가락을 있는 힘껏 내려쳤을 때도 '그놈 힘도 좋다.' 하더니 손가락을 후후 불고는 아무 일도 없다는 듯 작업을 재개하곤 했다.

"스승님! 스승님이 왜 여기 계시는 겁니까?"

작업장에 불이 났을 때, 살리제르와 세페토는 서로를 제외한 모든 것을 잃었다. 그리고 그들은 서로에게 짐이 되지 않기 위해 그 마지막 남은 인연까지 잘라내고 각자 제 갈 길을 찾아 떠났다.

"아래 있는 작은 도시의 목공소에 일꾼으로 들어갔지. 평생 배운 거라곤 그것뿐이었으니까. 이곳엔 부대에서 쓰는 수레 몇 대를 납품 하러 왔었는데 하필 그때 전투가 벌어지더구나. 운도 지지리도 없 지."

"그럴 수가……"

"우승자의 이름을 들었을 때는 혹시나 했읍읍, 켁, 캭……."

벌레들이 세페토가 입을 열기만을 기다렸다는 듯 입속으로 기어 들어가 그의 말을 방해했다. 살리제르는 마음 같아선 당장 벌레들을 쫓아내고 싶었으나 실행으로 옮길 엄두가 나지 않았다. 오히려 그의 지나치게 충성스러운 두 발은 이미 한 걸음 한 걸음 벌레투성이 스 승에게서 물러서는 중이었다.

살리제르는 도망치듯 자신의 숙소인 천막으로 돌아갔다. 에버테 른이고 나발이고 지금 무언가를 먹었다간 당장 토해버릴 것 같은 기 분이 들었다. 목구멍 안쪽이 간질간질하고 가슴 한편이 쿡쿡 쑤셨 다. 단순히 오랫동안 아버지처럼 생각해온 세페토의 비참한 말로에 대한 슬픔일까? 그런 것 같지는 않았다. 눈물은 나오지 않았다. 다만 이 불쾌한 기분. 생경한 기분이었으나 처음인 것 같지는 않은 묘하 게 그리운 것 같기도 한 기분이 그를 불편하게 했다.

세페토는 마지막에 무슨 말을 하려고 했던 걸까. 네가 살아남아 다행이라고? 아니면 어떻게 그런 악마 같은 발상을 해 살아남을 수 있냐고? 그것도 아니면 살려달라고 애원하려 했던 걸까?

그러나 살리제르는 가만히 앉아 세페토의 마지막 말에 대해 더 생 각하고 있을 수가 없었다. 세페토에게서 도망쳐온 그 순간부터 어째

선지 귀가 밝아진 느낌이 들었다. 숙영지의 온갖 소음들이 천막의 두꺼운 천을 뚫고 들어와 또렷한 음성으로 그의 사색을 방해했다. 별다를 것이라곤 없는, 언제나 떠들썩한 사내들의 목소리였다. 몇 달 전에도, 며칠 전에도, 몇 분 전에도 들은 것 같은 똑같은 음색, 비슷한 내용들. 우스꽝스러울 만큼 과장된 군공을 떠벌리고 있는 소대장들, 묵묵히 장비를 점검하고 있는 베테랑들, 작은 전리품을 가지고 다투는 자들…….

"그놈이 치사하게 다리를 걸더라니까. 내 그래서 백스텝으로 샥 피해 주고 그놈 배때기에 콱……!" "으아아악! 악, 끄아아악!" "오랫동안 쓴 거라 정이 들었는데, 아무래도 이젠 한계가 온 것 같군. 하나 새로 맞춰야겠어." "살려줘, 살려주세요! 아아아악!" "이런 젠장, 보석인 줄 알았는데 그냥 돌멩이잖아!" "뜨거, 뜨거워! 내 팔, 내 팔이, 아아아악!" "푸하하하! 멍청한 놈, 그래도 그거 양보해준 대신 밥값 세 번 내기로 한 약속은 그대로인 거 알지?" "죽여줘, 차라리 죽여주세요! 싫어, 안돼안돼안돼안돼안돼안아아아악가악!"

살리제르는 깜짝 놀랐다. 그에게 들려온 것은 평소의 숙영지의 평화로운 소음들이 아니었다. 살리제르는 자신이 지옥에 떨어진 것이 아닌가 하고 황급히 천막 바깥으로 뛰쳐나갔다. 그러나 물론 멀쩡했던 숙영지가 갑자기 지옥이 됐을 리는 없었다. 천막 바깥에는 언제나처럼 승전의 여유를 즐기는 거친 사내들의 느긋한 분위기가 감돌았다. 그럼 지옥의 죄수들에게서나 들려올 법한 끔찍한 소리들은 뭐였지?

'뭐긴 뭐야? 너 등신이냐?'

살리제르는 누군가 자기 속마음을 읽고 대답한 줄 알고 깜짝 놀라 어깨를 들썩였다. 그리고 자기가 정말 미쳐버린 게 아닌가 생각했다. 대답한 것은 자기 자신이었다.

숙영지 곳곳에서 들려오는 끔찍한 비명들은 물론 이번 경연대회에서 살리제르에 의해 탈락한, 세페토와 같은 자들의 것이었다. 이곳에서는 병사들 간의 질 낮은 농담이나 실없는 신세 한탄만큼이나 삶아지고 채 썰리고 구워지고 찢어지는 자들의 비명이 일상적인 것이었다. 당연한 일이다. 경연대회 참가자들은 살아남기 위해 온갖 기상천외한 죽음들을 떠올리려 애썼고, 거기엔 적지 않은 시간과 각종 도구들이 필요한 경우도 많았다. 그걸 한두 번도 아니고 99번이나 해대야 했으니, 심지어는 한 곳에서 새로 포로들을 붙잡는 동안 다른 곳에선 아직도 이전 포로들의 처형이 진행 중일 때도 있었다.

이상한 것은 그들이 있다는 사실이 아니라, 왜 여태껏 그 소리를 듣지 못했냐는 것이었다.

'아까 그 사람은?'

살리제르는 겨우 몇 시간 전 그가 직접 처형식을 감독한, 이번 대회의 꼴찌를 떠올렸다. 그는 어디 남작가의 젊은 청년이었는데, 아버지가 분명 몸값을 두둑이 지불할 테니 목숨만 살려달라고 빌었다. 청년은 살리제르가 개발한 끊임없이 온몸을 간지럽히는 기계에 묶였다. 가만히 내버려 두면 기계의 깃털이 계속 움직여 대상의 우반신 전반을 간지럽히는 기계였는데, 레버 하나만 잡아당기면 간단히 멈추게 되어 있었고 그 레버는 청년의 손에 쥐어져 있었다. 대신 레버를 당기면 쇠망치와 칼날이 달린 왼쪽 기계가 움직여 청년의 좌반신을 잘게 다져놓았다. 청년은 웃음과 울음의 전당 사이에 고통이라는 외나무다리를 놓고 오가다 좌반신이 으깨져 죽었다.

'그놈이 비명을 질렀었나?'

살리제르는 그런 걸 들은 기억이 없었다. 그 청년이 그런 식으로 자신의 극기를 뽐낼 녀석이었나? 그랬던 것 같지는 않았다. 그 전 대회의 백부장은? 그 전전 대회의 종자는? 그 전전전 대회의 말 관리사는? 살리제르는 그들 중 누구의 비명도 기억이 나질 않았다. 그럴리가 없는데.

살리제르는 이유 없이 떨리는 몸을 이끌고 천막 바깥으로 나왔다. 병사들이 곳곳에서 승리의 여유를 만끽하고 있었고, 개중엔 살리제르와 썩 친하게 지내는 자들도 다수 있었다.

살리제르는 현기증이 났다. 어떻게 이 끔찍한 비명들 사이에서 저렇듯 아무렇지 않게 웃을 수 있을까? 의문과 동시에 답이 떠올랐다. 그들에겐 저 비명 소리가 들리지 않는 것이 분명했다. 조금 전까지 자신이 그랬듯이. 어디선가 들었던 인간은 적응하는 동물이란 말이 떠올랐다. 언제부터일까. 이들은, 그리고 자기 자신은 이 지옥 같은 비명 속에 적응하고 있던 것이다.

살리제르는 그것이 단순한 청각의 마비를 의미하는 것이 아님을 알 수 있었다. 이성이, 그리고 아까부터 간질간질한 가슴 속의 그 무엇인가가 마비되어 가고 있던 것이다.

"나쁜 짓을 하면 지옥에 간단다."

어렸을 적 동네 작은 성당의 친절한 신부님이 해주셨던 얘기가 떠올랐다. 지옥에 떨어지는 것이 무서워서가 아니라, 신부님이 이야기와 함께 보여주셨던 지옥의 모습이 떠올랐기 때문이었다. 신부님이 직접 그린, 어린아이 수준에 딱 맞는 단순한 그림이었다. 날카로운 가시밭과 뜨거운 불지옥 안에서 죄인들이 고통받고 있었고, 박쥐 날개와 뿔을 가진 마귀들이 킬킬대며 주위를 맴돌거나 죄인들을 창으로 찌르고 있었다. 살리제르를 두렵게 한 것은 지옥이나 고통받는 죄인들이 아닌 그 마귀들이었다. 마귀들이 무서워서도 아니었다. 이곳이 지옥이고 희생자들이 죄인이라면 그들을 보고 킬킬대는 마귀는 바로 살리제르 자기 자신이라는 생각이 들었기 때문이었다.

'지옥이다. 여긴 지옥이야!'

물론 희생자들에게 있어서 끔찍한 고통과 죽음만이 기다리는 이곳은 분명 지옥 같은 곳일 것이다. 그러나 살리제르와 다른 병사들에게 있어서도 이곳은 다른 의미로 지옥이었다. 이곳은 그들을 사람이 아닌 존재로 바꾸고 있었다. 왜 잊고 있었을까, 살리제르는 처음 대회에서 우승을 차지해 코르네스 장군의 시종이 되었을 때를 떠올렸다. 국물이 될 때까지 삶아진 시체나 조각조각 난 내장들을 보고 구역질을 하고 나면 하루 종일 뭘 먹을 생각이 들지 않았고 실제인지 환청인지 모를 끊임없는 비명 소리 때문에 잠들 수가 없었다. 가장 끔찍한 것은 다음 대회에서 살아남기 위해 그 광기의 소용돌이 한가운데서 그것들보다 더 끔찍한 고통과 죽음을 떠올려야 한다는 점이었다. 사람을 사람으로 본다면 도저히 맨정신을 유지한 채로는 할 수 없는 일이었다.

결국 살리제르의 정신은 무의식 중에서 스스로를 보호하기 위해 많은 것을 바꾸어야만 했다. 청각은 비명을 듣지 않았고 시각은 사람을 사람으로 보지 않았다. 이성은 가슴 한편에서 올려보내는 따끔한 구조신호를 애써 무시했다.

그리고 이것은 본업이 목수였던 살리제르에게만 해당되는 일이 아니었다. 전장에서 적군과 마주하며 살인 그 자체를 직업으로 삼고 있는 병사들 역시 마찬가지였다. 아무리 그들이라도 전장에서 맞서 싸우는 적을 죽이는 것과 무력한 포로들에게 온갖 고통을 쑤셔 박는 것을 동일하게 여길 수는 없었다. 그들의 정신 역시 스스로에게 살리제르가 한 것과 비슷한 조처를 했으며, 대부분은 이미 푸줏간에 걸린 고기와 부위별로 해체된 포로를 구분할 수 없게 된 지 오래였다.

살리제르는 그래선 안 된다고 생각했다. 설령 살인을 직업으로 삼고 있더라도, 그 인식이 가축을 잡는 도축장의 도축업자와 같아서는 안 된다는 생각이 들었다. 정확히 설명할 수는 없지만, 살리제르는 그것이 단순히 인간이라는 종(種)을 넘어 사람을 사람이라 부르게 하는 기준이 아닐까 하는 생각이 들었다. 그는 악마가 되고 싶지 않았다.

그날 이후, 살리제르는 굳이 처형식이 진행되는 곳으로 찾아가 죽어가는 이들의 모습을 두 눈에 똑똑히 새기고 그 비명 소리를 귀에 담았다. 만신창이가 된 몸으로 죽음을 기다리고 있는 자들이 있으면 (그리고 그들이 말을 할 수 있는 상태라면) 그들의 마지막 말을 들어주었다. 살리제르는 구토를 했고 식사를 걸렀고 잠을 설쳤다. 인식을 새롭게 하고 나니 자신이 왜 여지껏 그것들을 무시해야 했는지 알 수 있었다. 그래도 살리제르는 멈추지 않았다. 사람이 사람을 사람으로 보지 않는 현상이야말로 그 어떤 죽음이나 고통보다도 끔찍한 일이라는 것이 그의 스승이자 아버지인 세페토의 최후의 가르침이었다.

2년 뒤, 제국은 또다시 전쟁을 시작했다. 여느 때와 마찬가지로 선봉을 자처한 코르네스는 그의 부대를 이끌고 누구보다 빠르게 가장 격렬한 전쟁터로 향했다. 그는 이번에도 승리했고 99명의 포로를 붙잡아 살리제르를 포함시킨 처형식 경연대회를 열었다. 살리제르는 이번에도 그 소름 끼치는 발상으로 여덟 번째 우승을 차지했다.

살리제르는 인식을 달리하긴 했으나 딱히 희생자들 대신 죽을 생각은 없었다. 인식과 별개로, 그는 살아남을 생각이었다.

아홉 번째 대회 역시 우승은 그의 차지였다. 병사들은 이제 전투보다도 살리제르의 열 번째 우승에 더 관심을 가질 지경이었다.

살리제르는 8, 9번째 우승을 차지한 뒤에도 2년 전처럼 희생자들의 처형식을 지켜보았다. 2년 만에 돌아온 지옥은 여전히 끔찍했다. 힘든 일이었으나, 그는 역시 지옥에 있을지언정 악마가 되고 싶지는 않았다.

마침내 살리제르의 열 번째 경연대회가 열릴 전투가 벌어졌다. 처절한 전투였다. 적군은 코르네스의 군대보다 훨씬 많았고, 처형학자의 악명을 알고 있었기에 항복하느니 차라리 전장에서 죽겠다는 듯 격렬하게 싸웠다. 코르네스가 직속 기병들을 이끌고 실로 오랜만에 직접 전투에 뛰어들지 않았다면 살리제르의 열 번째 경연대회는 열리지도 못했을 것이다.

힘겨웠으나 승리는 승리였다. 코르네스는 피칠갑이 된 갑옷을 벗지도 않은 채 99명의 포로들을 붙잡아 경연대회를 시작했다. 포로들은 벌벌 떨며 한 명 한 명 코르네스의 천막으로 들어가 스스로 상상할 수 있는 가장 끔찍하고 고통스러운 죽음에 대해 얘기했다.

전 우승자는 항상 마지막에 들어가는 것이 규칙이었다. 99명의 차례가 끝나고 드디어 살리제르의 순서가 되었다. 병사들이 그의 열번째 우승과 해방을 기원하며 격려해주었다. 살리제르는 자신이 실패하면 그들이 아쉬워할 거라고 생각했다. 그리고 그게 다일 거라고도 생각했다. 그들은 아쉬워할 뿐 누구도 슬퍼하지는 않을 것이다. 살리제르의 비명이나 그와 함께한 수년간의 시간은 병사들이 그의 몸을 태우거나 잘게 썰 때 아무런 방해도 되지 않을 것이 분명했다. 그들은 이미 이 지옥과 하나가 된 자들이었고, 이곳을 떠나서는 살수 없는 존재들이었다.

살리제르는 병사들을 뒤로 하고 코르네스의 천막 안으로 들어갔다. 피투성이가 된 코르네스는 다른 때보다 피곤해 보였다. 그는 무거운 목소리로 말했다.

"이름."

2년이 넘게 시종 일을 해왔으며 완전 해방을 목전에 둔 9회 우승자 살리제르의 이름을 모를 리가 없었으나, 그것은 코르네스에게 있어 빼먹을 수 없는 절차였다.

"살리제르입니다."

살리제르는 2년 전보다 수척해져 있었다. 지옥에 적응한 마귀가되지 않기로 결심한 대가였다. 그는 오랫동안 잠을 설쳤고 식사는토하기 일쑤였으며 친했던 병사들과도 일부러 거리를 두었다.

"시작해라."

코르네스가 말했다.

"장군님, 그 전에 제가 한 가지 여쭈어도 되겠습니까?"

살리제르의 의외의 행동에 코르네스의 무거운 눈썹이 들썩였다.

"뭐냐."

다른 이가 그랬다면 무시했을 것이다. 그러나 코르네스 역시 전무후무한 10회 우승과 완전 해방을 코앞에 둔 이 사내가 내심 신경이 쓰이던 참이었다. 더군다나, 살리제르가 이기든 지든 지금 이 자리가 그와 만날 마지막 자리이기도 했다. 지면 9회 우승이 무색하게 처참한 시체가 되어 땅에 묻힐 테고 이기면 자신에게서 해방되어 떠날 테니까.

살리제르가 크게 결심한 듯 물었다.

"왜 이런 일을 하시는 겁니까?"

코르네스는 약간 실망했다. 그것은 듣는 것만으로도 기가 질릴 처형식을 아홉 개나 설계한 자의 특별함이라곤 조금도 느껴지지 않는 질문이었다. 코르네스는 살면서 이미 그 질문을 천 번도 넘게 들었다고 단언할 수 있었다.

코르네스가 얼른 대답하지 않자 살리제르가 계속 말했다.

"물론 출세를 위해서는 아니시겠지요. 장군님이 세우신 공적들을 보면 이미 훨씬 더 높으신 직위에 있으셔야 하니까요. 오히려 이 행위에 대한 교회나 세간의 비판이 장군님의 공적을 깎아내리고 있다는 걸 압니다.

그럼 세간의 일반적인 추측대로 장군님의 악마 같은 취미에 불과

한 걸까요? 그것도 아닙니다.

　장군님, 장군님의 부대가 악마들로 이루어진 군단이라는 것을 아십니까? 그들이 악마들처럼 사악해서나 잔인해서가 아닙니다. 그들은 사람을 죽이는 것과 개를 죽이는 것…… 아니, 통나무를 쪼개는 것 사이에서 아무런 차이점도 느끼지 못합니다. 저도 한동안 그랬고요. 그건 어쩔 수 없습니다. 인간은 적응하는 동물이니까요. 그 지옥 속에서 적응하지 않고 살아가는 건 끔찍한 일입니다. 지금 저처럼요. 저는 시종 나부랭이에 불과하니 간신히 견딜 수 있었지만, 전장에 나서는 병사들은 적응하지 않고는 미쳐버릴 수밖에 없을 겁니다. 그런데 저는 이 2년 동안 단 한 명, 전장에 나가면서도 이 지옥에 적응하기를 거부하는 사람이 있다는 걸 알게 됐습니다. 아이러니하게도 그건 바로 이 지옥을 만든 장본인, 바로 장군님이십니다.”

　코르네스는 조금 놀랐으나 내색은 하지 않았다. 살리제르가 계속 말했다.

　“장군님, 저는 장군님이 시간이 날 때마다 방에 둔 성상 앞에서 눈물을 흘리시며 희생자들을 위해 기도하신다는 걸 압니다. 99명의 포로를 제외한 약탈이나 학살을 엄히 금지하시는 것도, 매일 밤마다 악몽에 시달리시다 깨어나 눈물을 흘리며 사죄하시는 것도 압니다. 이 부대의 다른 자들이 보기엔 나무꾼이 악몽을 꾸다 일어나 나무들에게 사죄하는 것처럼 보일 겁니다.

　저만 해도 이렇게 고통스러운데 직접 전장에 나서시고 그 지옥을 직접 만들기까지 하시는 장군님이 얼마나 고통스러우실지, 그것을 일체의 내색조차 하지 않으시는 장군님의 정신력이 얼마나 강인한 것인지 저는 짐작조차 가지 않습니다. 무엇입니까? 도대체 무엇이 장군님을 타인과 자신 모두에게 끔찍한 고통밖에 남기지 않는 이 잔혹한 길을 걷도록 채찍질하는 겁니까?"

살리제르의 긴 질문이 마침내 끝을 맺었다. 가만히 듣고 있던 코르네스는 처음의 실망감을 지우고 오랫동안 기다려온 손님을 맞이한 것처럼 엷게 웃었다. 살리제르는 2년 동안 장군님의 그런 얼굴을 본 적이 없었다.

"내가 이제껏 만난 수많은 학자나 성직자, 귀족들보다 전직 목수인 자네가 훨씬 깊은 통찰력을 지닌 것 같군."

"그럴 리가요. 그분들은 2년 동안 장군님을 바로 옆에서 볼 기회가 없었을 뿐입니다."

"시간은 상관없어. 자네의 전임자는 5년을 내 곁에 있었네."

말을 마친 코르네스는 의자의 등받이에 등을 기대고 잠시 허공을 바라보았다. 무언가를 생각하고 있는 것 같아 살리제르도 아무 말도 하지 않았다. 잠시 후, 침묵과 상의를 마친 코르네스가 다시 살리제르를 바라보며 물었다.

"자네는 신을 믿는가?"

"예? 예…… 물론이지요."

예상치 못한 질문에 살리제르는 거의 본능적으로 대답했다. 코르네스가 끄덕였다.

"그래, 그렇겠지. 천 명에게 물으면 천 명이 그렇다고 대답할 걸세. 적어도 이 땅에선 말이야. 그럼 한 번 더 묻겠네. 왜 신이 존재한다고 생각하지?"

"그건······ 그야······ 교회가 있고······ 그······ 당연한 것이 아닙니까?"

"그래선 안 돼."

"예?"

"이 땅의 많은 이들이 신을 믿네만, 그것은 그들의 자발적인 믿음이 아니네. 오랜 세월 이 땅에 자리 잡은 종교의 영향이지. 그건 일종의 세뇌야. 아주 어려서부터 종교를 당연한 것처럼 가르치고 그런 사회 속에서 살아가다 보니 그냥 그런가 보다 하는 게지. 그래선 안 되네. 진정한 믿음이란 그런 게 아니야. 그 믿음엔 근거가 없네. 근거가 없는 믿음은 약한 믿음일 확률이 높지."

"저는······ 신학에 대해선 잘 모릅니다. 하지만 제가 어렸을 때 성당에서 들은 바로는······ 근거가 없어도 믿는 것이야말로 진정한 믿음이라고 들었습니다만."

"그건 틀린 말이 아니네. 아무런 근거 없이도 믿음을 지킬 수 있다면 그것이야말로 최상이지. 신께서 가장 기뻐하실 믿음의 형태야. 하지만 그럴 수 있는 자가 얼마나 있겠는가? 자네는 조금 전 신을 믿는다고 했네만, 동쪽의 이교도에 붙잡혀 그 푸른 반달칼이 목에 닿아 있을 때에도 그렇게 말할 수 있다고 자신하는가? 이 땅에서 신을 믿는다고 하는 자들 중 과연 몇 명이나 그럴 수 있겠는가? 그래서 나는 생각했네. 근거 없는 약한 믿음보다는 근거가 있는 강한 믿음이 낫다고."

"그럼······."

"나는 스스로 그 근거가 될 생각일세."

살리제르는 코르네스의 말뜻을 단숨에 이해했다.

"사악하고 끔찍한 짓을, 그야말로 악마 같은 행위를 할 필요가 있었네. 그 악명이 전 세계에 퍼질 만큼, 온 세상의 저주를 받을 만큼, 누구나 그놈은 천벌을 받아 마땅하다고 고개를 끄덕일 만큼. 여러 방법이 있었지. 처음엔 그 전설적인 푸른 수염이나 흡혈귀 부인 같은 잔혹한 살인마를 떠올렸어. 하지만 그런 행위는 곧 법의 심판을 받게 되지. 그래선 부족하다고 생각했네. 인간의 벌이 아닌, 누구나가 신의 천벌이라고 생각할 만한 벌을 받아야 했어. 게다가 손수 사람을 죽이는 데는 수적으로 한계가 있으니. 그래서 전쟁을 떠올렸네. 전쟁에서 적이나 포로들을 죽이는 건 법적으로 처벌 받을 일 없이 오랫동안 악명을 쌓을 수 있으니 최선이라고 생각했지. 하지만 이번엔 희생이 너무 커진다는 문제가 있었네. 역사에 남을 학살자가 되려면 전투마다 수만 명을 생매장시키고, 불태우고, 팔다리를 잘라내야 했을 걸세. 나는 또다시 생각했네. 어떻게 하면 최소한의 희생으로 최대한의 악명을, 저주를 짊어질 수 있을 것인가?"

"그래서 생각해낸 것이… 경연대회란 말씀입니까?"

"그렇네. 실제로 내 부대가 죽인 희생자 수는 다른 탐욕스러운 지휘관들이 약탈 과정에서 죽인 자들의 수에 비하면 새 발의 피 수준이네. 하지만 그 잔혹한 방식 덕분에 악명은 누구도 날 따를 자가 없지."

"그럼 장군님은 이제……."

"죽어야지. 그것도 아주 극적으로. 내 악명만큼이나 끔찍하게. 누가 봐도 지금까지의 악행에 응보가 내린 것처럼 보이게. 천벌이 내린 것이 확실해 보이도록. 그 점에 있어서도 이 경연대회는 쓸모가 있었네. 나는 지상에서 가장 끔찍하고 고통스러운 방식으로 죽음을 맞이해야 하네. 나는 물론이고 누구도 상상도 못 할 만큼 기발하고, 잔인하고, 고통스러워야 하지. 그래, 바로 열 번째 우승자, 죽음의 천재인 자네가 생각해낸 방식대로 말이야! 나의 끔찍하고 극적인 최후는 내가 여태껏 쌓아 올린 높은 악명만큼이나 빠르게 전 세계에 퍼져나가겠지. 그걸 들은 모두가 이렇게 생각할 걸세. 그 악마 같은 놈이 죽었다고? 그것도 제 악행이 낳은 그 끔찍한 방식으로? 어떻게 그런 일이 있을 수가. 그건 하늘이 내린 천벌이 분명하군! 역시 신께선 존재하시는 거야!

나는 믿음의 근거로써, 지옥에서 불타는 또 다른 의미의 십자가로써 영원히 남을 걸세. 지상의 모든 이들이 나로하여금 더욱 강한 믿음을 가지게 되겠지. 그 모습을 보며, 나는 지옥불 속에서 웃을 걸세. 살리제르! 그러니 이제 어서 말해주게. 나를 죽일 방법을, 이 땅에 천년의 믿음을 새길 최후의 처형식을."

살리제르는 두려움에 떨며 자신이 한 가지 잘못 생각하고 있었다는 것을 깨달았다. 그는 코르네스군의 다른 병사들은 미치지 않기 위해 지옥에 적응했으나 코르네스 본인은 강인한 정신력으로 그 지옥에 적응하기를 거부하고도 미치지 않은 것이라 생각했다. 그게 아니었다. 코르네스는 이미 옛날옛적에 미쳐 있었다. 믿음 뒤에 숨은 광기인지, 믿음이 광기가 된 것인지는 알 수 없었다. 아니면 믿음이 곧 광기인 것인가?

믿음의 근거는커녕 살리제르는 이 미치광이를 세상에 내놓은 존재를 정녕 신이라 믿고 따라야 하는지 의구심이 들 지경이었다. 이유를 듣고 나면 어쩌면 그를 이해할 수 있을지도 모른다고 생각했던 몇 시간 전의 자신이 원망스러웠다. 설령 여기서 살아남아 해방되더라도 이 미치광이의 사악한 철학이 평생을 따라다니며 자신을 괴롭히리라는 확신이 들었다.

천막에 들어오기 전, 살리제르의 머릿속에는 이미 기상천외한 장치를 이용해 일주일이라는 시간을 들여 지상의 온갖 고통을 온전히 맛보게 해주는 기발한 처형식의 설계도가 들어 있었다. 그러나 그는 조금 전 그런 조잡한 장치는 상대도 안 되는 무시무시한 죽음을 막 떠올린 참이었다. 죽든 살든 1초라도 빨리 이 미치광이가 지배하는 지옥에서 도망쳐야겠다고 생각한 살리제르가 마침내 입을 열었다.

"장군님, 세상에서 가장 끔찍한 죽음은 바로 당신의 포로가 되는 것입니다."

4년 뒤, 코르네스는 한 전투에서 패배해 포로로 잡혔다. 비열한 적군이 코르네스군이 쓰는 우물에 독을 탔기 때문이었다. 다만 코르네스의 명령으로 엄중히 지켜지고 있던 우물에 누가 언제 어떻게 독을 탔는지는 아무도 알지 못했다. 그를 사로잡은 적군의 장수는 바로 20년 전 코르네스에게 붙잡혔다 늙어 죽는다는 답안지를 써내고 풀려난 사내였다. 그는 20년 전의 복수를 하겠다며 코르네스와 그의 병사들 99명을 붙잡아 코르네스가 했던 것과 똑같은 처형식 경연대회를 열었다. 코르네스는 신을 저주하며 길길이 날뛰다 병사들의 손에 억지로 붙들려 적장의 천막 안으로 들어갔다. 옆에서 그를 붙들고 있던 한 병사는 어쩐지 그가 웃음을 참고 있는 것 같다고 생각했다.

검은 책

차삼동

이상하고 무서운 이야기를 상상하는 걸 좋아한다. 「록앤롤싱어」로
제6회 ZA 문학상 우수상을, 「검은 책」으로 YAH! 문학상 대상을 받았다.
호러 작가 앤솔로지 『괴이 도시』에 단편 「가는 실 너머로」를 수록하였다.

1

흰 눈이 내리던 겨울날이었습니다.

아기를 가진 왕비는 창밖을 바라보며 뜨개질을 하다 손을 다쳤습니다.

피가 방울방울 떨어져 흰 눈에 붉게 번졌습니다.

그걸 보며 왕비는 생각했어요.

눈처럼 하얗고 아름다운 딸이 태어났으면 좋겠어.

흰 눈같이 눈부신 살결과 피처럼 빨간 입술을 가진 아이가.

내레이터를 맡은 아이가 대본을 읽기 시작했다. 그 낭랑한 목소리
가 교실 안에 퍼지자, 시끌시끌하던 6학년 4반 교실이 어느새 조용
해졌다. 이미 여러 번 맞춰본 대본이었지만 실제 동작과 함께 하는

것은 처음이었다. 지난번에 남아서 연습을 할 때, 역할이 작다며 몰래 가버린 아이들도 모두 남아 있었다. 선생님이 감독 역할까지 반 아이들에게 맡긴 자율 연습이라 이렇게 다 참여하지 않아도 되었다. 궁금한 것이다. 실제 연기와 함께 하면 어떤 모습인지.

백설공주의 친엄마 역을 맡은 아이가 손동작으로 뜨개질을 하는 것을 보며 소희는 심호흡을 했다. 대사는 이미 완벽하게 암기된 상태였지만 긴장이 되지 않는다면 거짓말이었다. 실수하지 않으려 간밤에 소희는 대본을 또 외우고 또 외웠다. 사실 이렇게까지 할 필요는 없었다. 어차피 연습이고, 아마 자신을 제외한 모든 아이들이 대본을 들고 연기를 할 터였다. 그렇게라도 돋보이고 싶은 것이 소희의 마음이었다.

친엄마 역을 맡은 아이가 내려가자 소희는 아이들 앞에 섰다. 교탁을 옆으로 치우고 책상을 뒤로 물려 놓아서 공간이 꽤 넓었다. 이제 여기는 소희의 무대였다. 자신을 보고 있는 아이들의 모습이 눈에 들어왔다. 긴 드레스를 입은 것처럼 팔을 휘휘 저으며 소희는 거울을 보고 한껏 꾸며낸 목소리로 말했다.

"거울아, 거울아. 세상에서 누가 제일 아름다우니?"

"왕비님이 가장 아름답지요."

소희는 흡족한 표정을 짓고서는 살짝 뒤로 물러섰다. 긴장이 감돌았다. 이 순간을 연기하기 위해 미리 연구를 했다. 만화의 왕비와 최대한 비슷하게, 그러면서도 자신의 스타일을 살려 실력을 보여줄 작정이었다. 왕비의 장면은 특이하게 객석과 배우가 직접 교감하는 장면이 있었다. 소희는 여자아이들 몇 명을 지적해 즉석에서 자신의 외모와 비교하며 잘난 체를 했다. 소희의 매끄러운 연기와 거울의 아부가 더해져 교실에는 은근한 흥이 올랐다.

"지금은 세상에서 누가 제일 아름다우니? 물론 내가 제일 예쁘겠지?"

"왕비님도 아름답지만, 세상에서 가장 아름다운 건 백설공주 님이십니다."

거울의 말에 소희는 눈을 휘둥그레 떴다. 그리고 충격적인 사실을 알게 된 양 어깨를 바르르 움직였다. 박력 있는 연기에 아이들은 숨을 죽였다.

"공주를 숲으로 끌고 가라. 그리고 죽여서 그 증거로 공주의 간을 가지고 오거라. 만약 그대로 하지 못하면 네 목숨이 성치 않을 것이다."

소희는 사냥꾼 역을 맡은 아이를 향해 위엄 있게 말하며 치를 떨었다. 그 기세에 압도된 듯 교실 여기저기서 탄성이 터져 나왔다. 소희는 곁눈질로 아이들의 반응을 살폈다. 만족스러웠다. 며칠간 시간을 내어 연습한 보람이 있었다. 기대한 대로 흘러간 것 같아 이제야 좀 안심이 되었다.

이제 백설공주의 차례였다. 웬만큼 잘하지 않으면 이 분위기를 반전시키지 못할 터였다. 분명 백설공주를 맡은 유리는 대본을 들고 할 것이고 그렇게 되면 그만큼 연기에 힘이 떨어질 수밖에 없었다. 소희는 옆으로 물러서서 반대편에서 준비하는 유리를 지켜보았다.

하지만 소희의 예상과는 달리 유리는 아무것도 들고 있지 않았다.

'무대' 가운데로 들어온 유리는 손을 포개어 베는 시늉을 하고 옆으로 누웠다. 그리고 잠깐 잠들어있는 척하다 기지개를 켜며 깨어났다. 낯선 곳에 온 것처럼 유리는 고개를 두리번거렸다. 그 천진한 얼굴이 정말로 공주 같았다.

"어머, 여긴 어디지? 내가 왜 여기에 있는 거지? 아버지! 어머니! 유모! 거기 아무도 없어요?"

맑고 깨끗한 목소리가 교실에 울려 퍼졌다. 소희의 연기와는 전혀 다른 매력이었다. 한 번도 오지 못했던 장소에 있는 양 유리는 몸을 떨었다. 그때 맞은편에서 사냥꾼 역을 맡은 아이가 나타났다.

"공주님, 일어나셨군요."

"당신은 누구인가요?"

"저는 당신을 죽이러 왔습니다. 이것은 왕비님의 뜻이니 저를 원망하지 마십시오."

"어머니가요?"

순간 유리의 얼굴에 당혹감이 스쳤다.

"아니야, 어머니가 그럴 리 없어."

사냥꾼이 종이를 말아쥔 '칼'로 유리의 심장을 겨누었다.

"고통 없이 처리해 드리겠습니다."

"아저씨, 제발 살려주세요. 아저씨가 시키는 대로 다 할게요."

유리는 정말 목숨을 위협받는 사람처럼 허리를 굽혀 그를 제지했다.

"이러면 어떨까요? 그냥 돌아가실 수 없으니까, 저를 죽인 걸로 하는 거예요. 저는 숲속으로 들어가서 다시는 나타나지 않을게요."

유리는 간절한 표정으로 그의 손을 붙잡았다.

"생각해 보세요. 아저씨도 사람 죽이기 싫으시잖아요."

어느새 교실에서는 숨소리 하나 들리지 않았다. 유리의 연기에는 보는 사람을 몰입시키는 힘이 있었다. 다음에 어떤 스토리가 펼쳐질지 알고 있으면서도 모두가 유리에게서 눈을 떼지 못했다.

공주와 사냥꾼의 일대일 장면이 끝나자 아이들은 '오오' 하며 박수를 쳤다. 순식간에 교실 분위기가 후끈 달아올랐다.

"아니, 뭐야. 여배우 경연대회야?"

"다들 왜 이렇게 잘해?"

웅성거리는 아이들 앞으로 다시 소희가 나섰다. 이번에는 왕비가 사냥꾼과 독대할 차례였다. 들뜬 분위기는 쉽게 가라앉지 않았다. 소희는 시선을 집중시키려 일부러 헛기침을 하며 목을 가다듬었다. 하지만 도저히 첫 장면만큼 기운이 나지 않았다. 지난밤에 열심히 연습했던 것이 헛고생처럼 느껴졌다.

왕비가 백설공주를 이길 수 없는 것처럼 소희는 유리를 이길 수 없었다.

2

처음부터 이런 것은 아니었다. 5학년 때까지 소희는 자신에게 쏟아지는 시선을 당연한 듯 생각하며 학교를 다녔다. 눈에 띄게 부유하거나, 반에서 1등을 하거나, 엄마가 치맛바람을 일으키는 건 아니었지만 소희는 아이들 사이에서 존재감이 있었다. 소희가 느끼기에도 자신은 또래의 다른 아이들보다 늘씬하고 키가 컸다. 그리고 끼가 있었고 얼굴이 예뻤다. 그 덕에 소희는 항상 친구가 많았다. 별다른 노력을 하지 않고도 소희는 항상 아이들의 중심에 있었다.

'연예인이 될 거야.' '기획사에 들어가서 데뷔할 거야.'

이런 얘기들을 공공연하게 하곤 했다. 그때는 연예인이 어떻게 되는지도 몰랐지만 그런 말을 하면 기분이 좋았다.

소희네 학교는 1년마다 번갈아 가며 운동회와 학예회를 했다. 습득력이 좋은데다 춤선이 고왔던 소희는 운동회 때도 매스게임 시범을 맡았다. 소풍 때는 앞에 나가서 노래를 했다. 그런 식으로 받는 관심은 너무 당연했다. 그런 시선이 특별하다고 생각해 본 적이 한 번도 없었다.

유리가 전학 오기 전까지는 그랬다.

4개월 전이었다. 하얀 블라우스에 하늘색 스커트. 큰 키의 유리는 마치 중학생 같았다. 선생님은 서울에서 전학 온 친구라며 유리를 소개했다. 투명하고 하얀 얼굴에 여리여리한 손이 마치 다른 나라 사람처럼 보였다. 그렇게 예쁜 아이를 본 적이 없었다.

처음에 유리는 자기 자리에서 하루 종일 조용히 앉아 있었다. 다가갈 수 없을 것 같은 분위기 때문에 첫날에는 아이들이 유리에게 거의 말을 걸지 않았다. 저렇게 예쁜 애한테 말을 걸었다가 무시라도 당하면 어떻게 할까 하는 생각을 다들 했었던 것 같다.

하지만 겉으로 표를 내지 않을 뿐 첫날부터 아이들의 관심은 온통 유리에게 쏠려 있었다. 그날 집에 갈 때 유리는 단연 화제의 중심이었다. 같이 가던 친구들은 소희에게 그런 말을 했다.

"오늘 전학 온 애 진짜 예쁘지 않아? 난 무슨 아이돌인 줄 알았어."

"글쎄, 그 정도인가? 예쁘긴 한데 약간 쌀쌀맞아 보이더라고."

소희는 괜히 마음에도 없는 소리를 했다. 한 번도 느껴보지 못했던 기분이었다.

유리는 사흘 정도를 거의 말없이 혼자 지냈다. 하지만 전학생인 유리를 도와주려 조금씩 다가가는 아이들이 많아지고, 그 싹싹한 태도와 붙임성 있는 성격을 다들 알게 되면서 얼마 안 가 유리는 아이들과 친해졌다. 한 달쯤 지나자 유리는 대부분의 아이들과 스스럼없이 지내게 되었다.

서울에서 전학을 와서인지 유리는 옷차림이 남달랐다. 지방 도시에서는 잘 볼 수 없는 세련된 디자인의 원피스나 다른 옷들을 유리는 매번 바꿔 입고 오곤 했다. 학용품이나 지갑 같은 것도 처음 보는 물건들이었다. 여자아이들은 유리가 어떤 옷을 입고 다니고 어떤 소지품을 들고 다니는지 관심 있어 했다. 서울에서 지방으로 사업하러 내려온 굉장한 부자의 딸이라는 소문이 돌았다.

소희는 그게 마음에 들지 않았다. 자기가 왜 그런지 스스로도 이해할 수 없었다.

2학기가 되자 유리는 여자 부반장이 되었다. 한사코 마다했지만 아이들의 추천에 못 이겨 유리는 승낙을 했다. 소희는 반장이나 부반장 자리를 귀찮게 여겼고 그런 역할에 연연한 적이 없었으나 유리가 부반장이 된 걸 보자 이상하게 신경이 쓰였다. 물론 겉으로는 절대 티를 내지 않았다. 친한 사이는 아니었지만 소희는 유리를 다른 아이들과 똑같이 대해 주었고, 그건 유리도 마찬가지였다.

그렇게 끝날 수도 있었다.

10월 말에 열리는 학예회가 아니었다면.

운동회와 학예회는 소희네 학교의 연례 행사였다. 작년에는 운동회를 했으니 올해는 학예회를 할 차례였다. 소희에게는 마지막 학예회이기도 했다. 이런 행사를 준비하는 걸 귀찮아하는 아이들도 있었지만 학예회를 특별하게 꾸미고 싶어 하는 아이들도 많았다.

연극을 하자는 아이디어는 소희네 반의 작가 지망생이었던 선아에게서 나왔다. 백일장에서 여러 번 상을 타고 인터넷에 로맨스 소설을 올릴 정도로 조숙하고 글 솜씨가 있었던 선아는 자타가 공인하는 수재였다. 선아는 학예회 공연으로 어떤 것을 하면 좋을지 정하는 학급 회의에서 그런 얘기를 했다.

"고전 동화를 연극으로 하자. 모두가 다 아는 내용으로. 백설공주 같은 걸로."

아이들은 처음에 선아의 제의를 의아해했다. 보통 백설공주 같은 동화 연극은 저학년에서 했기 때문이다. 고학년이 그런 걸 하는 경우 영어로 대본을 쓰거나, 패러디를 하거나 다른 요소를 덧붙여야 했다. 하지만 선아는 '정통'이라는 말을 강조했다.

"6학년이니까 백설공주를 할 수 있는 거야. 고학년답게, 확실한 연기랑 구성으로 실력을 보여주는 거지. 내가 대본 쓸게. 다른 친구들이 거기 맞는 역할 뽑아서 준비해 주면 돼."

선아가 워낙 확신을 가지고 얘기하는 탓에 다른 아이들은 이견을 내지 않았다. 옥신각신하며 시간을 보내느니 한 사람이 강력히 주장하는 쪽으로 가는 게 낫다는 생각이었다. 선생님은 반 전원이 참여

할 수 있다면 무엇을 해도 상관없다고 했다. 인원이 25명이었으니, 열댓 명을 연기로 쓰고 나머지를 스탭으로 쓰면 전원이 참여할 수 있었다.

그때까지도 소희는 아무 생각이 없었다. 당연히 자신은 연기 쪽으로 갈 것이고 주요 배역을 맡을 것이라고 생각했다. 4학년 때 TV 드라마를 패러디한 연극을 할 때도 여주인공을 했었다. 이런 결정에서 자신이 우선순위에 있는 건 익숙한 일이었다.

"그럼 배역부터 결정해야 되나?"

반장의 말에 소희는 갑자기 신경이 쓰였다. 왠지 모를 긴장이 일었다. 무언가가 심기를 확 건드리는 느낌이었다. 아무렇지도 않던 기분이 갑자기 왜 그렇게 달라진 건지는 소희 자신도 알 수 없었다.

"백설공주니까 백설공주부터 정해야지."

"누가 백설공주 할 사람 없나?"

그 말을 듣자 갑자기 소희의 가슴이 뛰었다. 보통 이럴 때는 자신에게 시선이 집중되곤 했다. 하지만 왠지 이번에는 그럴 것 같지 않다는 생각이 들었다. 소희는 그런 감정을 스스로 억누르고 있었다.

그때 뒷자리에서 아이 한 명이 말했다.

"유리가 하면 어떨까?"

이내 유리에게로 시선이 집중되었다. 유리는 갑작스러운 관심에 약간 당황한 듯했다.

"아니야. 하고 싶은 사람 있으면 다른 사람이 해. 주인공인데 갑자기 결정하면 어떡해?"

"잘할 것 같은데?"

"한번 해 봐. 이럴 때 주인공도 해 보는 거지, 언제 해 보려고 그래?"

유리는 손사래를 치다 어쩔 수 없다는 듯 고개를 숙였다.

"오, 손유리 하는가 봐."

주인공이 결정됐다며 아이들은 박수를 쳤다.

"그럼 그 다음에는 누구를 해야 되나? 왕자님? 왕비?"

"왕비가 비중이 더 크지 않나? 왕비부터 할까?"

"소희가 하면 되겠네."

그제야 소희에게 시선이 쏠렸다. 소희는 생각지도 못했다는 듯 고개를 들었다. 손으로 자신을 가리키며 '나?'라고 해 보았다. 자신의 그런 모습이 너무 연기처럼 느껴졌다.

"소희 너 그 전에 주인공 했고, 잘하잖아."

아이들의 말에 소희는 억지로 웃었다. 사실 어렴풋이 알고 있기는 했다. 소희는 그 사실을 애써 부정하고 있었으나 이날의 사건으로 확실하게 깨닫고 말았다. 서열이 갈렸다는 것을. 자신은 2순위였다. 소희가 쾌활하게 웃으며 고개를 끄덕이자 아이들은 박수를 쳐 주었다.

하지만 온종일 기분은 진정되지 않았다.

소희가 직접 왕비 역을 골랐다면 별 상관이 없었다. 오히려 배역만 보면 왕비가 더 흥미를 끄는 요소가 있을 수도 있었다. 왕비 역이 싫은 것보다도 밀렸다는 데 더 속이 상했다. 처음에는 아무렇지 않은 것 같았지만 시간이 지날수록 견딜 수 없어져 오후에는 표정 관리가 안 될 정도였다. 때마침 앞자리 아이가 전학을 가는 바람에 앞자리가 비어 있어서 맨 뒤에 앉아 있던 소희는 표정 관리에 애를 먹었다.

'소희도 예뻐. 하지만 유리가 더 예뻐.'

그런 말이 귓가에 들리는 것 같았다. 하루 이틀이 지나도 기분은 나아지지 않았다. 혹시라도 유리를 시샘하는 것처럼 보일까 봐 소희는 더 쾌활하고 아무렇지 않은 듯 행동했다. 함께 하교하는 친구들과 이런저런 얘기를 나눌 때도 유리의 험담은 절대 하지 않았다. 그런 점이 자신을 더 피곤하고 지치게 했다.

갈수록 라이벌 의식을 느끼고 있다는 걸 소희는 스스로 인정해야 했다.

처음으로 대본을 연기와 함께 맞춰볼 때 그런 마음을 먹고 있었다. 내가 정말로 연기를 잘해서, 시선을 모으면 역전이 되지 않을까. 유치한 심리라고 생각하면서도 그런 욕심을 억누를 수 없었다. 그 결과는 그런 시도가 민망할 정도의 완패였다.

연습이 끝나고 난 뒤에 듣자 하니 유리는 서울에 있을 때 구에서 운영하는 어린이 극단에 있었던 모양이었다. 애당초 이런 경험이 많았고 일종의 전문가였다. 그걸 알고 나니 얼굴이 달아올라 견딜 수 없었다. 그날 저녁 소희는 입맛이 돌지 않아 아무것도 먹지 않았다.

등굣길에 소희는 그런 생각을 했다.

차라리 유리가 형편없는 애였다면 마음 놓고 미워할 수 있었을 텐데.

교실 문을 열자 바로 유리가 보였다. 유리는 아이들에게 둘러싸여 있었다. 왠지 그쪽에서 빛이 나는 것 같았다. 정말로 유리가 백설공주일지도 몰랐다. 아무리 봐도 유리는 그 역에 어울리는 사람이었다.

그럼 나는 왕비인가.

백설공주를 질투하고 불행을 바라는 왕비.

그렇게 생각하니 눈물이 날 것 같았다. 그때 소희야, 하고 다른 아이들이 불렀다. 소희는 눈물이 나려는 걸 참고 웃으며 인사를 했다. 이런 별것도 아닌 일로 약해지고 싶지 않았다.

다음 날 오후 소희는 조퇴를 했다. 아무리 힘을 내려고 해도 컨디션 조절이 되지 않았다. 차라리 푹 쉬고 잊어버리는 게 나을지 몰랐다. 어차피 학예회이고 10분 조금 넘는 연극에 불과한데. 이렇게 용을 쓰는 건 이상한 일이었다. 졸업도 얼마 남지 않았다. 이런데 기력을 낭비하느니 그냥 무난하게 학예회를 끝내고 다른 데 집중하는 편이 나았다.

"그럼 몸조리 잘하고."

"네."

소희는 선생님께 인사하고 교실을 나섰다. 아직 10월이라 낮엔 더웠다. 운동장을 혼자 가로지르는 것만으로도 목이 말랐다. 음료수도 하나 사고, 다음 날 준비물도 미리 살 겸 해서 소희는 학교 앞 문구점에 멈춰 섰다. 가게 문을 열고 들어가자 아무런 인기척이 느껴지지 않았다. 아이들이 거의 없는 시간이라 주인아줌마는 자리를 비운 듯했다.

소희는 가게 안을 둘러보았다. 이런 식으로 구경을 하다 필요한 물건을 찾는 경우도 있었다. 음료수부터 꺼낼까. 냉장고 쪽으로 가던 소희는 공책이 쌓여 있는 자리에서 시커먼 색의 책 하나가 놓여 있는 것을 발견했다.

그것은 딱 봐도 다른 책들과는 달랐다. 공책이나 다른 문제집 표지들이 형형색색으로 예쁘게 만들어져 있는 데 비해 그 책은 투박해 보였다. 손바닥 정도 크기로 규격도 다르고 무슨 교회에서 나눠주는 찬송가 책 같았다.

소희는 그 책을 들어 보았다. 두껍지는 않았다. 100페이지쯤 될까. 가죽처럼 거칠거칠한 책 표지에는 황금빛 누런 붓글씨로 '검은 책'이라고 쓰여 있었다.

'이런 것도 파나?'

소희는 책을 들어 한번 들춰 보았다

검은색 속표지를 넘기자 흰색 내지가 나왔다. 첫 페이지였다. 그 위에는 이렇게 쓰여 있었다.

이 책이 당신의 앞에 나타난 이유는 당신이 누군가를 간절히 미워하고 있어서이다.

'뭐야. 장난인가.'

정체를 알 수 없는 책이었다. 한 페이지를 더 넘겨 보았다.

당신이 이 책을 얻은 것은 행운이다.

뭐야. 책의 어설픈 모양새에 피식 하고 웃음이 나왔다. 아무래도 예전에 유행했던 공포 이야기를 모아놓은 책과 비슷한 종류인 것 같았다. 짧은 괴담 몇 개를 엮어 싼 가격에 파는 책들은 유행이 지났지만 아직도 찾는 아이들이 있어 문구점에서는 조금씩 그런 책들을 구비해 놓곤 했다.

그때 가게와 연결된 뒷문에서 주인 아줌마가 나왔다. 안에서 볼일을 보고 있었던 모양이었다.

"어, 오늘은 일찍 마치나 보네?"

아줌마는 소희를 보며 아는 체를 했다.

소희는 준비물과 음료수를 사며 아줌마에게 그 책에 관해 물어보았다.

"저 책도 파시는 거예요?"

"응?"

아줌마는 소희가 가리키는 쪽을 보더니 의아한 표정을 지었다.

"저게 뭐지?"

아줌마는 책이 진열된 곳으로 다가가 이리저리 훑어보더니 알 수 없다는 얼굴을 했다.

"우리 가게에 이런 것도 있었나?"

아줌마는 책을 들고 안쪽으로 들어갔다. 아저씨를 부르는 아줌마의 목소리가 들렸다.

"여보, 우리 이거 언제 들어온 거야?"

아저씨의 목소리가 어렴풋하게 들렸다.

"잘 모르겠는데?"

아줌마는 밖으로 나와 고개를 갸웃거리더니 책을 앞에 놓았다.

"글쎄, 이건 잘 모르겠네."

소희는 호기심이 일었다. 저런 책들에는 원래 관심이 없었지만 주인도 모르는 책이라니 뭔가 재미있어 보였다.

"저기, 그러면 이 책 저 주시면 안 돼요?"

"응? 이걸 달라고?"

아줌마는 대수롭지 않은 얼굴로 책을 보았다.

"이게 얼마인지는 몰라도, 우리 가게에 있던 거니까 값은 받아야 돼."

"그럼 얼마에요?"

"어디 보자. 얼마로 할까……."

자기도 모르는 물건이면 그냥 줘도 될 텐데. 소희는 야속해 하며 지갑에서 돈을 꺼냈다.

3

숙제를 마치고 잠시 쉬던 소희는 문구점에서 사 온 책을 펼쳐보았다. 생각지도 않게 오천 원이나 주고 사 온 물건이었다. 아줌마가 바가지를 씌운다는 생각도 들었으나 흔하게 볼 수 없는 모양새인데다 괜한 호기심이 들어 사 오고 말았다.

소희는 앞의 두어 장을 넘기고 다음 페이지를 보았다. 머리말인 듯 빼곡한 글씨가 쓰여 있었다.

이 책은 당신의 앞을 가로막고 있는 사람을 불행에 빠뜨려 당신이 행복해지도록 돕는다. 당신은 그저 이 책에 나와 있는 저주 의식을 그대로 실행하기만 하면 된다. 저주는 1회차부터 4회차까지로, 각 회차별로 점점 더 큰 고통이 닥쳐 그 대상이 괴로워하는 모습을 볼 수 있을 것이다. 저주가 완료되면 그 대상은 심각한 정신적, 육체적 손상을 입어 다시는 당신을 방해하지 못하게 된다.

황당한 내용이었다. 소희는 피식 웃으며 다음 장을 넘겼다. 간단한 목차가 나왔다. 진짜 저주 방법을 알려줄 모양이었다.
한 장을 더 넘기자 이런 문구가 나왔다.

단, 다음 사항을 지켜야 한다.
1) 일단 의식을 시작하면 1회차부터 4회차까지 막힘없이 진행되어야 한다. 각 회차 의식의 간격은 4일이다. 1회차 의식 후 4일 뒤에는 2회차 의식을 해야 한다. 모든 저주가 완료되는 시점은 12일째이다.
2) 의식이 시작되면 저주를 멈출 수 없다. 저주를 풀기 위해서는 저주를 한 상대에게 자신이 저주를 걸었다는 사실을 고백하고 진심으로 용서를 빌어야 한다.
3) 의식을 하는 도중에 그 모습을 다른 사람에게 들켜서는 안 된다. 촛불을 꺼트리거나, 도구를 떨어뜨리거나, 준비물을 빠뜨리거나, 실수를 해서도 안 된다. 그렇지 않으면 악마가 당신의 영혼을 빼앗을 것이다.

피식거리며 읽던 소희는 마지막 줄에서 웃음을 멈추었다. 애들 상대로 문구점에서 파는 책으로는 과하게 구체적이고 기분 나쁜 내용이었다. 건조한 글투와 섬뜩한 표현들 때문에 더욱 그렇게 느껴졌다. 그리고 악마가 영혼을 빼앗아 간다니 허무맹랑하면서도 지나친 결말이었다. 소희는 책 뒷면을 보았다. 출판사나 바코드, 가격, 저자 같은 정보가 아무것도 나와 있지 않았다. 장난으로 만든 것 치고는 고약한 책이었다.

그런데도 내부는 손 글씨가 아니고 인쇄된 글자라서 더 이상했다. 어쩌면 개인 소장품을 문구점에 떨어뜨리고 갔을지도 몰랐다.

몇 페이지 더 넘겨 보았다. 그 다음부터는 구체적인 저주 방법이 소개되어 있었다.

1회차

† 준비물

실, 인형, 저주 대상의 손톱(머리카락), 칼이나 바늘, 물, 그릇, 종이, 펜

† 방법

1. 저주하고 싶은 대상의 이름을 써 인형의 머리에 붙인다.
2. 인형의 몸을 갈라 심장 부위에 손톱이나 머리카락을 넣는다.
3. 실로 봉한 뒤에 그릇에 물을 채워 그 안에 담근다.
4. 피를 조금 내어 그 위에 뿌린다.
5. 다음과 같이 말한다. '주인님, 주인님. 몸과 마음을 다해 간절히 원합니다. 이 자의 몸을 받아 주세요.'
6. 인형을 향해 세 번 절을 한다.
7. 의식이 끝나면 인형을 꺼내 누구도 보지 못하는 장소에 놓아둔다.

어디선가 보았을 법한 방법이었다. 똑같지는 않지만 전에 친구들과 할 때 비슷한 걸 들어본 적은 있었다. 인형을 구해서 그 안에 몸의 일부를 넣고 물에 담근다는. 그때는 저주가 아니라 귀신을 부르는 방법이라고 했다. 효과를 떠나 그 과정이 기분 나쁘게 하는 면이 있어 확실히 관심이 있다면 끌릴 법한 내용이기도 했다.

이런 게 무슨 의미가 있을까. 소희는 책을 덮으려고 했다.

순간 문득 유리의 얼굴이 생각이 났다.

자신도 왜 그런지 몰랐다. 그냥 갑자기 스치듯이 떠오른 것이다. 소희는 그 얼굴을 떨치려고 애썼지만 그럴수록 유리의 얼굴이 더욱 선명하게 새겨졌다.

아름다운 유리.

소희의 자리를 빼앗아 간 유리.

갑자기 그런 생각이 들었다.

'해 볼까.'

밑져야 본전이었다. 이걸 한다고 해서 소희에게 손해날 일은 전혀 없었다. 피해를 입을 일도 없었거니와 만약 문제가 생기더라도 그만 두면 될 일이었다. 어차피 아무도 모를 테니까 상관없는 거 아닐까. 혼자서 간직하고 있다면 무슨 일을 해도 잘못이 아니었다. 그리고 왠지 이걸 하면 기분 전환이 될 것 같았다. 비밀스럽게 갖고 있는 경쟁의식을 풀 수 있는 기회였다.

검은 책의 글자 위로 유리의 모습이 겹쳐졌다.

소희는 그날 의식을 하지 않았다. 당장 시작할 수는 없었다. 저주를 하기 위해서는 여덟 가지 준비물이 필요했다. 펜이나 인형, 그릇 같은 건 집에서도 쉽게 구할 수 있는 물건이었다. 하지만 유리의 손톱이나 머리카락을 당장 구하기는 어려웠다. 손톱을 깎아달라고 할 수도 없는 일이었고 머리카락을 몰래 자르는 건 더욱 말이 안 됐다. 사실상 입수할 수 있는 경로는 없는 거나 마찬가지였다. 어차피 재미로 할 건데, 그렇게까지 기를 쓰면서 하고 싶지도 않았다.

그것들을 손에 넣을 순간은 우연히 찾아왔다. 며칠 후 야외 수업 시간이었다.

소희가 화장실에 다녀온 사이에 다른 아이들은 모두 밖으로 나가 있었다. 소희 말고는 아무도 없는 상태였다. 소희는 급하게 가방을 열어 책을 챙겼다. 교실을 나서려 할 때 소희의 눈에 유리의 책상이 들어왔다.

그걸 보자 머릿속에 검은 책의 내용들이 스쳐 갔다.

유리의 가방을 뒤져볼까.

혹시 소지품에 그런 것들이 들어 있을지도 모르는 일이었다. 그리고 책이나 공책 사이에 머리카락이 끼어 있을 수도 있었다. 소희는 주위를 살피며 가만히 유리의 자리에 다가가 살며시 가방을 열어 보았다.

공책 몇 권과 다른 물건들이 들어 있었다. 손을 넣어 더듬자 딱딱하고 기다란 것이 잡혔다. 소희는 조심스럽게 그것을 꺼내 보았다. 머리빗이었다. 갈색 머리빗 사이에 머리카락이 몇 올 붙어 있었다.

그때 교실 앞문으로 여자아이 하나가 들어왔다. 소희는 소스라치게 놀랐다.

소희는 유리의 자리에서 재빨리 발을 빼고 머리빗을 뒤로 숨겼다. 가슴이 두근거렸다. 어쩌면 자신이 가방을 뒤지는 걸 들켰을지도 몰랐다.

"너 뭐 하니?"

아이는 의심에 찬 눈초리로 물어보았다. 소희의 앞자리에 앉는 미주라는 친구였다.

소희는 고개를 저었다.

"아무것도 아니야. 근데 너는 왜 들어왔어?"

"아, 나는 선생님 심부름이 있어서."

미주는 계속 의심스러워하는 기색이었다. 소희는 아무렇지 않은 척 유리의 머리빗을 숨기고 책을 챙겨 교실 밖으로 나갔다.

4

일요일 오후였다. 숙제를 마치고 소희는 검은 책을 펼쳐보았다. 머리빗은 그저께 훔쳤지만 주말 동안 삼촌 댁을 다녀오는 바람에 소희에게는 여유가 없었다. 이제야 무언가를 할 만한 시간이 생겼다. 이미 준비물은 다 갖춰 놓았다.

처음에는 긴가민가했으나 애를 써서 머리빗을 손에 넣으니 해야만 하는 일이 되었다. 진짜로 이걸 실행하면 어떻게 되는지 궁금하기도 했다. 부모님은 볼일을 보러 나가서 집에는 아무도 없었다. 독서실에 간 고등학생 오빠가 들어오려면 한참은 있어야 했다.

소희는 책을 보며 준비물을 늘어놓았다.

실, 인형, 유리의 머리카락, 바늘, 물, 그릇, 종이, 펜.

인형은 집에 굴러다니던 공룡 인형이었고, 바늘이나 실은 실습 때 구입한 걸 아직 갖고 있었다. 종이는 검은 책 뒷면을 찢어 사용하기로 했다. 검은 책은 100페이지 정도 두께였으나 30페이지만 기록이 돼 있었고 나머지 장에는 내용이 없었다. 연습장처럼 찢어서 저주에 사용할 종이 같다는 생각이 들었다. 왠지 거기에 쓰면 더 효험이 있을 것만 같았다.

눈앞의 준비물들을 보자 진짜로 저주를 한다는 실감이 났다. 가벼운 흥분으로 소희의 손이 떨렸다.

우선 소희는 종이에 유리의 이름을 썼다.

'손유리.'

그 글자가 굉장히 크게 느껴졌다. 그렇게 이름을 정면으로 마주하고 있으니 찔리는 기분이었다. 그렇지만 일단 시작했으니 빨리 끝내야 했다. 소희는 접착 테이프를 짧게 끊어 종이를 공룡 인형의 머리에 붙였다. 그 모습이 왠지 우스꽝스러워 보였다.

필통에서 커터칼을 꺼낸 소희는 인형의 배를 갈랐다. 하얀 솜이 보였다. 그 안에 유리의 머리카락 한 가닥을 넣었다. 그리고 실로 꿰맸다.

그릇은 인형을 담가야 하기 때문에 생각보다 큰 게 필요했다. 냉면 그릇을 이런 식으로 쓸 거라고는 생각도 못 했다. 그릇 안에 인형을 넣자 솜으로 만든 공룡 인형이 금방 축축이 젖었다. 여기에 열중하고 있는 자신의 모습이 우스웠다.

이제 피를 낼 차례였다. 이 단계가 되자 조금 긴장이 되었다. 이제부터는 장난이 아니었다.

조금이면 되니 굳이 칼로 할 필요는 없겠지.

소희는 바늘을 들어 눈을 감고 왼쪽 엄지손가락 끝을 찔렀다. 따끔한 감각과 함께 피가 배어 나왔다. 소희는 손가락 안쪽부터 조금씩 밀어서 피를 짜냈다. 그리고 인형 위에 뿌렸다. 공룡의 파란 머리에 점점이 빨간 피가 떨어졌다.

이제 주문을 외울 차례였다. 소희는 무릎을 꿇고 인형을 보며 이렇게 말을 했다.

"주인님, 주인님. 몸과 마음을 다해 간절히 원합니다. 이 자의 몸을 받아 주세요."

그 말을 하자 소희의 등줄기에 소름이 확 솟았다. 대체 '주인님'은 누구이고 '이 자'는 누구이며 몸은 무엇이란 말인가. 막연히 '주인님'이 저주를 이루어주는 존재이며 '이 자'는 인형에 들어간 머리카락의 당사자 유리일 거라는 생각이 들었지만 책에는 별다른 설명이 없었다. 굉장히 기분 나쁜 의식이라는 것은 분명했다.

피를 떨어뜨리고 소희는 인형을 향해 세 번 절을 했다. 고개를 들 때마다 인형과 눈이 마주쳤다. 인형이 자신을 내려다보고 있는 것 같은 생각이 들었다.

모든 절차가 끝나자 소희는 인형을 꺼내 상자에 넣고 침대 밑에 숨겨 두었다.

다음 날 학교에서 소희는 계속 인형 생각을 했다. 침대 말고 다른 곳에 넣어둘 걸 그랬나. 혹시 엄마가 찾지 않을까. 그 의식을 치르고 나니 그다지 기분이 좋지 않았다. 찜찜하고 불쾌한 의식이었다. 그리고 아무도 모르게 그런 짓을 했다는 사실 자체가 떳떳하지 않았다. 계속 유리의 반응을 살피는 것도 힘들었다. 스트레스가 해소되기는커녕 오히려 더 가중되는 느낌이었다. 더구나 유리에게 그날 하루는 아무 일도 일어나지 않는 것 같았다.

하루가 지나고 이틀이 지나도 마찬가지였다. 그렇게 저주를 받은 것 치고는 별일 없이 너무 멀쩡해 보였다. 아니면 불행한 일이 일어났는데 소희가 놓쳤을지도 몰랐다. 수업을 마치고 한 시간씩 연습을 같이했으나 유리의 컨디션에는 문제가 없었다. 오히려 갈수록 연기력이 늘면서 힘이 붙는 듯했다.

'역시 거짓말이었어.'

애당초 그런 걸 믿은 게 문제였다. 애들 상대로 파는 장난 같은 책에 속아 괜히 기분만 망치고 말았다. 어쩌면 문구점 아줌마의 장사 수단일지도 몰랐다. 6학년씩이나 돼서 저런 데 넘어가다니 한심한 일이었다.

그때까지는 그렇게 생각했다.

그 일은 의식을 치른 지 사흘이 지난 3교시에 일어났다. 다 같이 공작을 하고 있던 미술 시간이었다. 소희는 종이꽃에 붙일 색종이 꽃잎을 만들고 있었다. 한창 도안에 집중하고 있을 때 앞자리에서 '앗' 하는 소리가 들렸다. 아이들이 일제히 소리가 나는 쪽을 바라보았다.

유리였다.

유리가 손에 피를 흘리고 있었다. 가위에 손을 찔린 모양이었다.

"유리야 괜찮니?"

선생님의 말에 '예'하고 유리는 고개를 끄덕였다. 선생님이 유리의 상태를 확인하느라 수업이 잠시 중단되었다. 크게 다친 건 아닌 모양이었다. 일단 옆자리 친구가 유리를 양호실에 데리고 갔다. 다들 웅성거리자 선생님은 아이들을 진정시키고 수업을 진행했다.

"모두 조심해야지. 별거 아닌 거 같아도 잘못하면 저렇게 다친단 말야."

선생님은 다시 한번 주의를 주었다.

십 분쯤 있다 유리는 다시 들어왔다. 손에 간단하게 응급조치를 한 듯 반창고를 붙이고 있었다. 괜찮냐고 물어보는 아이들의 말에 유리는 고개를 끄덕였다.

그걸 보자 갑자기 소희의 가슴이 두근거렸다.

'설마 저주 때문일까? 그게 실현된 걸까?'

그냥 우연일 가능성도 있었다. 하지만 그 의식 후에 며칠 지나지 않아 그렇게 됐다는 사실에 약간의 놀라움이 들었다. 아무도 모르게 엄청난 일을 꾸민 것만 같았다.

점심시간에 식사를 마치고 소희는 운동장 바깥의 동상 쪽으로 갔다. 어린아이가 바보 같은 자세로 어머니 앞에 무릎을 꿇고 있는 동상이었다. '효자상'이라는 이름이 있었지만 아이들은 그 동상을 '바보상'이라고 불렀다. 소희는 그리로 걸어가 동상 뒤에서 가만히 앉아 있었다. 가끔 소희가 머리를 식히고 싶을 때 찾는 장소였다. 아이들과 친하게 지내기 위해 과하게 밝은 모습을 유지하고 있던 소희에게는 쉴 곳이 필요했다.

앉아 있다 보니 뒤에서 인기척이 들렸다.

뒤를 돌아보자 익숙한 얼굴이 아는 체를 했다. 앞자리에 앉는 미주였다. 며칠 전에 유리의 빗을 훔치다 미주에게 들킬 뻔했었던 기억이 났다. 여기서 만나게 되니 달갑지 않았다.

"지금 뭐 해?"

"아니, 생각 좀 하려고……"

그 말을 듣자 미주는 소희 옆에 앉았다. 그리고 은근한 목소리로 말했다.

"나 그거 물어봐도 돼?"

"뭐?"

미주의 말을 듣는 순간 소희의 가슴이 내려앉았다.

"지난주에 너, 유리 가방 손댄 거 아니야?"

"무슨 소리야? 나 안 했어."

소희가 부인하는 걸 보며 미주는 의아한 표정을 지었다.

"그래? 그날 유리가 머리빗 없어졌다 그러던데. 혹시 네가 가져간 거 아니었어?"

숨이 멎는 기분이었다. 아무래도 미주는 알고 있으면서 떠보는 것 같았다. 무슨 생각으로 이러는지 알 수가 없었다. 계속 잡아떼고 추궁당하느니 차라리 말해 버리는 게 나을 수도 있었다.

"저기, 나 솔직히 얘기하면 유리한테 말할 거야?"

미주는 고개를 저었다.

"아니, 그게 뭐 대단한 잘못도 아니지 않나? 왜 그랬는지 몰라도."

"나 사실 유리 빗 훔친 거 맞아."

"그래?" 미주는 약간 놀라는 눈치였다. "그냥 물어본 건데 정말이네? 왜 그랬어?"

미주의 물음에 약간 갈등이 되었다. 저주 얘기를 하는 건 너무 생뚱맞은데. 이미 빗을 훔친 걸 고백한 이상 아무 얘기도 안 하고 넘어갈 수는 없었다. 그동안 쌓인 유리에 대한 복잡한 감정이나 문구점에서 산 저주 책 얘기를 하는 건 이상한 일 같아서 소희는 그냥 한 가지 말만 하기로 했다.

"나 사실 인터넷에서 저주 방법 찾아서 해보려고 했어. 설명 보니까, 머리카락이 필요하다고 해서."

"아니 왜?" 미주는 깜짝 놀랐다. "유리한테 저주를 왜 해?"

"우리끼리 안 좋은 일이 있어. 그냥 그렇게밖에 얘기할 수 없어."

"그래서 머리카락 가져간 거야?" 미주는 눈을 휘둥그레 뜨더니 소희의 어깨를 탁 쳤다. "미쳤나 봐. 너 그런 거 하면 안 돼. 걔가 무슨 잘못을 한 건지는 몰라도 그러면 안 되는 거야. 저주하면 그 사람한테 돌아오는 거라잖아. 그런 얘기 괜히 있는 게 아니야."

"그런가? 안 그래도 유리가 다쳤는데 나 때문인가 싶어서 신경 쓰이더라고."

"그게 진짜든 아니든 서로 안 좋아. 문제가 있으면 풀어야지. 그러지 말고."

미주는 걱정스러운 눈길로 소희를 바라보았다

다음 날은 저주를 치른 지 나흘째였다. 소희는 약간 갈등이 되었다. 검은 책의 설명에 의하면 나흘에 한 번은 의식을 진행해야 했다. 유리가 진짜로 다치는 걸 보니 기분이 몹시 이상했다. 사실 싫지는 않았다. 그렇지만 이런 기분이 든다는 사실이 꺼림칙했다. 유리가 더 크게 다칠지도 모르는데, 그래도 기분이 좋을까. 한 번만 더 해볼까. 여러 가지 생각들이 계속 머릿속을 어지럽혔다.

학예회 연습은 계속되었다. 유리의 연기는 계속 늘어 아역 탤런트라고 봐도 손색없을 정도였다. 소희도 나름 자기 몫을 열심히 해서 학예회에서 올리는 것 치고는 전반적인 완성도가 무척 높았다. 대본을 맡은 선아는 물론 전체 연습을 총괄하는 선생님도 대단히 만족스러워했다. 진행이 순탄했기에 아이들의 열의도 상당했다.

연습을 마치고 가방을 쌀 때였다. 아이 중 한 명이 호기심 어린 목소리로 유리에게 물었다.

"유리 너, 방송국에서 연락 왔다는 거 정말이야?"

"아, 그거 우리 연습하는 거 보고 옆 반 애가 폰으로 찍어서 자기 삼촌한테 보여줬는데, 삼촌이 방송국에 계신대. 나한테 관심 있어 하셔서 한번 뵙기로 했어."

"그럼 너 티비에 나오는 거야?" 뜻밖의 소식에 아이들은 신기해했다. "탤런트 되는 거야?"

"글쎄, 잘 되면?" 하고 유리가 웃자 아이들은 다 같이 웃었다. 소희는 조금 떨어져서 그 모습을 지켜보았다. 역시 자신에게, 그리고 왕비에게 관심을 가져주는 사람은 아무도 없었다.

학원을 마치고 집에 돌아와 내일 시간표를 확인하던 소희는 문득 저주 생각을 했다. 아이들에게 둘러싸여 밝게 웃던 유리의 모습이 자꾸 떠올랐다.

'한 번 더 할까.'

소희는 검은 책을 펼치고 그 내용을 찬찬히 읽어보았다.

2회차

† 준비물
저주하고 싶은 대상의 사진, 사과, 작은 동물, 칼, 유리병, 펜, 종이 수십 장

† 방법
1. 저주 대상의 사진 위에 소용돌이를 그린다.
2. 멀리서부터 조금씩 안쪽으로 그려 온다.
3. 사과는 구멍을 빽빽하게 뚫는다.
4. 저주 상대의 이름을 여러 장의 종이에 일일이 쓰고 돌돌 말아 구멍마다 꽂는다.
5. 그 가운데에 저주 대상의 사진을 말아서 꽂는다.
6. 동물을 죽여 그 위에 자신의 피를 섞는다.
7. 다음과 같이 말한다. "너의 뼈와 살에 무고한 미물의 저주 있으라. 그대로 이루어질지어다."
8. 의식이 끝나면 사과와 동물을 유리병에 넣어 그대로 썩도록 둔다.

여전히 불쾌하기 이를 데 없는 내용이었다. 이번에는 준비물이 꽤 많았다. 사과나 작은 동물은 당장 갖고 있지 않았고 유리병도 없었다. 거기다 사과를 넣을 수 있는 유리병이라니, 더욱 짐작이 가지 않았다. 시계를 보니 이미 오후 여덟 시를 넘은 상태였다. 소희는 잠깐 학용품을 사러 간다고 엄마에게 말하고 집을 나섰다.

사과는 동네 슈퍼에서 쉽게 구입할 수 있었다. 유리병은 따로 없었으므로 2리터짜리 페트병에 담긴 생수를 샀다. 죽은 동물이 문제였다. 소희의 머릿속에 연상되는 장면은 도마뱀이나 새끼 고양이,

쥐 같은 동물들이 사과와 함께 썩어가는 모습이었다. 하지만 차마 그런 동물들을 죽일 엄두는 나지 않았다. 소희는 잠시 집 앞 벤치에 걸터앉아 땅을 보았다. 발 앞쪽으로 개미가 지나가고 있었다. 소희의 머릿속에 묘안이 떠올랐다.

개미도 동물 아닐까.

검은 책에서 동물 종류를 규정하고 있는 건 아니었다. 그냥 병 속에 들어갈 수 있는 크기라면 아무거나 상관없을 것 같았다. 소희는 개미 몇 마리를 그러모아 손에 쥐고 집으로 들어왔다.

의식이 시작되었다.

우선 학교 웹사이트에 접속해 자기 반 페이지에 들어간 소희는 유리가 나온 사진을 다운로드했다. 그리고 프린터를 연결해 출력을 했다. 컬러 프린터가 아니었으므로 자연스레 유리의 사진은 흑백이 되었다. 1학기 종업식 때 환하게 웃는 모습이었다.

절반을 자른 페트병과 사과, 종이, 펜을 준비한 소희는 그것들을 앞에 늘어놓고 심호흡을 했다. 역시 들키지 않는 것이 우선이었으므로 방문을 걸어 잠갔다. 책에도 들키면 안 된다는 설명이 쓰여 있었지만 소희에게는 저주를 망쳐 자신을 잡아가는 악마보다 자신의 이런 모습을 보고 놀랄 엄마가 더 무서웠다. 이런 망신스러운 행동을 하다 들키면 대체 어떻게 설명해야 할지 상상도 하기 싫었다. 다행히 부모님이나 오빠는 소희가 뭘 하는지 신경을 쓰지 않고 있었다.

일단 유리의 사진을 놓고 검은 펜으로 바깥에서부터 소용돌이를 그렸다. 사진 속에서 흑백으로 웃고 있는 유리의 얼굴을 보니 뭔가 영정사진 같다는 생각이 들면서 소름이 올라왔다. 다음으로 사과를 꺼내어 송곳으로 여러 번 구멍을 냈다. 몇 번이라는 개수 제한은 없었으므로 열 번 정도만 하기로 했다. 그리고 검은 책의 뒷부분을 잘라 유리의 이름을 계속 썼다.

손유리 손유리 손유리 손유리 손유리 손유리 손유리 손유리 손유리 손유리

펜을 움직이는 손맛이 무척 희한하게 느껴졌다. 소희는 그걸 말아서 일일이 사과 안에 집어넣었다. 이어서 마지막으로 유리의 사진을 말아 사과에 꽂았다.

이제 동물을 죽일 차례였다. 소희는 가지고 온 개미를 손가락으로 누르고 손끝에 바늘로 상처를 내 바스러진 개미 위에 뿌렸다. 개미들이 피로 시뻘겋게 되었다. 소희는 그걸 보며 주문을 외웠다.

"너의 뼈와 살에 무고한 미물의 저주 있으라. 그대로 이루어질지어다."

그 말과 함께 온몸에 전율이 일었다. 자신이 이런 일을 하고 있다는 게 믿어지지 않았다. 음침하고 기괴한 의식이었다. 자신의 목을 타고 나오는 소리가 마치 남의 목소리처럼 들렸다.

소희는 사과와 개미를 반으로 자른 페트병 안에 넣었다. 이 저주는 특히 마지막이 기분 나빴다. 썩도록 그대로 둔다니, 마치 그 대상의 몸이 그렇게 썩어들어가길 바라는 저주 같았다. 소희는 그날 밤 아름다운 유리의 얼굴이 시커멓게 변하는 꿈을 꾸었다.

5

첫 번째 저주가 사흘이 걸렸던 것과는 달리 두 번째 저주의 효과는 하루 만에 나타났다.

체육 시간이었다. 뜀틀 넘기를 배울 차례였다. 시범 삼아 가볍게 뜀틀을 넘는 선생님을 보니 역시 남자 어른은 다르다는 생각이 들었다.

"구름판에 이렇게 팔을 딛고 도움닫기를 해서 한 번에 넘는 거야. 멀리 손을 짚을수록 제대로 넘을 수 있어. 짧게 짚으면 도중에 걸리니까 가운데 이쪽으로. 겁내면 못 짚으니까 과감하게 바로 짚어야 해."

선생님은 다시 한번 시범을 보여주었다.

아이들은 앉아서 대기하다 한 사람씩 자기 차례에 나가서 뜀틀을 넘었다. 어려워 보였지만 의외로 실패하는 아이들은 거의 없었다. 간혹 넘지 못하고 그 위에서 엉덩이를 걸친 채 뜀틀을 타는 모양새가 돼 버린 경우도 있었으나 두 번째 시도에서는 대부분 성공했다. 소희는 어릴 때부터 운동에 자신이 있었다. 보통 이런 테스트를 제대로 못 하는 건 운동 능력이 떨어져서라기보다는 겁을 내거나 몸을 사려서 그럴 때가 많았다. 한 번도 해본 적 없었지만 다른 아이들의 움직임을 보니 어떻게 해야 될지 감이 왔다. 뜀틀을 짚을 때 힘을 풀면서 몸을 띄우는 게 중요해 보였다. 그때 몸이 굳으면 넘지 못하고 엉덩이가 걸리는 것이다.

"김소희."

이름이 호명되자 소희는 뜀틀을 보고 똑바로 섰다. 그리고 구름판까지 한 번에 달렸다. 발로 몸을 디디고서는 확 뛰어 뜀틀의 등을 최대한 멀리 짚었다. 몸이 붕 뜨는 느낌이 났다. 성공이었다. 아이들이 '오오' 하고 박수를 쳐 주었다.

"손유리."

전학생인 유리는 맨 마지막이었다. 소희는 몸을 풀면서 유리가 준비하는 모습을 보았다. 유리는 공부도 최상위권이었고 예체능에서도 못하는 과목이 없었다. 반에서 두루 인기를 끄는 데는 그런 만능 이미지도 몫을 했다. 유리는 구름판까지 가볍게 달렸다.

그때였다.

소희에게는 그 순간이 멈춘 것처럼 똑똑히 보였다. 유리가 구름판에 발을 굴렀을 때 갑자기 누군가 발목을 잡은 것처럼 유리의 몸이 확 꺾였다. 반동을 이기지 못하고 유리의 몸은 뜀틀 쪽으로 그대로 쓰러졌다. 뜀틀 모서리에 유리의 다리가 '퍽'하고 부딪히는 소리가 났다.

아이들 사이에서 '어'하는 탄성이 들렸다. 다들 무척 놀란 모양이었다. 유리는 잠시 엎어져 일어나지 못했다. 놀란 선생님이 유리에게로 달려갔다.

"유리야!"

유리는 살짝 찡그리며 고개를 들었다. 괴로워하는 얼굴이었다. 선생님은 반장에게 통솔을 맡기고 유리와 함께 양호실로 갔다. 아이들이 웅성거렸다.

"그저께도 그러더니 또 다쳤네."

"그러게, 왜 저래?"

"근데 방금 봤냐?"

"뭐?"

"유리가 뛰어가는데 누가 잡는 것 같더라고. 확 잡으면서 꺾인 것 같아."

"말도 안 되는 소리하지 마."

아이들의 말을 듣자 소희는 숨이 멎는 것 같았다.

저주가 효력을 보인 게 분명했다.

유리는 한 시간 양호실에 누워 있다 들어왔다. 선생님은 조퇴를 하라고 했지만 한사코 거절한 모양이었다. 아무렇지 않은 척 표를 내고 있어도 유리의 상태가 좋지 않다는 건 바로 알 수 있었다. 화장실에 갈 때 다리를 저는 유리를 소희는 곁눈질로 훔쳐보았다.

소희는 식사도 거르고 항상 앉던 동상 뒷자리에 앉았다. 배도 고프지 않았고 입맛도 없었다. 땅을 보며 10분 넘게 손톱을 물어뜯었다. 첫 번째 저주 때는 반신반의했으나 두 번째 저주가 효력을 발휘한 이상 그걸 믿지 않을 도리가 없었다.

"뭐해?"

사람 목소리에 화들짝 놀란 소희는 뒤를 바라보았다. 미주가 서 있었다. 지난번에 소희가 이쪽에 있는 것을 보고 또 찾아온 모양이었다. 모든 아이들과 두루 잘 지내는 성격 탓에 사이가 나쁜 친구는 없었지만 두 사람은 그다지 가깝다고 할 수 없었다. 그날 빗을 훔치는 광경을 들켜 버린 데다 저주 얘기까지 해 버려서 약점을 잡힌 듯한 느낌도 들었다.

소희는 미주가 무슨 말을 할지 짐작이 갔다.

"그거 걱정하고 있지?"

미주의 말에 소희는 고개를 끄덕였다.

"혹시나 했는데, 오늘 또 다친 거 보니까 아무래도 맞는 것 같아."

"그게 한 번으로 끝나는 게 아니라 계속 다치고 그러는 거야? 그 저께 미술 시간에 가위질하다 한번 다쳤잖아."

"그게 아닌 것 같아. 한 번에 끝나는 게 아니야."

소희는 머뭇거리다 숨겨왔던 사실을 얘기하고 말았다.

"사실 나, 한 번 더 했어."

"뭐? 그때하고 또 했다고?"

"응. 이게 말이야. 한 번에 끝나는 게 아니야."

"그게 무슨 소리야?"

잠시 머뭇거리다 소희는 미주에게 검은 책에 대한 얘기를 해 주었다. 처음에 대수롭지 않게 이야기를 듣던 미주는 실제로 그걸 실행하고 2차까지 했다는 사실에 대해 경악을 금치 못했다.

"어머, 애 진짜 미쳤나 봐."

"그러게. 나 이렇게까지 하려던 게 아닌데."

"너, 유리랑 무슨 일 있었는지 모르겠지만, 이러는 거 아니야. 그거 멈추는 방법 없어?"

"있긴 해. 저주 대상한테 진심으로 사과하고 용서를 빌면 되는 모양이야."

"그럼 그렇게 하면 되잖아."

남의 일처럼 말하는 미주를 보니 야속한 마음이 밀려왔다.

"말이 쉽지. 내가 지금 밑도 끝도 없이 걔한테 가서 미안하다고 하면 나를 뭐라고 생각하겠어?"

미주는 아무런 말이 없었다. 이게 생각보다 난감한 문제라는 걸 알게 된 모양이었다.

"그럼 어떡할 거야, 계속할 거야?"

소희는 고개를 가로저었다.

"모르겠어. 근데 일단은 그만둘 수가 없을 것 같아."

미주는 질린다는 얼굴로 소희를 보았다. 소희는 차마 그 눈을 마주 볼 수 없었다.

조퇴하라는 선생님의 말에도 유리는 끝까지 남았다. 이미 학예회는 2주 앞으로 다가온 상태였다. 유리는 자신이 주인공인 이상 지금 아프다고 빠질 수 없다는 말을 했다. 그날은 처음으로 의상이 나온 날인만큼 더욱 해야 된다고 고집을 부리는 통에 어떻게 말릴 수가 없었다.

의상을 담당하는 윤미가 옷을 나눠주었다. 단체로 인터넷 의상 사이트에서 대여하는 방법이 있었지만 한복집을 하는 친척 집에 부탁해 의상을 싸게 마련했다고 했다. 아이들은 다들 옷을 보고 감탄하는 모습이었다. 10분 조금 넘는 학예회 연극을 위한 의상 치고는 생각보다 너무 좋았다. 한 번 쓰고 버리기에 아까운 수준이었다.

"이거 옷이 너무 잘 나온 거 아니야?"

난쟁이 의상을 확인하던 아이가 고깔모자를 앞뒤로 쓰며 싱글거렸다. 소희도 자신의 의상을 몸에 둘러보았다. 치수를 세세하게 잰

게 아니었는데도 왕비의 로브가 매끄럽게 구현돼 있었다.

압권은 유리의 의상이었다. 유리의 옷은 정말 애니메이션에 나오는 공주 같았다. 유리가 옷을 펼쳐 보이자 여자아이들이 탄성을 질렀다. 이걸 입은 유리는 정말로 만화 속 여주인공 같을 터였다.

"우리 옷 갈아입게 너희들 빨리 나가."

의상 담당인 윤미가 남자애들을 쫓아냈다. 여자아이들은 옷을 갈아입었다. 그때 아이 중 한 명이 크게 소리를 쳤다.

"어머, 유리야."

모두의 시선이 유리에게로 집중되었다. 유리의 허벅지는 시커멓게 멍이 들어 있었다. 보기보다 많이 다친 모양이었다.

아이들이 순식간에 모여들었다.

"유리야, 너 정말 괜찮아?"

걱정스러워하는 아이들의 말에 유리는 살짝 웃었다.

"정말 괜찮아. 보기에만 이렇고 안 아프다니까?"

그럴 리가 없었다. 저 정도 상처라면 통증이 상당할 게 분명했다. 걱정스러운 양 아이들 사이에서 유리를 바라보던 소희의 등줄기에 땀이 흘렀다.

"걱정하지 마. 계속 이러니까 민망하잖아."

유리가 웃으며 만류하는 통에 아이들은 더 이상 뭐라고 하지 못했다.

공주 옷을 입은 유리는 생각대로 아름다웠다. 그 의상을 입고 유리가 움직이자 교실에서 연기를 하는데도 정말 동화의 한 장면을 보는 듯했다. 하지만 소희에게는 그런 유리의 모습이 마치 시커멓게 썩어들어가고 있는 것처럼 보였다. 소희의 눈앞에서 치마 속 유리의 검은 멍이 정이 점점 크게 번졌다.

공교롭게도 그날은 소품으로 진짜 사과가 나왔다. 반 아이 중 한 명이 간식 겸 집에서 받아 온 것이었다. 할머니 흉내를 내며 소희는 바구니에 담긴 사과를 들고 문 두드리는 시늉을 했다.

똑똑똑.

"아니, 이런 대낮에 누구지?"

"물건 사세요. 좋은 물건이 있어요."

"저는 괜찮아요. 아무것도 안 필요하니까, 그냥 돌아가세요."

한 번은 머리빗으로, 한 번은 허리띠로. 이미 왕비는 두 번의 살해 시도를 한 상태였다. 사과는 잇따라 실패를 한 왕비가 한참을 공들여 만들어 낸 비장의 무기였다.

"잠깐이면 돼요. 늙은 할미가 이까지 찾아왔는데. 그럼 얼굴만 조금 보여주시면 안 될까요?"

유리는 한참을 망설이다 문을 여는 연기를 했다.

소희는 그 사이로 얼굴을 들이밀고는 밉살스럽게 웃었다.

"아름다운 아가씨네. 이렇게 아름다운 아가씨를 보니 내가 사과를 그냥 주고 싶어져요. 아가씨 얼굴처럼 빨갛고 탐스러운 사과야."

바구니에서 사과를 하나 꺼내는 소희를 보며 유리는 손사래를 쳤다.

"괜찮아요. 아무것도 안 받아도 돼요."

"그냥 맛만 보시구랴. 정 의심스러우면, 나랑 나누어 먹읍시다."

소희는 바구니에서 꺼낸 사과를 한입 깨물었다. 달콤한 과즙이 입

안 가득 퍼졌다. 반쪽은 독이 발라져 있고 나머지 반쪽은 그렇지 않다는 설정이었다. 멍청한 공주는 왕비에게 두 번이나 속았으면서도 그 말을 또 믿었다.

"자, 어서 맛봐요. 맛있다니까?"

소희는 유리에게 사과를 내밀었다. 그 사과에 수십 개의 구멍이 뚫려 종이가 촘촘히 박혀 있는 페트병 안의 사과가 겹쳐졌다.

"저, 그럼 조금만 먹어볼까요."

유리는 떨리는 손으로 사과를 받았다. 그 사과를 한입 베어 물고 이상한 표정을 짓던 공주 유리는 이내 쓰러지고 말았다. 쓰러진 유리를 보며 완전한 승리를 확인한 소희는 표독스러운 목소리로 웃었다.

"이제 내가 가장 아름다운 사람이 되었군. 누구도 내 위에 올라설 수 없어."

교실에 앙칼진 웃음소리가 끝없이 울려 퍼졌다. 소희는 그것이 자신의 목소리가 아닌 것처럼 느껴졌다.

6

저주는 걷잡을 수 없었다. 두 번째 저주를 마치고 소희는 자연스럽게 세 번째 저주를 준비했다. 처음 망설였던 것과는 달리 이제는 가히 거침이 없었다. 세 번째는 앞의 두 번보다 품이 들어가고 준비를 더 해야 했다.

3회차

✝ 준비물
짚 인형, 양초, 저주하고 싶은 대상의 손톱이나 머리카락, 소복, 작은 거울, 대못, 망치

✝ 방법
1. 짚 인형에 저주 대상의 손톱을 넣고 이름을 붙인다.
2. 소복을 입고 새벽 한 시가 될 때까지 기다린다.
3. 목에 거울을 건다.
4. 양초를 켠다.
5. 시간이 되면 마른 나무에 짚 인형을 대고 못을 박는다.
6. 저주 대상의 얼굴을 생각하며 그의 이름을 외친다.
7. 의식이 끝나면 저주에 사용된 도구들을 누구도 보지 못하는 장소에 놓아 둔다.

여러모로 난점이 많은 의식이었다. 새벽 한 시라는 시간도 문제였지만, 특히 난감한 건 짚 인형과 소복이었다. 짚 인형이라는 건 소희가 실제로는 한 번도 본 적 없는 물건이었다. 계속 도시에만 살았던 소희는 짚 자체를 거의 접한 적이 없었다. 설마 여기서 막히는 건가. '짚 인형'이라고 명시해둔 터라 앞의 저주들처럼 대용품을 찾는 것도 불가능했다.

어떻게 해야 할지 난감하던 차에 혹시나 하는 마음으로 포털 사이트를 검색해 본 소희는 깜짝 놀랐다. 놀랍게도 인터넷에서 짚 인형을 팔고 있었다. 견본 사진으로 본 그 인형은 정말로 저주에 쓰일 법

하게 만들어진 물건이었다. 더욱 소희를 당황하게 했던 건 해당 페이지에 인형의 가슴을 바늘로 찌르는 사진까지 '사용법'으로 올라와 있다는 사실이었다. 상품 설명에는 '미워하는 직장 상사나 친구들을 이걸로 저주하세요'라고 쓰여 있었다.

'아니, 세상에 이런 것도 파나?'

놀라워하며 소희는 소복을 검색해 보았다. 역시 소복도 팔고 있었다. 두 개를 합한 가격은 3만 5000원 정도로 소희가 감당하기에 그다지 비싼 액수는 아니었다. 어설픈 건 상관이 없었으나 저것들은 대체가 안 되는 물건들이었다.

소희는 쇼핑몰에서 주문을 하고 수령지를 집 앞 편의점으로 했다. 혹시라도 저런 이상한 물건들을 구입했다는 걸 부모님께 들키면 큰일이었다. 유리가 그렇게 크게 다친 걸 보면서도 다음 의식을 착착 준비하고 있는 자신에게 소희는 두려움을 느꼈다. 돌이켜 보면 이때야말로 저주를 멈추어야 하는 시기였다.

소희는 그런 사실조차도 깨닫지 못했다.

짚 인형과 소복은 같은 날에 도착했다. 물건이 오자마자 소희는 바로 준비에 돌입했다. 두 번째 저주 의식을 한 지 사흘째, 유리가 뜀틀에서 다리를 다친 지 이틀째였으나 새벽 한 시가 저주 시간이었으므로 전날인 일요일부터 준비를 해야 했다.

머리카락은 전에 훔친 유리의 머리빗에 충분히 남아 있었다. 거울은 손거울을 구멍에 뚫어 실로 연결을 했다. 망치와 대못은 집안에서 쓰는 공구함에서 슬쩍 가지고 왔다. 그렇게 준비물을 늘어놓고 소희는 시간이 가기를 기다렸다. 항상 열 시에서 열한 시 사이에 잠들었기에 그렇게까지 오래 깨어 있었던 적이 별로 없었다. 혹시라도 시간을 놓칠까 봐 걱정되어 눈을 붙일 엄두도 내지 못했다. 기회는 단 한 번뿐이었다.

얼마나 지났을까.

소희는 눈을 떴다. 깜빡 졸았던 모양이었다. 시계를 보니 어느새 자정을 넘어 12시 45분이었다. 소희는 준비물을 챙겨 쇼핑백에 넣고 나갈 채비를 했다. 책에 나와 있는 '마른 나무'는 무엇을 말하는지 알 수 없는 데다 그게 집에 없는 것 같았으므로 밖에 나가 저주를 실행해야 했다.

소희는 방문을 열고 가족들의 눈치를 살폈다. 혹시라도 자기가 이 시간에 나간다는 걸 들키면 큰일이었다. 부모님과 오빠는 모두 잠든 모양이었다. 채비를 하고 문을 나서려 할 때 안방 쪽에서 문 여는 소리가 들렸다. 소희는 재빨리 문 뒤로 숨었다.

아빠였다. 아빠는 머리를 긁적이더니 냉장고에서 물을 꺼내 마시고는 다시 안방으로 들어갔다. 가슴을 쓸어내리며 소희는 현관문을 열고 나섰다. 시내에서 약간 벗어나 있는 소희네 아파트는 뒤쪽으로 가면 나무가 많았다. 소희는 아파트 계단을 내려와 밖을 살폈다. 아무도 없는 것 같았다. 맞은편 가로등만이 희미하게 빛났다.

혼자서 이 시간에 한 번도 나와 본 적이 없어 겁이 났다. 10월의 밤은 생각보다 으슬으슬하고 추웠다. 얇은 티셔츠를 입고 나온 소희는 밤바람의 차가운 기운에 몸을 떨었다. 사방에서 풀벌레 우는 소리가 났다. 혹시라도 누군가 확 덮칠 것 같아 무서웠다.

소희는 주위를 살피며 놀이터 뒤로 갔다. 울타리를 따라 벚나무가 안쪽까지 늘어서 있었다. 이것들이 마른 나무일 거라는 보장은 없었다. 어두워서 나뭇결이 어떤지 잘 보이지도 않았다. 소희는 그중 하나를 골라 섰다. 이어서 준비물을 하나씩 꺼냈다. 우선 양초를 꺼내 나무 앞에 꽂았다. 그리고 라이터로 불을 붙였다. 단번에 어두웠던 주위가 환해졌다.

그리고 소복을 꺼내 입었다. 인터넷에서 구입한 소복은 딱히 사이즈가 정해져 있지 않은 탓에 어른 키에 맞춰져 있어 소희가 입기에 컸다. 바닥에 옷자락이 그대로 끌렸다. 거울을 들자 소복을 입고 머리를 풀어 헤친 자신의 모습이 보였다. 이러고 있는 스스로가 정말로 귀신처럼 생각되었다.

실을 단 거울을 목에 건 소희는 짚 인형을 꺼냈다. 그 까슬까슬한 촉감이 섬짓하게 와 닿았다. 소희는 침을 한번 삼키고 인형을 들어 눈앞의 나무에 대 보았다. 이미 그 안에 유리의 머리카락을 넣어놓은 상태였다. 이제 이 인형은 유리였다. 그렇게 생각하며 소희는 인형의 가슴에 대못을 대고 망치로 박기 시작했다. '쿵, 쿵' 하는 소리가 났다. 인형을 보며 소희는 유리의 이름을 외쳤다.

"손유리! 손유리!"

책에는 몇 번을 쳐야 하는지 횟수가 나와 있지 않았다. 그저 치라고만 한 탓에 소희는 열 번쯤을 쳤다. 못이 인형의 가슴에 깊숙하게 박힌 걸 보고서야 소희는 망치를 놓았다. 숨이 턱까지 차올랐다.

인형을 계속 노려보다 기운이 빠진 소희는 놀이터의 벤치에서 잠시 쉬었다. 세 번째지만 그 어느 때보다 힘을 많이 쓴 느낌이었다. 고개를 숙이자 흰 소복에 둘러싸인 무릎이 보였다. 헛웃음이 나왔다. 누군가 날 본다면 정말로 귀신같겠지. 왜 멈출 수 없는 걸까. 자신이 무얼 하고 있는 건지도 알 수 없었다.

한참을 앉아있던 소희는 소복을 벗고 물건들을 챙겼다. 못이 나무에서 빠지지 않아 그냥 짚 인형만 당겨서 잡아 뺐다. 계속 머릿속에서 '쿵, 쿵' 하는 망치 소리가 울리는 것 같았다. 그 소리를 지우려 애쓰며 소희는 놀이터를 벗어나 집으로 걸었다. 통로에 발소리가 들리지 않도록 조용히 계단을 올랐다.

쿵. 쿵.

발걸음을 옮길 때마다 망치 소리가 선하게 들렸다. 눈앞에 무언가가 망치를 들고 나타나 자신의 가슴에 못을 박을 것 같았다. 2층까지 가는 계단이 몇 배는 긴 듯한 느낌이었다. 소희는 두려운 마음을 억누르며 조심스레 현관문을 열었다. 그리고 살짝 집 안으로 몸을 밀어 넣었다.

쿵.

하는 소리가 안쪽에서 들렸다. 소희의 가슴이 얼어붙었다. 엄마였다. 안방 문을 여닫는 소리가 크게 난 모양이었다. 거실로 나오는 엄마에게 소희는 들키고 말았다. 놀란 마음에 소희는 들고 있던 쇼핑백을 떨어뜨렸다. 그런 소희를 보고 엄마는 기겁을 했다. 초등학생인 딸이 이 시간에 밖에 나갈 거라고는 꿈에도 생각 못 했을 터였다.

"소희야!"

"엄마……"

"너 어디 갔다 오는 거야?"

엄마는 현관으로 걸어 나오며 믿을 수 없다는 얼굴을 했다. 소희는 급하게 얼버무렸다.

"나, 잠이 안 와서 밖에 바람 좀 쐬려고."

"정신 나간 거 아니야? 어린애가 이 시간에 어딜 돌아다녀?"

"……."

"너, 거기 들고 있던 건 뭐야?"

엄마가 쇼핑백을 손으로 가리키자 소희는 급하게 변명을 했다.

"이거 밖에서 주웠어. 누가 버리고 갔더라고."

"그런 걸 들고 들어오면 어떡해? 이리 줘 봐."

엄마는 쇼핑백을 가로채려 했다.

"하지 마!" 엄마가 쇼핑백에 손을 대자 소희는 소리를 꽥 질렀다. "잠 안. 오면 밖에 나갔다 올 수도 있지 왜 그래? 엄마는 하고 싶은 대로 다 하면서, 나한테는 왜 그리 간섭이 많아. 내가 얼마나 갑갑한지 알기나 해?"

말도 안 되는 소리였다. 소희는 엄마에게 평소에 섭섭한 적이 거의 없었다. 혹시라도 소희가 못 가지는 게 있을까 봐 항상 신경 써주는 엄마였다. 그래도 쇼핑백의 내용물을 보여주기는 죽기보다 싫었다.

두 사람이 다투는 소리를 듣고 아빠와 오빠가 문을 열고 나왔다. 한밤중에 난동을 부려 집 안 사람들을 다 깨운 셈이었다. 창피해서 쥐구멍에라도 숨고 싶었다.

"제발 나 좀 그만 건드리라고!"

소희는 엄마를 보고 크게 소리치며 자기 방으로 들어가 문을 쾅 하고 닫았다. 이게 얼마나 부끄러운 일인지 스스로도 알고 있었다. 어쩌다 이런 상황에 처하게 됐는지 몰랐다. 그날 소희는 침대에 누위 밤새 울었다. 머릿속에 '쿵, 쿵' 하는 망치 소리가 계속 맴돌았다.

7

학교에서는 이제 유리의 모습밖에 보이지 않았다. 마치 주위가 뿌옇게 된 것처럼 다른 사람들은 소희의 시야를 벗어나 있었다. 겉으로는 친구들과 아무렇지 않은 척 이야기했지만 사실은 무슨 말을 하고 있는지도 잘 모를 지경이었다. 유리가 뭘 하는지, 언제 유리에게 불행이 닥치는지. 그것만 신경 쓰고 있었다.

미주가 쉬는 시간에 말을 걸었다.

"너, 아직도 그거 하는 거야?"

소희는 고개를 끄덕여 보았다. 미주는 눈살을 찌푸렸다.

"그럼 이번에도 했어?"

"응."

그 말을 듣자 미주는 누가 자신들을 쳐다보기라도 하는 양 고개를 두리번거렸다.

"그만두는 게 좋지 않을까? 지금이라도 유리한테 사과해. 안 늦었잖아."

"여기서 이런 얘기 하지 마. 누가 들으면 어떡하려고 그래?"

미주의 오지랖에 소희는 화가 났다. 소희는 미주가 이런 얘기를 공공연하게 하는 게 마음에 들지 않았다. 애당초 둘은 별로 친한 사이가 아니었다. 그 사건으로 소희의 비밀을 알게 된 후 미주는 자기 일이라도 되는 것처럼 간섭을 하려고 했다.

존재감 없는 아이들의 특징이라는 생각도 들었다. 미주는 학교에서도 있는 듯 마는 듯했고, 아이들 사이에서 언급될 일이 거의 없었다. 미주에 비하면 소희나 유리는 학급 내의 유명 인사였다. 저렇게 주책맞게 참견하는 건 비루한 행동이었다.

'어차피 끝나면 볼 일도 없어.'

저주가 완료되면 철저하게 무시를 해야겠다고 마음먹었다. 증거도 없는 일을 미주가 떠들고 다녀봐야 아이들이 믿어줄 리가 없었다.

지난번과 달리 세 번째 저주는 빨리 찾아오지 않았다. 이틀이 지나도록 유리에게는 아무런 이상이 없는 것 같았다. 언제 어떻게 유리에게 불행이 닥칠지 몰라 소희는 전전긍긍했다. 극도로 예민해져 거의 학교에서는 공부를 못 하는 상태였다. 그걸 누구도 눈치채지 못할 뿐, 소희에게는 유리의 얼굴만 보이고 유리의 목소리만 들렸다. 그날 밤 소희는 유리가 거대한 구멍에 빠지는 꿈을 꾸었다.

세 번째 의식을 치른 지 사흘째 되는 날이었다. 지금까지의 경험에 의하면 오늘은 저주의 효력이 나타나야 했다. 다음 날이 될 수도 있었으나 아직 그런 적은 없었다.

소희는 평소보다 일찍 나와 유리를 기다렸다. 혹시 나오지 않는 것 아닐까. 그 전에 불행한 일이 먼저 닥쳤을까. 두 번의 사고는 마침 소희의 눈앞에서 일어났지만 소희가 보지 않는 곳에서 그런 일이 벌어지지 말라는 법은 없었다.

그런 소희의 생각과는 달리 유리는 변함없는 모습으로 교실에 들어왔다. 활짝 웃는 모습도 여전했다. 별일이 없는 것 같았다.

수업 내내 소희는 맨 끝자리의 유리를 곁눈질로 계속 지켜보았다. 정말 아무런 일도 일어나지 않는 걸까.

지난 두 번의 사고는 우연일 수도 있었다. 좋지 않은 일이 연거푸 일어난 걸 저주로 해석하고 소희 혼자 감정 소모를 하는 건지도 몰랐다. 그 책이 실제 효력을 갖고 있다는 근거는 오로지 두 번의 의식 후에 유리가 가볍게 다쳤다는 것뿐이었다. 그저 미신이었고, 어쩌다 보니 안 좋은 일을 당한 걸 끼워 맞추고 있다는 쪽이 더 설득력이 있었다. 공작 시간에 손을 베고, 체육 시간에 넘어지는 것 정도는 소희에게도 자주 일어나는 일이었다.

마음이 한결 착잡해졌다. 그런 수단에 매달리고 있는 스스로가 비참했다.

수업이 끝날 때까지 유리에게는 아무런 일도 일어나지 않았다. 피가 마를 지경이었다. 내일 일어나는 게 아닐까. 내일은 4회차 저주를 해야 했고 이미 준비를 마쳐 놓은 상태였다. 세 번째 저주가 일어나지 않는다면 4회차는 의미가 없었다.

수업을 마치고 시민회관으로 이동할 때도 소희는 그 생각만 했다. 그 동안은 학교에서 학예회를 했었지만 이번에는 시민회관 준공 기념으로 시민회관에서 학예회 공연을 한다고 했다. 오늘은 현장에서 연습을 할 예정이었다. 발표 날짜가 일주일밖에 남지 않아 오늘 연습은 특히 중요했다.

시민회관에 들어온 아이들은 그 말끔한 내부에 감탄했다. 소희는 이미 몇 번 여기에 온 적이 있었다. 예전 회관은 사실 볼품없는 모습이었다. 전면 공사로 새롭게 꾸민 시민회관은 정말로 공연장 같았다. 당장 프로 공연 팀이 올라와도 될 정도의 내부였다. 이미 5학년 아이들이 연습을 하고 있었다. 이틀로 나눠 저학년은 첫째 날, 고학년은 둘째 날에 발표를 할 예정이었다.

이런 곳에서 무대를 한다고 생각하니 소희의 가슴이 설레었다. 한편으로는 백설공주를 맡지 못한 것에 대한 아쉬움이 들었다. 다른 반 아이들은 합창이나 코미디, 댄스 준비를 했다. 6학년 중에 연극은 소희네 반이 유일했고 공연 시간도 두세 배는 길었다.

연습이 시작되었다. 너른 무대에서 보는 유리의 연기는 더욱 돋보였다. 그 하늘하늘하고 아름다운 움직임을 보느라 연습이 끝났는데 집에 가지 않는 아이들도 있었다. 그런 유리 앞에서 합을 맞추는 게 뭔가 초라하게 느껴졌다. 저주가 일어나지 않는다고 생각하니 허전하고 슬펐다. 그렇게 물건까지 따로 준비해가며 난리를 쳤는데. 헛고생인 건가 생각하니 견딜 수 없었다.

소희가 저주의 효력을 확인하게 된 건 잠시 후였다.

연극은 절정에 다다랐다. 하이라이트인 독 사과 장면을 연기할 때였다. 두 사람은 한껏 몰입해 있었다. 소희는 유리에게 독 사과를 주었고 유리는 그것을 먹고 쓰러졌다.

"이제 내가 가장 아름다운 사람이 되었군. 누구도 내 위에 올라설 수 없어."

이 대사와 함께 소희는 포악스럽게 웃었다. 완전한 승리를 확인하는 부분은 가장 연기력을 발휘해야 하는 대목이었다. 시민회관에서 하는 첫 연습이라 소희는 힘을 아끼지 않았다. 이때 목소리를 조금

작게 냈더라면 소희는 그 소리를 들었을지도 몰랐다.

아이들이 '어어' 하며 놀라는 소리를.

하지만 소희는 듣지 못했다. 오로지 연기에 심취해 있었다. 실내에 켜진 전등불을 무대 조명이라 생각하며 웃고 있을 때 소희는 무언가가 자신을 확 덮치고 있다는 것을 알았다. 낌새를 느끼고 뒤를 돌아보려 하는 순간 소희의 몸이 갑자기 옆으로 풀썩 넘어졌다.

쓰러진 소희는 앞을 보았다. 믿을 수 없는 광경이 펼쳐져 있었다.

커다란 사다리 밑에 유리가 깔려 신음하고 있었다.

소희는 그 순간을 잘 기억하지 못했다. 그냥 비명을 마구 지른 것만 생각났다. 드문드문 자신에게 달려오는 선생님의 모습, 실려 나가던 유리의 모습, 선생님의 차 뒤에 앉아 있었던 것 등이 떠올랐다. 정신을 차리자 병원이었다. 주위를 둘러보니 응급실인 듯했다. 선생님이 소희를 보고 있었다.

"소희야! 소희야, 괜찮아?"

소희가 고개를 끄덕이자 선생님은 한숨을 내쉬었다. 얼마나 놀랐는지 얼굴이 새파랗게 질려 있었다. 소희는 자신의 몸을 살펴보았다. 딱히 다친 곳은 없어 보였다.

퍼뜩 유리 생각이 났다.

"유리는요?"

"유리는 지금 검사받고 있어. 어머니 좀 있으면 오실 거야."

"검사라니요?"

"좀 많이 다쳤어. 그렇게 심각한 정도는 아니고, 사진 찍고 이것저

것 하는 거야."

소희는 아무런 말도 할 수가 없었다.

이후에 선생님에게 들은 경위는 소희의 예상과 같았다. 소희가 연기를 하고 있을 때 갑자기 무대 옆에 놓인 사다리가 소희 쪽으로 쓰러졌다고 한다. 너무 급하게 일어난 일이라 사다리가 넘어가는 걸 보면서도 아무도 손을 쓰지 못했다. 그때 쓰러져 있던 연기를 하던 유리가 재빨리 일어나 소희를 밀쳤다. 그 덕분에 소희는 다치지 않았지만 소희를 구하느라 미처 피하지 못한 유리가 사다리에 깔리고 말았다.

그 말을 듣자 아무런 생각도 나지 않았다.

'유리가 나를 구하다 다쳤다.'

아무리 생각해도 저주가 실현된 것이 맞았다. 하지만 이런 식으로 이루어질 거라고는 꿈에도 생각하지 못했다. 유리가 골탕 먹기를 바랐을 뿐인데 자신을 구하다 다친 거라니. 검은 책에는 그런 건 나와 있지 않았다.

"유리가 병원 오면서도 너 걱정했어. 다친 애는 정신이 말짱한데 안 다친 애가 왜 그렇게 놀라니?"

가슴이 턱 하고 막히는 것 같았다. 대체 어떻게 해야 할지 알 수 없었다. 모든 것은 소희가 벌인 일이었다. 그 저주 때문에 유리가 자신을 구하다 다친 것이었다.

"손유리 보호자 분."

간호사가 보호자를 찾자 선생님은 간호사와 함께 따라 나갔다. 소희는 혼자 남아 있었다. 일단 엄마에게 전화를 했다. 엄마는 굉장히 놀란 목소리로 지금 가는 중이라고 했다.

"아니야, 괜찮아. 오지 마."

"다 왔어. 지금 무슨 소리야."

"오지 말라니까? 나 정말 괜찮아. 엄마 오면 나 미안해서 미쳐버릴 거야."

소희는 그렇게 말하고 전화를 끊었다. 이 상황이 너무 부끄러워 쥐구멍에라도 숨고 싶었다. 유리는 어떻게 되었을까. 잠시 동안 휴대폰을 만지작거리며 병원 로비를 서성였다. 그때 엘리베이터의 문이 열리고 선생님이 내렸다. 선생님은 유리가 수속을 밟고 입원을 할 거라고 알려주었다.

"유리 보고 갈래? 유리가 너 보고 싶어 해."

소희는 선생님의 뒤를 따랐다. 유리의 병실은 3층 안쪽에 있었다. 병원 복도를 가로질러 모퉁이를 돌자 환자복을 입고 침대에 누워 있는 유리가 보였다. 그 모습을 보자 눈물이 왈칵 솟았다.

"유리야!"

유리는 소희를 보고 힘없이 웃음을 지어 보였다. 가뜩이나 하얀 얼굴이 더 창백해 보였다. 유리는 오히려 소희를 걱정해주고 있었다.

"소희야 괜찮아? 너 갑자기 기절해서 오는 길에 얼마나 놀랐는데……"

"나 괜찮아. 아무 데도 다친 데 없어. 그것보다 너……"

유리의 모습을 보자 말이 나오지 않았다. 가슴에서부터 뜨거운 게 올라왔다. 눈물이 끝없이 쏟아졌다. 자신이 얼마나 나쁜 짓을 했는지 실감이 났다. 소희가 생각하는 것보다도 유리는 훨씬 착한 아이였다. 이런 친구를 대상으로 말도 못 할 열등감과 질투심에 휩싸여 그런 일을 벌였다고 생각하니 눈물이 멈추지 않았다.

"왜 그렇게 울어. 나 괜찮아. 며칠 입원하면 된대. 누가 보면 죽을 병이라도 걸린 줄 알겠네."

소희는 계속 고개를 숙이고 있었다. 도저히 유리의 눈을 마주할 자신이 없었다. 얼마나 무서운 행동을 했는지 깨닫자 뼈저린 후회가 밀려왔다.

"유리야 미안해."

"뭐가 미안해. 너 나한테 미안할 거 하나도 없어."

'내가 질투심에 너를 저주했어. 네가 진심으로 잘못되길 바랐어.' 그렇게 소희는 속으로 되뇌고 또 되뇌었다.

"내가 정말 잘못했어. 시기심에 너한테 나쁜 짓을 했어. 진심으로 사과할게."

"무슨 사과를 해. 이러지 마."

유리는 무턱대고 잘못을 비는 소희를 만류하며 난처해했다.

"이러면 내가 더 미안해지잖아."

유리는 소희의 손을 잡고 따뜻하게 웃었다.

그 모습을 보자 막혔던 숨이 확 트이는 것 같았다. 그날 저녁 유리 부모님이 오실 때까지 소희는 한참을 유리와 함께 있었다.

소희가 문을 열고 들어오자 엄마는 놀란 얼굴로 소희를 맞았다.

"소희야, 너 괜찮아?"

고개를 끄덕이는 딸을 보며 엄마는 정신없이 소희를 끌어안았다.

그 따뜻한 체온이 그대로 와 닿았다.

"전화 받고 얼마나 놀랐는지 알아? 다친 데 없어?"

엄마의 품에 안겨 있으니 참고 있던 눈물이 또 터져나왔다. 한참을 그렇게 울면서, 앞으로 다시는 이러지 않으리라고 다짐하고 또 다짐했다.

방에 들어오니 책상에 꽂혀 있는 검은 책이 보였다. 지난 열흘간의 일이 머릿속을 스쳐갔다. 유리를 저주했던 일. 불행을 바랐던 일. 학교에서 유리가 언제 다칠까 전전긍긍하며 계속 보았던 일. 모두 저 책 때문이었다. 소희가 그런 음흉한 마음을 먹고 괴상한 행동을 하게 만들었던 원인이자 매개였다.

'버리자.'

'태워 없애자.'

이미 유리에게 진심으로 사과를 했으니 더 이상의 의식은 필요 없었다. 진작에 그랬어야 했는데. 괜히 시간을 끌다 일을 최악으로 만든 셈이었다. 소희는 침대 밑에 숨겨 두었던 저주 도구들을 꺼냈다. 피를 뿌렸던 인형과 바싹 말라버린 짚 덩어리. 유리병, 망치, 썩어빠진 사과, 소복 같은 것들을 보자 오한이 일었다. 자신이 이런 끔찍한 일을 벌였다는 것이 믿어지지 않았다.

소희는 커다란 쓰레기봉투를 가져와 그것들을 모두 담았다. 그리고 밖으로 나갔다. 이미 저녁이라 날은 컴컴해져 있었다. 소희는 아파트 맨 뒤쪽 아무도 보지 않는 곳으로 갔다. 그리고 라이터 기름을 뿌리고 불을 붙였다. 눈앞에서 물건들이 확 타올랐다. 검은 책의 표지가 불에 타서 쭈글쭈글해지는 것을 보며 소희는 지난 열흘간의 일을 모두 잊기로 했다.

간만에 소희는 잠을 푹 잤다. 개운한 아침이었다. 지난 열흘 동안
은 혼자서 못된 일을 꾸미고 있었기에 마음이 편치 않았고 몸 컨디
션도 나빴다. 오늘은 거짓말처럼 그런 기운들이 사라져 있었다. 얼
마나 그런 부정적인 마음들이 자신을 좀먹고 있었는지 생각하니 새
삼 소름이 돋았다.

쉬는 날이었지만 소희는 오늘도 유리의 병실을 찾았다. 유리는 소
희를 따뜻하게 맞아주었다. 혹시라도 심심할까 봐 소희는 집에 있는
순정만화 열댓 권을 가지고 갔다. 유리는 평소에 만화를 많이 보지
못했다며 그 내용들을 궁금해했다. 소희는 만화책을 넘겨 가며 등장
인물들에 대해 한참을 설명했다. 유리가 심심하지 않도록 그렇게 몇
시간을 함께 있었다.

기분 좋은 주말을 보내고 소희는 홀가분한 마음으로 등교를 했다.
그래도 교실에 유리가 없으니 허전한 느낌이었다. 지난 열흘은 사실
유리만 바라보던 시간이었다. 소희는 어쩌면 자신이 유리에게 호감
을 가지고 있었을지도 모른다는 생각을 했다. 다른 아이들처럼 친하
게 지내고 싶고, 유리처럼 되고 싶은데 그렇지 못해서 그만큼 질투
했던 게 아닐까 싶었다. 유리가 다시 학교에 나오면 진심으로 잘해
줘야겠다고 마음먹었다.

소희의 달라진 모습을 보고 미주는 약간 신기해했다.

"오늘은 기분 좋아 보인다? 며칠 동안 기분 안 좋은 거 아니었어?"

"나, 저주 그만하기로 했어."

"어머 그래? 하지 말라고 그렇게 할 때는 말 안 듣더니. 유리 다쳐서 마음 바꾼 거야?"

"그래. 이제 안 할 거야. 전부 불태우고 유리한테 사과도 했어."

그 말에 미주는 알 수 없다는 얼굴을 하며 미소를 지었다.

"그러게 진작에 잘 지내지 그런 마음은 왜 먹었대?"

소희는 속마음을 들킨 것 같아 뭔가 부끄러웠다. 이제 저주 이야기를 꺼낼 일도 없었다. 한 번만 더 이걸로 물어보면 핀잔을 주어야지. 둘만의 비밀도 오늘로 끝이었다.

학예회가 나흘 앞으로 다가왔지만 주연인 유리가 빠져서 연습은 할 수 없었다. 소희는 다른 아이들과 함께 유리의 병실을 다시 찾았다. 반 전체에 돈을 걷어 과일과 음료수도 샀다. 병문안을 온 친구들에게 유리는 반갑게 인사를 했다.

"뭘 이런 것까지 사 오고 그래……"

유리의 얼굴을 보자 새삼 미안해졌다. 몸 상태는 그렇게 심각하지 않은 모양이었다. 한참 이야기를 나누던 유리는 생각지도 못한 얘기를 꺼냈다.

"연극 감독하는 반장이랑 대본 쓴 선아도 있으니까, 여기서 결정하자. 우리 연극해야 되잖아. 나 대신에 소희가 백설공주 역할 하면 안 될까?"

소희는 당황했다. 유리가 다친 후로 연극에 대해서는 그냥 아무런 생각이 없었다.

"왕비 역이 안 중요해서 그러는 게 아니라, 분량이 제일 많은데 너

만큼 할 수 있는 사람이 없을 것 같아. 애당초에 소희가 더 잘하는데 왕비 쪽으로 간 거잖아."

소희는 아무런 말도 하지 않았다. 여기서 승낙을 하는 것도 난감한 일이었다.

"그래. 그렇게 해." 반장이 말했다.

"백설공주 대타보다는 왕비 대타 쪽이 찾기 쉬우니까. 지금 정말로 백설공주 할 사람은 없어."

"그럴까?"

소희가 망설이자 아이들은 동의를 했다.

"왕비 역할은 따로 연습시키지 뭐."

"근데 유리가 무대 못 서서 너무 아깝다. 너희 둘이 그렇게 주인공 하는 게 최고였는데. 이번에 너무 운이 없어."

대본을 쓴 선아는 못내 아쉬워하는 모습이었다.

"이걸로 너희들 힘들게 하는 것 같아서 내가 너무 미안해. 공연 날 꼭 보러 갈게."

"알았어."

소희와 아이들은 고개를 끄덕였다.

소희는 다음 날에도 유리의 병실을 찾았다. 연습 때문에 빠듯했지만 하루에 몇 분이라도 유리를 보아야 안심이 되었다. 며칠간 소희가 계속 찾아오자 유리는 약간 놀라는 눈치였다. 하지만 워낙 포용력이 있고 친절한 성격이라 그런 모습들도 다 받아 주었다.

"나 사실 백설공주 맡았을 때 너무 미안했어."

"그게 무슨 말이야?"

"원래 나는 반에서 소희 네가 제일 괜찮다고 생각했거든. 근데 백설공주를 내가 해버리니까, 왠지 너한테 잘못하는 것 같고."

"아니야, 신경 쓸 거 없어."

그 말을 듣자 소희는 죄책감이 들었다.

"그리고 나 겉으로는 표 안 냈는데, 우리 집 그렇게 잘 사는 거 아니야."

"……."

"우리 아버지 사업 망해서 이쪽으로 내려온 거야. 부모님 둘 다 일하시느라 눈코 뜰 새 없어. 절대 애들이 생각하는 것처럼 그런 거 아니야. 그러니까 그때 나 다쳐도 바로 못 오셨잖아. 옷 같은 건 전부 친척 언니들한테 물려받은 거고."

유리는 그동안 한 번도 하지 않았던 속 깊은 말들을 들려주었다. 날이 저물 때까지 이야기를 나누며 소희는 왠지 유리와 가장 친한 친구가 될 수 있을 것 같다는 생각이 들었다.

8

4회차

✝ 준비물

검은색 크레파스, 칼, 동전, 종이 상자, 저주 대상의 사진과 소지품 여러 개

† 방법

1. 흰 종이 상자 앞뒤로 저주 대상의 사진을 붙인다.

2. 크레파스로 상자 전체를 시커멓게 칠한다.

3. 피를 내어 바닥에 커다란 원을 그리고 그 위에 상자를 놓는다.

4. 상자를 열고 그 속에 동전을 던진다.

5. 이렇게 말한다. "모든 준비가 끝났으니 그의 영혼을 드립니다."

6. 저주 대상의 소지품을 하나씩 상자에 던진다.

7. 한 번 던질 때마다 '빠져라', '빠져라' 하는 말을 반복한다.

8. 의식이 끝나면 저주에 사용된 도구들을 모아 상자에 넣고 봉한다.

소희는 숲속을 달리고 있었다. 거무죽죽한 나무들 사이로 끝도 없이 뻗은 길이었다. 아무것도 들리지 않고 길만이 펼쳐져 있었다. 소희는 가족들을 찾았다. 엄마! 아빠! 오빠! 누구도 대답하지 않았다. 눈앞의 어둠이 갈수록 짙어졌다. 마치 자신을 잡아먹을 것 같은 캄캄한 심연이었다. 소희는 그 앞에서 멈춰 섰다. 한발만 더 디디면 확 빨려들 것 같았다.

알 수 없는 무시무시한 것이 그 속에 있는 게 분명했다. 소희는 뒤로 물러섰다. 시커멓고 커다란 손이 그 안에서 조금씩 뻗어 나왔다. 손은 천천히 움직이더니 얼어 있는 소희의 얼굴을 만졌다. 축축한 느낌이 그대로 와 닿았다. 그리고 붉고 기다란 것이 스르르 기어 나와 뱀처럼 소희 주위에서 움직였다. 혀였다. 그 섬뜩한 혀가 소희를 감쌌다. 그리고 발밑에서부터 소희를 파고들었다.

소희는 비명을 지르며 깨어났다. 온몸이 축축하게 젖어 있었다.

"왜 그래? 무슨 일이야?"

엄마가 깜짝 놀라 방문을 열었다. 아침이었다. 시계를 확인해보니 알람을 맞춰놓고 깨지도 못한 모양이었다. 소희는 식사를 하면서도 그 꿈의 감촉을 계속 생각했다. 난생처음 꾸어보는 종류의 악몽이었다. 소희는 그 생생한 느낌에 몸서리를 쳤다.

"어디 아프니? 괜찮아?"

엄마의 말에 소희는 고개를 저었다.

"연극 그거 너무 열심히 해서 그렇잖아. 학예회 연극을 누가 그렇게 해?"

오빠가 핀잔을 주었다.

소희는 밥을 먹는 둥 마는 둥 하고 집을 나섰다. 지난 며칠이 상쾌했던 것과는 달리 오늘은 영 기분이 좋지 않았다. 통학버스에 올라 창밖을 보고 있으니 좀 진정이 되었다. 그나마 날씨는 화창하고 좋은 편이었다.

한참 창밖을 보고 있던 소희는 무언가 이상함을 느꼈다. 차가 출발할 때는 평소와 다름이 없었는데, 왠지 밖에 사람들이 별로 다니지 않는 것 같았다. 출근과 등교로 한창 바쁠 시간이라 평소대로라면 길에 차들이 가득해야 했다. 한데 지금 밖에 보이는 건 손으로 셀 수 있을 정도밖에 되지 않았다. 그것도 갈수록 줄어드는 느낌이었다.

소희는 무심코 길에 지나가는 사람들의 수를 셌다. 하나, 둘, 셋……

그 사이에 차가 멈췄다. 차가 학교에 가까워지는 것도 모르고 있었다.

고개를 돌려보자 버스 안에 사람이 하나도 없었다.

언제 다 내린 건가.

버스 기사 아저씨에게 물어보려 했으나 기사 아저씨는 멍하니 앞만 보고 있었다. 소희는 무릎에 올려두었던 가방을 메고 버스에서 내렸다. 학교 앞에는 평소와 달리 사람이 거의 없었다. 운동장 쪽으로 드문드문 등교하는 아이들이 보였다. 혹시 휴일인가? 소희는 학교와 가까운 곳에 살던 1학년 때 개교기념일에 등교했다 허탕을 치고 돌아온 적이 있었다. 오늘은 그런 날도 아니었다.

6학년 교실이 있는 건물까지 걸어가며 소희는 이상한 기분에 휩싸였다. 건물 계단을 올라가는 동안에도 사람들은 거의 나타나지 않았다. 복도를 걸으며 교실을 하나씩 보니 모두 텅 비어 있었다. 설마 학교에 나오는 날이 아닌가. 그랬으면 아마 통학버스를 운행하지 않았을 것이다. 그리고 분명히 처음에는 버스 안에 아이들이 많이 타고 있는 것을 보았다.

소희는 4반 교실의 문을 열었다. 텅 빈 교실을 보자 무서움이 몰려왔다. 어떡하지. 전화를 해야 하나. 휴대폰을 꺼내어 잠금을 해제하려 했지만 액정이 인식되지 않았다.

"소희야!"

자신을 부르는 소리에 뒤를 돌아보았다. 반 아이 하나가 자신을 보고 있었다. 그때 갑자기 소희의 귀에 수돗물이 콸콸 터지듯 주변의 소리가 확 하고 들어왔다. 시끌시끌한 아이들의 목소리였다. 소희는 주위를 둘러보았다. 교실이 아이들로 가득 차 있었다. 장난을 치고, 수다를 떨고, 수업을 준비하고. 평소와 다를 바 없는 광경이었다. 마치 눈앞이 팍하고 꺼졌다 켜지는 것 같은 감각에 머리가 얼얼

했다.

어떻게 된 걸까. 분명 조금 전까지 아무도 없었는데.

"소희야, 뭐해? 왜 그렇게 서 있어?"

방금 말을 건 아이가 걱정스러운 모습으로 물었다. 소희는 잠시 멍하니 서 있다 고개를 저었다.

"아, 아니야. 내가 뭘 잘못 봤나 봐."

정신이 예민해져 헛것을 본 모양이었다. 어젯밤 꿈의 여파인 걸까. 그러고 보니 왠지 몸에 기운이 없었다. 몸살이라도 심하게 앓은 것처럼 점점 힘이 빠져나가는 느낌이었다.

소희는 수업에 집중하려 애썼다. 지금은 아프거나 정신을 못 차리면 안 되는 시기였다. 그 사건 이후로 마음을 다잡기로 스스로 다짐했던 것도 있었고, 당장 이틀 뒤가 학예회라 오늘은 백설공주 역을 연습해야 했다. 자신마저 문제가 생기면 연극을 제대로 할 수가 없었다.

어떻게 둘째 시간까지는 넘겼던 것 같다. 하지만 셋째 시간이 되자 기운이 더욱 없어져 수업에 집중하기도 힘들었다. 소희는 그냥 간신히 졸지 않는 정도로 앉아 있었다. 시간이 어떻게 지나가는지 감도 잡히지 않았다.

넷째 시간은 체육이었다. 수업 내용이 빠듯하면 빠지려고 했으나 다행히 그날은 자유 시간이었다. 아이들은 섞여서 축구와 피구를 했다. 소희는 그냥 나무 그늘에 앉아 쉬었다. 몸에 기운이 없어서인지 갑작스레 잠이 밀려왔다.

잠깐 졸았을까.

눈을 떠보니 아직도 아이들은 공놀이를 하고 있었다. 그때 소희 쪽으로 공이 날아왔다. 공은 소희의 머리 위를 넘어가 퉁, 하고 바닥에 튀었다. 소희는 뒤로 가서 공을 주워 달려오는 아이에게 건네주려 했다. 그렇게 공을 집어 들어 앞을 보았을 때, 머릿속이 새하얘지는 것을 느꼈다.

공을 받으러 서 있는 아이에게는 얼굴이 없었다.

그냥 눈 코 입이 하나도 없이 텅 비어 있는 모습이었다. 소희는 비명을 지르며 공을 놓치고 말았다 그때 누군가가 소희의 어깨를 두드렸다.

"소희야!"

그 소리와 함께 소희는 잠에서 깨어났다. 여전히 체육 시간이었다. 꿈이었나.

"소희야! 왜 그래?"

옆에서 친구가 걱정스러운 목소리로 물었다. 숨을 몰아쉬며 소희는 옆을 보았다.

자신을 보는 친구의 얼굴이 없었다. 눈, 코, 입 없이 매끈한 공 같은 얼굴로 친구는 소희에게 말했다.

"소희야, 어디 안 좋아? 아프면 양호실에 가서 쉬어."

소희는 비명을 내지르며 뒷걸음질을 치다 달아났다. 그리고 교실까지 한걸음에 뛰었다. 기운이 빠져 계속 힘이 없었지만 그런 걸 따질 상황이 아니었다. 한참을 달려 교실 문을 열었을 때 소희는 숨이 멎는 듯한 기분을 느꼈다.

누군가 교실에 앉아 있었다.

그것은 사람이 아니었다. 그 처음 보는 것은 시커먼 안개와 같은 형상을 하고 있었다. 그 안개가 모여 어슴푸레하게 덩어리째 붙어, 머리와 팔, 몸을 이루었다. 그 검은 구름 같은 것은 소희를 보더니 자리에서 일어나 조금씩 다가왔다. 도망치고 싶었으나 몸이 떨어지지 않았다. 그것은 팔을 천천히 움직여 소희의 어깨를 잡았다. 처음 들어보는 소리가 귓가에 들려왔다.

세상의 음성이 아니었다.

그것은 소희를 잡고 교실 밖으로 끌고 나가려 했다. 그제서야 소희는 소리를 쳤다.

"이거 놔!"

"소희야!"

정신이 번쩍 들었다. 주위를 둘러보니 반 아이들이 자신을 보고 있었다. 이미 체육 시간이 끝난 모양이었다. 옷을 갈아입던 아이들 모두 놀란 모습이었다. 소희는 숨을 몰아쉬었다. 온몸에 땀이 비 오듯 흘렀다.

당번에게 배식을 받은 소희는 어떻게든 점심을 먹으려 해보았다. 하지만 입에 밥을 한 숟갈 떠 넣자 마치 썩은 고기를 씹는 것 같은 역하고 이상한 맛이 났다. 소희는 식판 위에 그걸 뱉고 말았다. 잔반통에 대충 음식을 버리고 소희는 밖으로 뛰쳐나왔다. 정신을 차릴 수 없었다. 눈앞으로 운동장의 풍경이 어지럽게 돌았다

소희는 간신히 걸어 항상 쉬는 자리였던 동상 앞에 앉았다.

울고 싶었다. 왜 이러는 걸까. 며칠간 너무 신경을 많이 써서 몸이 쇠약해진 걸까. 조퇴를 할까. 그러면 연극 연습을 할 수 없었다. 자기

때문에 유리가 다쳐 배역까지 바뀌게 됐는데, 자신마저 쓰러지면 사실상 연극은 못 올리게 되는 거나 마찬가지였다. 그건 한 달간 최선을 다한 반 아이들에게도 못 할 일이었다.

"소희야!"

뒤에서 자신을 부르는 소리가 들렸다. 소희는 뒤를 돌아보았다. 언제나 그렇듯 소희가 이곳에서 쉰다는 걸 아는 사람은 단 한 명밖에 없었다. 미주였다. 소희의 쇠약한 모습을 보고 미주는 걱정스러운 얼굴을 했다.

"너 많이 아픈 거 아니야? 오늘 보니까 굉장히 안 좋아 보이던데."

"미치겠어. 몸 상태가 정상이 아닌 것 같아. 아침부터 아프고 이상한 게 자꾸 보이고 그러는데 정신 차려보려고 해도 되지도 않고"

"선생님께 말씀드려 봐. 그러면 조퇴하고 쉬어야지."

"안 돼. 연극 연습해야 된단 말이야. 유리가 병원에 있는데 나까지 집에 가면 연습은 어떡해?"

미주는 그 말을 듣더니 이해가 된다는 듯 소희를 보았다.

"하긴, 너는 빠지면 안 되겠다. 너 빠지면 연극 망치는 거잖아."

"그러니까, 나 집에 못 가."

두 사람은 아무 말도 하지 않았다. 잠시 침묵이 흐르고, 미주가 고개를 들어 하늘을 보며 입을 열었다.

"그러게 처음부터 저주 같은 거 안 했으면 좋았을걸."

"많이 후회되고 미안해. 왜 그랬는지 모르겠어."

소희는 한숨을 내쉬었다.

미주는 그 말을 듣자 별 얘기를 다 듣는다는 듯 황당해하는 얼굴로 눈을 동그랗게 떴다.

"왜 남의 일처럼 얘기를 해? 네가 유리 인기 많고, 예뻐서. 연극 주인공 하는 거 배 아파서 그랬잖아. 샘나고 질투나서."

"아니, 무슨 소리를 그렇게 해? 네가 우리 사이가 어떤지 어떻게 알아. 나랑 유리랑 무슨 일 있었는지 알지도 못하잖아."

"왜 잡아떼고 그래. 너 유리랑 별로 안 친하잖아. 그냥 미워서 그랬으면서 무슨 이유가 따로 있는 것처럼 거짓말을 해?"

미주가 갑자기 막말에 가까운 말을 쏟아내자 소희는 귀를 의심했다. 눈치가 없고 주책맞긴 했지만 미주는 그렇게 함부로 아무 말이나 하던 아이는 아니었다. 어쩌면 이게 본심이었을까. 이런 비난을 여기서 듣게 되다니 기가 막혀서 아무 말도 나오지 않았다.

"너 평소에 그렇게 생각했던 거야? 그러면서 나 앞에서 가식 떨었어? 그동안 힘들었겠네. 나 달래주는 척하느라."

"가식은 네가 떨었지. 네가 유리나 다른 애들 앞에서 떨던 게 가식인데 무슨 다른 소리를 해? 나는 그냥 사실을 있는 대로 말하는 거고 이런 건 그냥 솔직한 거지."

미주의 어조는 점점 비아냥거리는 식으로 변하고 있었다. 소희는 누군가에게 이런 소리를 듣고 있다는 걸 믿을 수가 없었다.

"그래서 내가 계속하지 말라고 그랬잖아. 저주 그만하라고."

"너 잘난 거 알겠으니까 저주 얘기 그만해. 남 비밀 쥐고 있는 게 그렇게 대단해?"

저주 얘기를 대놓고 꺼내는 걸 보자 화가 치밀었다. 미주는 소희의 비밀을 아는 것을 굉장한 권력처럼 여기고 있었다.

"미주 너, 존재감 없어서 일부러 그러는 거 다 알고 있어. 유리나 나처럼 인기 있는 애한테 빌붙고 싶어서 그러는 거잖아. 존재감 높이려고. 그래봐야 너 아무도 신경 안 써."

결국 마음속에 숨겨왔던 말을 하고 말았다. 이렇게 대놓고 상처 주는 말을 하는 자신이 낯설게 느껴졌다. 워낙 심한 말을 한 터라 소희의 입술이 떨렸다.

그 말을 듣자 미주는 너무 웃긴 얘기를 들은 것 같다는 표정을 지었다.

그리고 소희가 꿈에도 생각지 못한 말을 했다.

"나야 당연히 존재감이 없지."

미주는 갑자기 말을 끊었다. 그리고 주위를 살피고 목소리를 살짝 낮추더니 나지막한 음성으로 말했다.

"너한테밖에 안 보이니까."

갑자기 소희의 목덜미에 소름이 확 돋았다.

"무슨 소리야?"

"너한테밖에 안 보인다고. 다시 한번 말해줄까? 김소희. 나, 너한테만 보인다고!"

소희는 미주가 무슨 말을 하는지 이해할 수 없었다. 계속 같이 학교에 다니고, 매일 보던 얼굴이 아닌가. 하루 이틀 본 사이가 아닌데, 왜 이 아이는 나에게 이런 말을 하는 걸까.

순간 학교에서 미주를 보았던 기억들이 머릿속을 스쳐갔다.

'난 언제부터 이 아이랑 학교를 다녔을까. 언제 미주를 처음 본 걸까?'

기억을 더듬어 보았다. 문득 열흘 정도 전에 있었던 일이 떠올랐다. 분명 그때부터였다.

유리의 가방에서 머리빗을 훔칠 때. 그때가 미주를 처음으로 본 시점이었다.

그 전에는 미주가 있었던 것이 기억나지 않았다.

그러면 자신은 왜 이 얼굴을 익숙하다고 생각했던 걸까. 왜 이 아이의 이름을 알고 있었을까. 미주는 분명…… 자신의 앞자리에 앉아 있었는데.

불현듯 교실에서 처음 연극 여주인공을 뽑던 기억이 났다. 그때 소희의 앞자리에는 아무도 없었다. 그 때문에 소희는 왕비 역을 맡은 데 속이 상해서 표정 관리를 하느라 애를 먹었다.

힘들었다. 앞자리에 아무도 앉아 있지 않았으니까.

거기에 생각이 미치자 온몸에 오한이 일었다.

그럼 대체 지금 자신의 앞에 있는 사람은 누구란 말인가?

아니 사람이 맞긴 한가. 이렇게 태연하게 자신을 보고 있는 이것의 정체는 뭘까.

갑자기 소희의 가슴이 심하게 뛰었다.

"너…… 너, 누구야?"

"나?"

미주는 멍한 얼굴을 하며 손가락으로 자신을 가리켰다.

"너 부르고 싶은 대로 부르면 돼. 그 이름 어떻게 지었는지 모르겠지만, 너 나 미주라고 생각했잖아. 그럼 미주지. 성씨는 없나? 성도 만들어 줘야지."

"대체 뭐야? 나한테 왜 이래?"

소희의 말에 미주는 웃음을 지었다.

"글쎄, 왜 이러는 것 같아? 내가 너한테 이러는 이유가 뭘까?"

미주의 얼굴이 점점 앞으로 다가왔다.

"잘 생각해 봐. 너 똑똑하잖아. 이럴만한 이유가 하나밖에 없어."

그러자 억지로 지웠던 열흘간의 기억이 하나씩 떠올랐다. 소희는 지난 열흘 동안 유리에게 계속 저주를 했다. 문구점에서 구입했던 책으로. 검은 책을 보면서.

"설마…… 책?"

순간 미주의 얼굴에 웃음이 감돌았다.

"기억났네. 맞아. 그래서 이러는 거잖아. 약속 지키라고."

"약속은 무슨 약속?"

"너 책 내용 안 읽어봤어? 꼼꼼하게 다 읽었잖아. 거기에 뭐라고 나와 있었어?"

소희는 책 내용을 떠올려 보았다. 굵은 글씨로 쓰여 있던 주의 사항이 생각이 났다.

단, 다음 사항을 지켜야 한다.
그렇지 않으면 악마가 당신의 영혼을 빼앗을 것이다.

"너는 책에 나와 있는 사항을 다 지키지 않았으니까, 그대로 해야지. 그게 나랑 한 약속이잖아. 닷새 전이 네 번째 저주를 해야 하는 날인데, 안 했으니까."

미주의 얼굴이 기묘한 웃음으로 일그러졌다. 소희의 턱이 덜덜 떨렸다. 도무지 눈 앞에 펼쳐지고 있는 일을 받아들일 수 없었다.

"나…… 나, 사과했어. 유리한테 사과했으니까 저주는 끝나는 거지. 그러니까 네 번째 저주는 할 필요도 없고. 너는 나를 건드리면 안 되는 거야."

소희는 목소리를 가다듬고 반박을 해보았다. 그러자 미주가 기다렸다는 듯이 활짝 웃었다.

"그럴 줄 알았어. 근데 그걸로는 빠져나갈 수 없어. 책의 준수 사항이 아니니까."

소희는 재빨리 책 내용을 다시 한번 생각했다. 책의 문구들이 생생하게 머릿속에 되살아났다.

의식이 시작되면 저주를 멈출 수 없다. 저주를 풀기 위해서는 저주를 한 상대에게 자신이 저주를 걸었다는 사실을 고백하고 진심으로 용서를 빌어야 한다.

"그…… 그럼."

"맞아. 너는 사과만 하고 고백은 안 했어. 니가 그렇게 저주한 거 유리는 모르잖아."

"……."

"틀렸으니까 이제 끝났지."

터질 것처럼 심장이 뛰기 시작했다. 이렇게 끌려갈 수는 없었다. 소희는 어떻게든 저항을 해보려 했다.

"넌 계속 하지 말라고 그랬잖아. 계속 말렸었잖아. 그러면 왜 그런 거야?"

"그래야 공평하니까. 그렇게 돼 있어."

미주는 재미있어 죽겠다는 듯한 얼굴로 소희를 보며 말했다.

"그리고 이상하게, 다들 하지 말라고 하면 더 하고 싶어 하더라고."

소희의 목이 바짝 말라 왔다. 움직이고 싶었지만 손가락 하나 까딱할 수 없었다.

미주는 자리에서 일어나더니 허공에 원을 그렸다. 그러자 그 손가락을 따라 시커먼 동그라미가 나타났다. 소희는 어렴풋이 그것이 무엇인지 알 수 있었다. 저 동그라미 너머는 분명 이 세상이 아닐 터였다.

미주는 벌벌 떨고 있는 소희의 얼굴을 찬찬히 살피며 말을 이었다.

"어차피 끝났으니까 내가 알려줄게."

"……."

"애당초 규칙은 두 가지뿐이야. 첫째로 일단 시작하면 나흘에 한 번씩 저주를 해야 되는 거. 그리고 둘째로 저주를 풀기 위해서 고백하고 사과해야 하는 거. 그런데 나흘에 한 번씩 해봐야 마지막은 같아. 왜냐면……"

미주는 말을 끊더니 나지막하게 속삭였다.

"조건들이 너무 많아. 그걸 지킬 수가 없어. 넌 다 틀렸거든."

"……."

"나무도 마른 나무가 아니고, 동물도 개미 같은 거 주워서 해 왔고. 유리병 대신에 다른 거 쓰고. 못도 그냥 두고 왔고. 소복 입고 못 박을 때도 아무도 너 못 봤을 거 같지?"

갑자기 미주의 목소리가 높아졌다.

"아무리 한밤중이라도 그렇게 소리 꽥꽥 지르면서 못을 박는데 그걸 누가 못 봤겠어? 그때도 두 명이나 봤었는데! 미친 애가 저러는가 보다 하고 그냥 모른 체하지!"

미주가 그린 동그라미가 점점 커져 갔다. 미주는 책망하는 듯한 얼굴로 소희에게 말했다.

"아무한테도 들키면 안 된다고 그랬잖아."

"나, 나…… 사과하고 올 거야. 책으로 저주하려고 그랬다고, 유리한테 다 말할 거야."

소희는 끝까지 맞서려 해보았다. 그리고 자리에서 일어나려 했다. 그렇지만 발이 바닥에서 떨어지지 않았다.

"이제 늦었어. 그때가 유일한 기회였는데, 너 그렇게 펑펑 울며 사과하면서도, 유리 몰래 저주한 건 자존심 때문에 끝까지 얘기 안 했지. 그러면 지금 아무리 붙잡고 빌어봐야 소용없어."

미주의 얼굴이 갑자기 확 굳었다.

"저주는 계약이야. 내가 너 원하는 거 들어줬잖아. 그러니까 너도 나 원하는 거 들어줘야지."

검은 동그라미는 어느새 사람 하나가 들어갈 수 있을 정도로 커져 있었다. 소희는 몸을 풀기 위해서 안간힘을 썼다. 그러자 몸이 조금씩 움직였다. 최대한 애를 써서 뒷걸음질을 쳐 보았다. 그 모습을 보며 미주는 기쁜 얼굴로 몸을 떨었다.

"이리 와. 함께 가자."

미주의 얼굴이 점점 시커멓게 변했다. 사람의 형상에서 점점 검은 구름 같은 모습으로. 소희는 그 모습을 본 적이 있었다. 소리를 지르고 싶었다. 하지만 목소리가 나오지 않았다. 검은 것이 끝까지 다가와 소희의 팔을 잡아채자 그때서야 소리가 조금씩 목으로 새어 나왔다. 목이 트이는 것 같은 느낌이 들자 소희는 있는 힘을 다해 비명을 질렀다.

그러나 소희의 비명을 들어주는 사람은 아무도 없었다.

단편들, 한국 공포 문학의 두 번째 밤

1판 1쇄 찍음 2021년 8월 13일
1판 1쇄 펴냄 2021년 8월 20일

지은이 | 김보람, 아소, 배명은, 유아인, 배상현, 전사라, 이규락, 최정원, 효빈, 차삼동
발행인 | 박근섭
편집인 | 김준혁
펴낸곳 | 황금가지

출판등록 | 2009. 10. 8 (제2009-000273호)
주소 | 06027 서울 강남구 도산대로 1길 62 강남출판문화센터 5층
전화 | 영업부 515-2000 **편집부** 3446-8774 **팩시밀리** 515-2007
홈페이지 | www.goldenbough.co.kr

도서 파본 등의 이유로 반송이 필요할 경우에는 구매처에서 교환하시고
출판사 교환이 필요할 경우에는 아래 주소로 반송 사유를 적어 도서와 함께 보내주세요.
06027 서울 강남구 도산대로 1길 62 강남출판문화센터 6층 민음인 마케팅부

© 황금가지, 2021. Printed in Seoul, Korea

ISBN 979-11-5888-961-6 03810

㈜민음인은 민음사 출판 그룹의 자회사입니다.
황금가지는 ㈜민음인의 픽션 전문 출간 브랜드입니다.